VELORIO

VELORIO

XAVIER NAVARRO AQUINO

TRADUCCIÓN DE AURORA LAUZARDO UGARTE

HarperCollins *Español*

VELORIO. Copyright © 2022 de Xavier Navarro Aquino. Todos los derechos reservados. Impreso en los Estados Unidos de América. Ninguna sección de este libro podrá ser utilizada ni reproducida bajo ningún concepto sin autorización previa y por escrito, salvo citas breves para artículos y reseñas en revistas. Para más información, póngase en contacto con HarperCollins Publishers, 195 Broadway, New York, NY 10007.

Los libros de HarperCollins Español pueden ser adquiridos para propósitos educativos, empresariales o promocionales. Para más información, envíe un correo electrónico a SPsales@harpercollins.com.

Título original: *Velorio*

Publicado en inglés por HarperVia en 2022

PRIMERA EDICIÓN
Copyright de la traducción de Aurora Lauzardo Ugarte
Traducción: Aurora Lauzardo Ugarte
Este libro ha sido debidamente catalogado en la Biblioteca del Congreso de los Estados Unidos.

ISBN 978-0-06-307150-6

22 23 24 25 26   LSC   10 9 8 7 6 5 4 3 2 1

Para los miles que perdimos

y los que no se contabilizaron.

El temor y el miedo de vosotros

estarán sobre todo animal de la tierra,

y sobre toda ave de los cielos,

en todo lo que se mueva sobre la tierra,

y en todos los peces del mar;

en vuestra mano son entregados.

GÉNESIS 9 : 2

UNO

—Ya, mami. Me voy a dormir.

—Pues duerme aquí, nena.

Pero no hizo caso. Se fue a mi cuarto y cerró la puerta, y eso fue todo.

UTUADO ERA HERMOSO. Un pueblo que llegaba al cielo, al menos el centro del pueblo donde está la iglesia. Vivíamos en la parte más alta: Marisol, mami, los vecinos y yo. Era un lugar hermoso, el centro del pueblo posado en una montaña con una plaza central y todas las tiendas de nuestros amigos. Vendían hilo para tejer y había cafeterías en las que se podía ordenar bacalao con tostones todos los días, y cuanto una quisiera. Mari y yo jugábamos ahí muchas veces mientras mami hacía diligencias. Mami pasaba muchos días con el licenciado Cabán. En esos días, en los que papi todavía andaba por ahí, se la pasaba diciendo que necesitaba un abogado. Cabán no me caía muy bien que digamos. Siempre miraba medio raro a Marisol, como con hambre, aunque ella no tuviera nada de comer que ofrecerle. Eso fue antes de que papi desapareciera para siempre. Después de papi, me sentí feliz porque no necesitábamos a ningún hombre como él en nuestras vidas. Eso es lo que Mari también decía. Era tremenda maniática. Tenía un carácter explosivo y sarcástico que a menudo chocaba con mami. Pero eso nunca me importó porque me quería a su modo. Era linda y no le tenía miedo a nada. Le gustaba hacer carreras cuesta abajo conmigo por las estrechas calles de nuestro barrio y siempre aceleraba al llegar a la pendiente escarpada donde los bambúes se inclinaban hacia la cresta del río, donde el único tono de verde era un fuego ininterrumpido. Mari no era perfecta. Había que hacer las cosas a su manera. Don Papo, nuestro vecino, bromeaba que esos episodios maniáticos eran su forma de convertirse en mujer. La vigilaba desde su butaca meciéndose hacia delante y hacia atrás con la mano entre las piernas. Con una mirada ausente y unos ojos profundos color marrón que querían penetrarnos. Tenía la piel blanca y ajada, como cuero de vaca, pegajosa de sudor. Me decía «la fea» porque era muy grande para mis doce años. Tenía los brazos gruesos como troncos de palmeras. Era fuerte. Podía alzar a Marisol hasta las nubes. Marisol me decía que no me preocupara por lo que los demás niños dijeran de mí. Don Papo era de los viciosos. Cuando pasábamos frente a su balcón al regresar de la escuela, Marisol siempre me empujaba para que me saliera de su vista; me decía que nunca saliera sola, que nunca le diera la espalda a ese viejo sucio. Trato de recordar todo lo que puedo, pero sólo escucho el viento, sólo veo la noche.

El mar debe de estar por ahí en algún lugar en medio de la oscuridad, detrás de todo lo que antes era verde, los árboles con espinas, las cuevas serradas. No es fácil llegar hasta aquí: las carreteras se van estrechando cuando se viene de Arecibo en carro, así que ahora debe de ser más difícil aún llegar hasta nosotros. La Energía va y viene cualquier día normal, así que imagínense lo que puede hacer el mal tiempo. Yo la llamo así, aunque todo el mundo la llama «gasolina» y «electricidad». Pero a mí me gusta «Energía» porque significa más y es siempre la misma. Toda la vida escuché a la gente que nos traía la Energía advertirnos que, si algo les pasaba a las carreteras, sería difícil restablecerla porque estábamos lejos y muy arriba en la montaña. Yo me reía porque la Energía no es algo constante. Es frágil. Algunos compramos unas fuentes de Energía portátiles, pero yo las odiaba porque cuando las encendían, sonaban como máquinas de cortar grama y, si la Energía se iba por más de un día, la noche se llenaba de un zumbido tan fuerte que no nos dejaba pensar ni dormir. Estoy segura de que los coquíes también las odiaban porque no podían comunicarse entre sí.

Todos creíamos que estábamos listos para María. Mami se aseguró de preparar toda la comida, las baterías y la ropa. Afiló su machete. Estaba convencida de que los árboles alrededor nuestro se partirían y caerían por todas partes, y que a ella le tocaría limpiarlo todo. A medida que se acercaba la gran noche y María empezaba a hacer estragos, mami me mandó al patio tan pronto como se fue la luz a buscar la lámpara de querosén y el machete. La lámpara estaba en la caseta de madera que Mari y yo ayudamos a construir. Aquel día, buscamos madera por la ladera de la montaña y Mari me hizo cargarla toda. Decía que yo era la fuerte, aunque ella fuera la mayor.

El machete estaba enterrado en un tronco. Me gustaba salir de noche porque el aire se sentía limpio y las estrellas formaban una gran red en el cielo. Observé cómo las estrellas se movían y los árboles temblaban con el viento, y vi unas largas columnas de humo elevarse sobre la silueta de la montaña como si un gigante estuviera subiendo al cielo.

Agarré las cosas de mami y regresé corriendo y les grité que algo oscuro venía hacia nosotras.

—Mami, hay dos nubes grandes allá y se están acercando a nosotras.

Mami fue a la ventana de la cocina y corrió la cortina.

—Eso es humo, Cami. No te preocupes. Deben de estar quemando algo en la plaza.

—Pero viene pa acá —dije.

—Estúpida, eso es el viento —dijo Marisol poniendo los ojos en blanco.

—Mami… —dije. Tenía ganas de llorar.

—Déjala quieta, Marisol —fue donde mí y me puso sus enormes manos sobre mi cabeza—. Cami, no vendrá pa acá. No te preocupes, mija. Ahora vengan aquí las dos. Vamos a mi cuarto.

Mami quería cantarnos una canción de cuna que a mí siempre me gustaba pero que Marisol odiaba. Esa noche, cuando llegó María y todo se oscureció, mami nos hizo meternos en la cama con ella a cantar. Empezó a tararear el «Lamento borincano» antes de pasar a La Lupe. La Lupe era la favorita de mami. A mí me gustaba La Lupe porque sus palabras sonaban decididas, como si estuviera enfogonada con alguien. Como si tuviera que cantar esas canciones para ser feliz. Mami rugía como ella y gruñía cuando trataba de llegar a las notas más altas. La casa entera se estremecía y las llamas de los velones bailaban, tal era el poder de su voz. Ella siempre nos decía que La Lupe era a quien teníamos que escuchar cuando nos sintiéramos tristes porque nos daba poderes a través de sus canciones. Marisol odiaba a La Lupe, pero a mí me gustaba.

Así que mami empezó a rugir y a gruñir y su piel oscura era fuego y sombra en la oscuridad. Me acurruqué al lado de mami, que hacía como si dirigiera una orquesta con las manos. El viento empezó a coger fuerza afuera. Marisol se sentó en el borde de la cama de mami y empezó a cortarse las uñas de los pies con un cortaúñas. El pelo negro rizado le caía sobre la espalda y se veía hermosa, como una estatua de bronce. Mami seguía cantando hasta que a Marisol se le acabó la paciencia.

—¡Ya, ma! Hay mucho ruido ahí afuera y ahora aquí dentro. Estoy cansá de oír las mismas canciones una y otra vez.

Mami no le hizo caso y siguió cantando. Me guiñó un ojo mientras movía las manos y sonreí porque sabía que mami nos estaba protegiendo con un conjuro.

—Okey, ma —dijo Marisol y saltó de la cama y fue hacia la puerta. Y mami paró a mitad de la canción.

—¡Marisol! Regresa. No he terminado.

—Es bien difícil no asustarse cuando te portas como si esto fuera un juego.

—¿Un juego? ¿Quién ha hablado de juegos, Marisol?

—Olvídalo, ma. Me voy a la sala.

—¡Marisol, quédate aquí! Es más seguro.

—Aquí se siente como la muerte o como estar en una iglesia. Me voy. Necesito silencio.

—¡Marisol! No voy a repetírtelo.

—¡Ya, ma!

Marisol abrió la puerta y un estremecimiento entró en el cuarto y se me pararon los pelitos de la espalda y sentí frío. Mami salió de la cama y agarró a Marisol por los brazos delgados y la obligó a entrar. Luego cerró la puerta de un portazo y se sentó en la cama al lado de uno de sus velones.

—¡Ma!

—¡Ya, Marisol! ¡Ya! Estamos más seguras si nos quedamos juntas.

El viento comenzó a golpear las ventanas y los árboles parecían estar vivos, chillando y aullando cada vez más fuerte. Empecé a extrañar el canto de mami.

El cuarto de mami era húmedo y frío y yo sabía que Mari lo odiaba porque sentía que todo lo que había allí dentro la juzgaba. Los objetos religiosos de mami: su montón de biblias, algunas encuadernadas en cuero con nuestros nombres inscritos, el padrenuestro bellamente enmarcado en dorado sobre la mesita de noche, los crucifijos en las paredes y los velones. Los encendía todas las noches antes de acostarse. Había algunos sobre la mesita de noche y el gavetero de madera. Había otros en el baño detrás del inodoro. Esos me hacían gracia porque era como si mami necesitara ayuda para hacer sus necesidades.

Esos objetos religiosos rodeaban a mami y creo que la hacían sentir segura y más cerca de Dios. Mami era así. Incluso una vez trató de enseñarme a rezar el rosario, pero nunca le cogí el juego porque tengo dedos de salchicha. Mari habría sido buena, si hubiera querido aprender. Tenía unas manos lindas y delicadas, largas y delgadas. Me gustaban mucho sus manos.

AHORA LA LLEVO conmigo. Todo empezó cuando le arranqué un pedacito. La puntita del meñique, que sobresalía en el fango. Se la corté con un pedazo de vidrio de una ventana. Sólo porque mami me dijo que ya no estaba con nosotras. Que tendríamos que esperar a que vinieran a recogerla. Mami se la pasaba sacándome del medio, alejándome de los satos muertos que las corrientes de María habían arrastrado. Mami nunca chequeó a Marisol, así que sabía que todo estaba bien.

Jamás vi a mami llorar. Cuando Marisol desapareció en mi cuarto, mami se limitó a asomarse a la ventana y observar a Dios deconstruir el paisaje con María como su contratista. Ella dejó de rezar, pero yo sabía que aún creía, supongo que por eso quise realizar una resurrección.

Una semana después del paso de María, mami se pasaba la mayoría de los días contando los candungos de agua y chequeando si teníamos acceso al río para recoger un poquito de líquido para bajar los inodoros. Empezó a tumbar con el machete la maraña de ramas que nos mantuvo atrapadas al final de nuestra calle por un tiempo. Sus hombros anchos y negros se flexionaban con cada golpe, su pelo corto desarreglado, la boca abierta, la respiración pesada. Luego empezó a racionar las pocas bolsas de basura que teníamos para que no las desperdiciáramos. Dijo que se formarían montañas de sucio y que necesitaríamos cada una de esas bolsas porque los basureros no vendrían. Ya no.

La única vez que mami demostró algún tipo de emoción fue cuando salí a usar el inodoro. Oriné y bajé la cadena y mami entró en el baño furiosa con una escoba y me golpeó los pies.

—¡Eso no se hace! No vuelvas a desperdiciar agua así.

—Ma —empecé a llorar—, estoy harta de la peste. No quiero hacerlo encima de…

—¡Cállate, Camila! Si vuelves a bajar el inodoro sin dejar que pasen unos días, vas a ir al baño afuera.

Y eso hice. Durante un tiempo, orinaba en la oscuridad. Intentaba aguantar hasta que no podía más. Encontré un lugar entre dos palmeras gigantes que servían de barrera natural para que nadie me viera. Sólo estaba la luna callada que me iluminaba para que no me embarrara.

Después de la tormenta, no había agua en el colmado y tenía que encontrar alguna forma de hidratarle los pulmones y las heridas a Marisol. Aunque mami me decía que no le hablara, que la dejara en paz, me imaginaba que necesitaba agua. O comida. O algo. Creo que mami tenía miedo porque sólo habíamos guardado provisiones para dos semanas con la esperanza de que la ayuda llegara a nosotras, a lo más profundo del bosque en Utuado. A medida que pasaba el tiempo, mami comenzó a perder la fe y entonces fue que empecé a preocuparme.

Las carreteras desaparecieron en la montaña y el río se instaló en la plaza. Estábamos rodeados de agua, pero no podíamos beber ni una gota. Eso fue antes de que la gente se desesperara. Algunos dijeron que empezaron a recoger todo lo que encontraban a su alrededor. Comenzaron a quemar todas esas cosas muertas para al menos probar algo.

Cuando mami me dejaba sola de noche, me arrastraba hasta mi cuarto donde una pared de fango solidificado había atrapado a la pobre Marisol. Yo abría la puerta y veía un río marrón congelado en una ola. Me puse a descascararlo y con cada pedazo petrificado que lograba sacar aparecía una parte de su cuerpo. Despacio. Excavaba a Marisol de vuelta a la vida.

Durante el día, andaba por ahí con el meñique de Marisol en el bolsillo del vestido y, al cabo de un tiempo, empezó a apestar. La extrañaba.

Justo después del huracán, deseaba, como todo el mundo, volver a la normalidad. Así que me dediqué a limpiar a Marisol lo mejor que pude. Me tomó un tiempo, pero cuando por fin pude liberarla, le puse su mahón favorito. Tenían una raja en la rodilla que me parecía muy elegante. Encontré su blusa azul bonita, que tenía una mancha de sangre en el cuello. Mami, por supuesto, estaba muy ocupada con el machete. Pronto empezó a alejarse de la casa y comenzó a despejar el puente que nos conectaba con el barrio. Yo sabía que le estaba abriendo el camino a Dios para preguntarle si tenía planes de volver a trabajar en algún momento.

—Marisol, necesitamos que nos ayudes. Necesito que te despiertes para que puedas ayudar a mami y al pueblo —la sacudí después de vestir su cuerpo polvoriento. Le pedí que me llevara consigo, a donde quiera que hubiera ido, muy lejos y a salvo de toda el agua y el fango. Le pregunté si estaba dispuesta a ver a través de sus ojos cerrados una vez más, a abandonar todo el verdor que imaginé habría en el paraíso, a ver cómo las olas que brillaban en el mar aún capturaban la luz del sol. No importaba lo horrible que luciera la isla, todo sanaría algún día.

Pero Marisol sólo sonrió, sus ojos cerrados al mundo.

—Okey, Mari. Okey —la peinaba con los dedos e imaginaba lo bien que se vería bajo el sol. La mano a la que le faltaba el meñique apestaba un poquito, así que corrí al cobertizo y saqué unos guantes de jardinería. Regresé donde ella y se los puse.

—Necesitas aire fresco. Estás cogiendo ese olor a sato que ha pasado mucho tiempo afuera sin moverse.

Imaginaba a Mari feliz en su nuevo hogar e inventaba conversaciones pensando cómo reaccionaría mami si le contara sobre el nuevo hogar de Mari. Es probable que mami no estuviera de acuerdo, pero así era que nos veía a las tres: hablándoles a unas paredes que no nos respondían.

—Ahora ella es parte del polvo, y la montaña somos todos, la montaña es nuestra gente. Todo forma parte de la montaña: la tierra, el cielo, el mar —decía mami.

—El cielo flota, mami. Es parte del paraíso —dije.

—Okey, Camila, pero el cielo no existiría si la montaña

no estuviera ahí. Se llamaría de otro modo. Sin la tierra, el cielo no es el cielo.

—¿Y el mar?

—El mar, Cami. El mar es agua y todos somos agua. Pero ésta es nuestra montaña, éste es nuestro hogar. Si te pierdes, busca las montañas, ¿okey? Si te pierdes, nunca olvides tu hogar.

—No entiendo, mami.

—No pasa na, Cami. No te preocupes.

LA TARDE CAÍA sobre las montañas y sentí a mami regresar a casa. Arrastré a Marisol fuera de mi cuarto y la llevé a su guarida silenciosa. A mami nunca se le iba a ocurrir buscar a Marisol ahí. Debía de ser un lugar especial porque no me permitía entrar y tocar las cosas de Marisol. La quietud de todos sus objetos, todas las gavetas de su ropero suplicaban que unas manos conocidas las tocaran, todos los ganchos que sostenían su ropa deseaban que los bajaran de su espinazo de metal.

Mami logró robarle a Don Papo un radio transistor y entonces fue que empezó a vivir. Por las noches, lo único que se escuchaba en toda la casa eran los ladridos de Francisco Ojeda pasando juicio y mami se acurrucaba junto a su voz en la mesa del comedor, con la cara oculta tras los anchos hombros. Prestaba atención como si escuchara los himnos del coro de la iglesia, e intentaba comprender su brillo celestial y captar las respuestas que lo resolverían todo. La luz de la vela contra su cuerpo proyectaba una sombra cada vez más larga que parecía arropar toda la casa.

La escuchaba hablar sola:

—¿Cuándo vendrán? ¿Cuándo? Dios mío, ¿dónde están?

Entonces supe lo que debíamos hacer. Marisol y yo teníamos que ir a la plaza, caminar entre los escombros y llegar al centro del pueblo para encontrarnos con la gente. Hablaban de FEMA, de la Guardia Nacional, del Ejército. La gente que nos devolvería la normalidad.

Cuando mami empezó a quedarse dormida, corrí hacia Marisol. Me la eché al hombro como si fuera la mochila de la escuela y nos fuimos. No pesaba tanto como creía y la noche estaba seca y tranquila. Todo el viento de la isla debió de irse con María. Por eso hacía tanto calor cuando se alejó. Durante muchos días, todo el mundo creía que el polvo en el aire y el sol muerto que brillaba débilmente sobre nuestras cabezas significaban que Dios regresaría pronto a la Tierra para llevarse a sus escogidos al Cielo. Tal vez por eso Marisol ya no estaba aquí. Tal vez no quería abandonar ese lugar y regresar a todo esto.

Sabía que debía ser cuidadosa porque no había luz. El gobernador había decretado un toque de queda. Mami lo escuchó en la radio y le aplaudió por eso.

—Es mejor estar seguros. Encerrarnos para protegernos de todos esos maleantes que andan por la calle.

—Pero ¿cómo se van a arreglar las cosas así, ma?

—La policía está trabajando.

—Pero tienen que atender sus propias casas.

—Sí. Eso es verdad. Por eso Rosselló quiere que nos quedemos en casa. Por el bien de todos.

Le conté que había escuchado a Yesenia, una amiga mía mayor y refunfuñona, decir que nos estaban robando la vida.

—¿Qué vida? —preguntó mami.

—La vida de todos. Los camiones. Los que traen la Energía.

—¿El diésel?

—Me imagino.

Mami se calló y miró hacia mi cuarto. Era como si intentara volver a hablar con Dios a través de Marisol.

MARISOL Y YO avanzamos en la oscuridad. Quería encontrar un lugar donde pudiera dejarla por el resto de la noche. Sabía que no podría ver bien y que sería peligroso caminar a tientas entre las grietas y los huecos de todas las carreteras. Por no mencionar el río crecido. Si la policía me encontraba, probablemente me quitaría a Marisol o intentaría no contabilizar su muerte en las cifras oficiales que se reportaban al viejo gobierno. Mami me dijo que tío sabía de unos cementerios provisionales. Que había muchos cuerpos por ahí de gente que había muerto ahogada por la fuerza del agua que arrasó los hogares. Y como todas las líneas telefónicas habían quedado destrozadas, los alcaldes de todos los pueblos de la isla no podían reportar el número de sus muertos a Rosselló. Sabía que, para protegerla de todo eso, mi Marisol necesitaba aire fresco, la luz de la luna o el calor del sol, cualquier cosa que la mantuviera aquí entre nosotros, aunque sólo fuera un pedacito de ella que pudiera aprisionar en este mundo.

Cuando éramos chiquitas, jugábamos al chico paralizado o al escondite y teníamos una cueva favorita a la que solíamos ir. Estaba tallada en la ladera de una montaña de coral blanco donde, por razones místicas, la hierba y los arbustos se negaban a crecer. Empezamos a contarnos historias de la cueva todas las noches. Las historias que nos inventábamos eran terribles. De ésas que nos asustaban y no nos dejaban dormir. Jugábamos en serio, así que hacíamos lo que fuera por ganar. A mí nunca me gustó trepar las piedras para agarrar a Marisol cuando huía de mí. Así que las historias se volvieron más aterradoras. Cosas como que los muchachos mayores se llevaban a las niñitas en contra de su voluntad y las hacían sangrar. Que Don Papo estaba sentado en su butaca en la boca de la cueva, bajo los colmillos largos y amarillos. Solíamos bromear que pronto se convertiría en una piedra de tanto mecerse a su ritmo habitual mientras observaba a los nenes hacer el ritual. Don Papo nos miraba a Marisol y a mí con las mismas ganas. Todos los días. Con la mano entre las piernas y la mirada apagada y pesada.

Seguimos. Íbamos a tientas hacia la cueva. Marisol empezó a ponerse pesada y a mí me faltaba el aire. Pronto llegamos al camino de gravilla donde se divide la carretera principal, el camino que lleva a la entrada de la cueva.

Me cansé. Había una ceiba caída que servía de barricada entre el camino de gravilla y el asfalto. Las raíces largas de la ceiba sobresalían de la tierra, una cortina abierta que mostraba el corazón de la tierra. Logré meternos entre las raíces grises y la senté sobre la tierra roja mientras recuperaba el aliento. Marisol podía esperar ahí. Podía esperar hasta que las estrellas dejaran de brillar y nuestra isla regresara al fondo del mar. Tenía el mahón manchado de fango. Un rojo tan familiar.

Hubo un tiempo en que Marisol tenía un jevito que se llamaba Ezequiel. Y era mayor. Mucho mayor que Marisol y yo. Mami había hecho todo lo posible por advertirnos de los tipos que rondaban los patios de las escuelas. Yo los veía juntos antes de que ambas regresáramos a casa a pie. Él guiaba un Civic oxidado y esperaba a Marisol en la entrada de la escuela. Ella me decía que esperara en la cafetería en lo que hablaba con Ezequiel.

Le pregunté por él y me gruñó que no me metiera.

—Te va a llevar a la cueva y hacer el ritual —le dije.

—Qué graciosita. El único ritual que va a haber es cuando lo tengan que llevar al hospital.

—Pero Mari…

—Cami, ya —me pasó el brazo por el hombro y me dio un beso en el cachete—. Y no le digas nada a mami.

—Okey.

ME SENTÉ A su lado y le puse la mano en la rodilla. La cabeza le cayó sobre mi hombro; volvimos a estar juntas como en los viejos tiempos, cuando dormíamos en el patio y observábamos los cucubanos iluminar la oscuridad con sus puntitos de luz verde que brillaban hasta que se morían.

Nos levantamos y seguimos por el camino de gravilla. De vez en cuando las nubes se movían para revelar la luna y la oscuridad desaparecía. Mientras caminaba, sentía su pelo largo y rizado golpearme los hombros; llevaba la cabeza caída de lado. Pensé en todas las cosas que podríamos hacer juntas ahora que había logrado escapar de su prisión fangosa. Ahora que podía ser un espíritu que protegiera a Utuado.

Cuando llegué a la cueva con Marisol, la senté en una piedra que parecía un banco junto a una roca rústica que tenía tallado el jeroglífico de un cemí. Una piedra de los tiempos de antes, cuando los taínos usaban las cuevas como refugio para protegerse de los huracanes. Marisol podría vivir ahí y el cemí le echaría bendiciones y la ayudaría en su paso entre nuestros dos mundos.

—Okey, Mari. Voy a dejarte aquí. Espérame hasta que pueda regresar y llevarte a la plaza.

El cuerpo de Marisol se dobló sobre la piedra ancestral con la cabeza colgando y el pelo le bailó y se meció.

—Éste es el lugar de nuestros antepasados, Mari. No te preocupes. Regresaré a buscarte.

Los brazos le cayeron a los lados y rodó del banco a la tierra. Los guantes de jardinería que le había puesto para disimular la peste se le cayeron y ahora se le veían las manos. Dudé en ayudarla porque sabía que estaba furiosa, que podía ponerse maniática de nuevo y tal vez lo que debía hacer era dejarla ahí e irme sin decirle adiós.

CUANDO REGRESÉ A casa, mami estaba dando vueltas en la sala. Entré en el espacio oscuro y se quedó inmóvil.

—¿Dónde carajo estabas, Camila?

—Estaba viendo el río, ma.

—¿El río? —Cruzó los brazos y miró hacia el otro lado mientras daba golpecitos con los dedos de los pies en el suelo de losa. El sonido hacía un eco en el silencio.

—Daba miedo, ma. Estaba crecido y corría contra la luna.

—¿El río?

En un par de zancadas llegó hasta mí y me agarró por la oreja.

—¡Que sea la última vez, Mari!

—¿Qué?

—¡Cami! —se corrigió—. ¡Que sea la última vez, Cami!

Si te digo que te quedes aquí porque afuera es peligroso, tienes que hacerme caso.

—Okey, ma —intenté zafarme de ella—. Okey.

Me soltó y fue a la cocina. Regresó con el radio transistor, lo puso en el sofá y lo prendió. Me quedé ahí de pie esperando a que se calmara. Ojeda volvió a empezar con su gritería. Seguía diciendo que todos los pueblos en el campo habían desparecido. Me pareció gracioso porque nosotros seguíamos aquí. Esperando.

Ojeda tenía un segmento de una hora en su programa radial que dedicaba a leer los nombres de las personas que habían tenido la suerte de poder llamar y decir que estaban «a salvo».

Leía los nombres: José Gabriel Hernández, Yarizel Guzmán, Adien Medina, Carlos López López, Ninoshka Díaz. No podía evitar escuchar esos nombres y pensar en toda la gente que no podía llamar. Y ahí estaba mami, enroscada al lado del radio con Ojeda. Cuán desesperadamente debió de desear que la consolara, que le dijera que la gente venía de camino. Que Rosselló vendría con Dios y todas sus carrozas a salvarnos.

—Mañana vamos a bajar a la Shell. Tengo que llenar los candungos de gasolina. Al carro casi no le queda —dijo.

—Pero ¿por qué? ¿Lo has estado usando? No hay forma de salir de Utuado. Han desaparecido todas las carreteras y...

—Cállate, Camila. He salido a buscar ayuda. Todo está cerrado o las filas están imposibles —pausó—. Pero tenemos que intentarlo.

Se arregló el pelo con las manos. Lucía agotada y, en la sala oscura, sus ojos parecían dos manchas negras de pintura.

—Vamos a levantarnos temprano, Cami. A las cuatro de la mañana iremos a pie a la Shell.

—Pero ¿y el toque de queda? No termina hasta las seis.

—Para ya, Camila.

Y por fin explotó, empezó a sollozar:

—No hay suficientes camiones. No hay suficientes conductores. No hay suficiente…

Sólo pude deducir de sus palabras que no había suficiente diésel para darnos electricidad.

—¿Energía? —pregunté.

—Sí, hija, energía. Esa energía es importante para que todo funcione.

—¿Puede revivir las cosas?

—Ay, mija. Olvídalo. Ya me las arreglaré. No te preocupes.

—No, ma. Iré. Iré contigo mañana.

Mami y yo salimos temprano en la mañana hacia la Shell. Yo cargaba nuestro candungo como si fuera un cachorro recién nacido, abrazando el plástico rojo con mis brazos gordos. Mami no me dirigió la palabra. De vez en cuando me acariciaba la espalda y me daba un empujoncito. Sentía su urgencia. Una urgencia que trataba de contener, tan profunda que la partía por la mitad.

Cuando llegamos a lo alto de la carretera, a lo alto de la montaña desde la que se veía el barrio, la gasolinera Shell estaba llena de metal: una fila de carros que le daba la vuelta a la gasolinera y desaparecía a lo lejos en la carretera, tan lejos que no se podía ver el multicolor en la oscuridad. Creo que llegaba hasta la plaza, que quedaba a varias millas. Yo sabía que llegaba hasta Dios. Había muchísimas personas también, acampando con sombrillas, listas para el sol, con todos sus candungos amontonados alrededor de los pies como puntos rojos.

—Ma, ¿qué vamos a hacer?

—Ponernos en fila.

—Pero no llegaremos nunca. Se les va a acabar.

PASARON CUATRO HORAS. Ma miraba su reloj pulsera cada hora para llevar el tiempo. Debía estar llevando la puntuación para probarle a Dios que se había desaparecido.

La fila de carros al lado nuestro sólo se movía cada veinte o treinta minutos, así que no iban mucho más rápido que nosotros. Mientras esperábamos, tenía ganas de hablarle de Marisol. Decirle a mami que Marisol ahora estaba libre y que no necesitábamos que nadie viniera a llevársela. Quería gritarle: «¡Le encontré un nuevo hogar, mami!». Quería verla saltar de alegría. Pero sabía que no iba a apreciar lo que había hecho. Lo difícil que había sido resucitar a nuestra Mari y traerla de vuelta a la vida. Mami necesitaba a Marisol en esa habitación. La ayudaba a esperar a toda esa gente en ropa de camuflaje que había prometido venir en sus camiones con toda la ayuda perdida.

—Puedo ver las bombas, Cami —mami se salió de la fila para ver mejor. A esa hora el sol de la mañana brillaba con fuerza. Nos las arreglamos para ponernos a la sombra de la montaña y no sofocarnos bajo el sol. Pero detrás de nosotras había caras sudorosas y gestos de frustración. Los que vinieron preparados abrieron sus sombrillas plásticas; todos empezábamos a marchitarnos como un montón de flores arrancadas y abandonadas en la carretera ardiente.

—Pero todavía estamos tan lejos, ma.

—Mientras lleguemos, no importa.

Un hombre flaco con una gorra gris pedaleaba en su bicicleta cromada entre nosotros y la fila de carros. Tenía llagas y pus en la cara, pero parecía buena gente. Sonrió y les habló a los que estaban dentro de los carros estacionados. Se detuvo en cada una de las ventanas y dijo algo que no pude entender.

—Ma, el viejo.

—Lo veo, Cami.

Empezó a tronarse los dedos cuando el flaco empezó a pedalear hacia nosotras. La gente de al frente empezó a quejarse y entonces supe lo que les decía.

Cuando llegó hasta nosotras, mami ni siquiera le preguntó lo que ya sabíamos.

—¿Cuándo viene el próximo? —le preguntó al viejo.

El hombre se detuvo y suspiró antes de hablar.

—No sabemos. Podría ser más tarde hoy o mañana. Como no podemos comunicarnos, no sabemos cuándo —dejó de hablarle directamente a mami y se dirigió a todo el mundo, incluso a los que estaban dentro de los carros—. Pueden quedarse aquí y esperar o pueden dejar los carros y venir a chequearlos de vez en cuando.

—¡Sí, claro! —gritó un hombre en una Explorer violeta, que se salió a toda velocidad de la fila.

Mami parecía estar demasiado cansada para seguir de pie. Le dije que me quedaría en la fila a esperar por la Energía. Se fue a casa sin protestar.

La Energía no llegó hasta después del toque de queda. Los dueños de la Shell casi iban a cerrar, pero los policías que estaban estacionados en las bombas les permitieron continuar unas cuantas horas más. Según mami, tuvieron que empezar a vigilar las gasolineras por culpa de todos los pillos. Mientras llenaba el candungo, me sentí feliz porque pronto iría a ver a Marisol.

Había tanto ruido cerca de la plaza. Todas las plantas eléctricas que usaban Energía para darles electricidad a las casas zumbaban en la noche y me alegré de que mami no viviera cerca de esa gente.

REGRESÉ A LA cueva y encontré a Marisol aún en una pieza. Puse el candungo rojo lleno de Energía a su lado. La levanté y le pegué los labios al cachete y por poco vomito las tripas, así que di un salto y me alejé de donde estaba sentada. Estaba un poco más oscura y verdosa. Tenía la cara hinchada y una peste insoportable. Tenía hormigas bravas en los brazos y las piernas y unas cositas blancas, como granitos de arroz, que se juntaban y contoneaban en las llagas. El meñique que le faltaba parecía roído hasta el hueso. Estaba desaliñada, pero seguía en una pieza.

—La gente por fin ha llegado a arreglar las cosas, Mari —traté de acercármele, pero no le gustó. Los ojos se le salían de las órbitas y lloraba. Como mami. Como todo el mundo en esos días—. Los vi en el pueblo. Dicen que van a empezar a trabajar con la Energía pronto. Que la comida y el agua son más importantes, así que están resolviendo eso primero. Están montando campamentitos donde la gente pueda ir a comer algo.

Marisol me miró con los ojos amoratados, tan hinchados y feos, y siguió llorando.

—Lo sé, Mari. Sé que nunca hay suficiente para todos

—empecé a pasearme de un lado a otro frente a ella—. Y no tienes que recordarme que cuide a ma. ¡Si tú ni estás ahí! Ella no puede ir a buscar comida. No quiere despegarse de Ojeda y el radio.

Me alejé de ella pataleteando. Me puse furiosa.

—Estoy haciendo las cosas lo mejor que puedo, Mari. ¡Estoy haciendo las cosas lo mejor que puedo! —grité.

Su cuerpo hinchado cayó de golpe en el suelo. Corrí hacia ella y la abracé. Ya no me olía a rancio. Tenía que sacarla al sol. A la plaza. La humedad de la cueva la estaba matando; la oscuridad la estaba cegando.

Sabía que aún podía escucharme, así que fui poco a poco. Agarré el candungo de Energía y le eché un poco en la boca. Era el combustible que necesitaba para volver a la vida, y salimos de ahí; yo cargaba su cuerpo horroroso sobre la espalda.

Mientras caminábamos, la peste nos seguía. Pasamos filas y filas de gente que esperaba a que la Energía llegara en esos camiones de metal. Sabía que me miraban y que murmuraban sobre lo apestosa e hinchada que estaba Marisol. Pero nadie nos paró. La peste no me molestaba.

La llevé hasta el centro de la plaza, a la Parroquia San Miguel Arcángel, la vieja iglesia del pueblo, para ver a Dios en persona y hablar con él lo más cerca posible. Más abajo, la gente seguía peleando por la ración de agua que le tocaba, haciendo fila en la gasolinera Shell para buscar Energía. Algunos llevaban días esperando, acercándose poco a poco, las caras llenas de tristeza.

A Marisol y a mí no nos importaba nada de eso. Llevé su cuerpo marrón, feo y hermoso hasta el portón cerrado de la iglesia. Marisol tan marrón, tan verde, tan tiesa. Trepamos por el muro con la misma determinación con que entramos en la cueva la primera vez. Pasamos entre los dos campanarios y subimos para estar más cerca de Dios. No se suponía que estuviéramos ahí, pero nadie vigilaba y desde ahí le mostré a Marisol cómo la gente grande decoraba todas esas casas sin techo. Era como si, al sembrar campos de azul muy largos, el mar y el cielo se encontraran con nosotros y todos nos convirtiéramos en una blanda sábana azul. Colocaron esos toldos azules sobre todas las casas abandonadas como para decirnos «vamos de camino» o «volveremos». Pero nunca regresaron.

Vi cómo sufríamos en Utuado e imaginé que todo el mundo en la isla entera también sufría. Todos deseábamos algo distinto, nos aferrábamos a la esperanza, caminábamos como fantasmas. Y todo lo que vendría después, todo lo que soñamos para lograr algo nuevo, me pareció necesario.

PESCAO

No hay historias que justifiquen nuestra muerte, así que sólo puedo hablar del terror. De noche, yo nos escuchaba cantar como un colectivo. Primero fue Banto. Luego Urayoán. Luego Cheo. Se nos metió en la cabeza crear un fuego nuevo para el mundo después de que la calamidad azotó a Puertorro. Lo llamaron «calamidad», pero Ura se veía a sí mismo como un profeta. Vio la oportunidad para un nuevo comienzo.

Banto vino donde mí como siempre, con sus piernas redondas y los brazos como tocones. Llamó a la puerta de mi casa, una choza sencilla y modesta que construí con un hacha. Estaba justo bajo el puente de nuestro barrio en Florencia. Me gustaba mi choza porque encajaba perfectamente en el hombro de aquel cemento. No importaba cuán fuerte soplara el viento, no importaba cuán grande y malvada se pusiera, mi casa no iba a volar.

Al cabo de una semana, cuando su furia arrebató toda la vida que nos rodeaba, Banto vino y dijo que todos nos estábamos movilizando, que nos estábamos uniendo porque Ura tenía un plan dizque para crear una gran sociedad en las montañas. Empezaríamos por robar algunos camiones de gasolina y diésel.

—Oye, Pescao. Nos avisaron. Van a arrancar cerca del centro de Florencia, Ura sabe a dónde van —dijo tocando a la puerta.

—Voy a pescar con los pescadores, Banto. Debe de haber pescado por todas partes.

—No te estoy preguntando, Pescao. Ura insiste…

—¿Ajá, y qué? Iremos más tarde.

Me até los cordones de los zapatos, que eran enormes porque tenía los pies largos y anchos. Banto y Ura trataban de joderme con eso, pero no podían porque yo me vacilaba a Banto por rechoncho. Era el más fácil de joder y, una vez empezábamos, no había para cuándo acabar.

—Mira, mano. A Ura no le va a gustar eso. No voy a hacerme responsable de esto. Ni pal carajo. Esto es asunto tuyo, ¿okey?

—Quiero ver cómo están Cheo y Jorge, cabrón.

—Ura se va a encojonar.

NOS FUIMOS. MI cuartel estaba al lado del río, pero lo suficientemente elevado de la cresta, así que cuando ella trajo la crecida desde la montaña, no perturbó mi hogar. Todo lo que dejó fue la basura que arrastraron el agua y la lluvia: montañas de hierro oxidado, material sintético y ruedas dispersas por la tierra, que formaban su propio río de plástico. Sentimos un poco de brisa, lo que resultaba extraño. Después de que ella abandonó nuestras costas, parecía como si hubiera exhalado y se hubiera llevado todas las ráfagas en su viaje por el Atlántico. Por eso a Banto y a mí nos sorprendió sentir la brisa.

Nuestro barrio estaba en una colina desigual que desembocaba abruptamente en el gran río. Abajo veíamos las casas con los carros espetados en las verjas como aceitunas en palillos de dientes. A orillas del río solía haber casuchas.

Estaban pintadas con murales de colores brillantes. Algunas las habían convertido en chinchorros. Todos los jueves por la noche un montón de viejos bellacos iban allí a beber y a jugar dominó. Cuando alguien cantaba capicúa, el perdedor tenía que bajarse dos tragos de chichaíto. Pero, si alguien ganaba con un chuchazo, los jugadores se volvían locos y forzaban al perdedor a bajarse un palo. Doble blanco, papi, así es como se tranca. El ruido de las fichas resonaba en todos los callejones y hasta los techos de zinc retumbaban con el alboroto.

Ahora sólo quedaban los esqueletos de las casuchas. Sin techos. Sin puertas. Muchas casas habían perdido las ventanas con todo y el cemento. Daba miedo ver los cables eléctricos enredados en las calles y las paredes de esos lugares abandonados. Los cables negros estaban por todas partes. Algunos incluso estaban cargados con electricidad y chispeaban. Mucha gente se evacuó antes de que ella atacara. Fueron a refugiarse al Coliseo Roberto Clemente o a la escuela pública Don Ramón Morales. Yo sabía que los pescadores no se irían. Los que decidieron quedarse dijeron que ésta era su casa. Que no importaba cuán duro nos azotara, se quedarían allí para reconstruir.

Siempre salía a pescar la comida de la semana con los pescadores para mantenerme saludable y bien nutrido. Banto se las arreglaba bien. Su madre era de esas mujeres generosas que siempre cocinaban al llegar a casa. Se quejaba de que Banto estuviera gordo. Que estaba demasiado gordo y tenía que subir cuestas. Yo me burlaba de él y le decía que en vez de correr iba a rodar por las cuestas. Ella trataba y trataba, le cantaleteaba cada vez que tenía la oportunidad mientras le servía una montaña de arroz con salchicha. Y él se comía hasta el último grano. Cuando estaba triste, se comía todo lo que encontraba en su camino y luego iba por más y más, y después el postre. La mayoría de los que vivíamos en esta parte éramos flacos. Quizás feos y malnutridos, pero nunca rechonchos. Y el pobre Banto me miraba con esos ojos grandotes y marrones y esa cara de arrepentimiento por no poder controlarse, y a mí me daba pena. Su propia madre lo engordaba con el dulce y la culpa.

Me gustaba mucho mi rutina con los pescadores y, siempre que Banto me invitaba a comer a su casa, pasaba porque la comida nunca sabía a comida de verdad. A todo el mundo le parecía tan sabrosa. Pero ¿a mí? Yo la quería recién sacada del río, aún húmeda de la pesca.

—Esto es tan estúpido, Pescao —decía Banto mientras caminábamos—. No deberíamos estar yendo a pescar, y menos ahora.

—¿Vas a alimentarme, cabrón? ¿Ah?

—No, pero…

—Pues cállate la boca.

—Mira, Pescao. No estoy tratando de detenerte. Pero ya sabes cómo se pone Ura.

—Pues que me lo diga en la cara, cabrón. No vamos a tardar mucho.

LA LLUVIA SE había transformado en una llovizna constante que caía sin cesar y lo cubría todo de una especie de rocío. Había un olor raro en el aire, una humedad pegajosa que olía a plumas mojadas. Al principio pensé que la basura se había dispersado por todas las esquinas.

Me abrí paso entre los escombros. Banto no hacía más

que mirar. Se detuvo y miró a lo lejos. El color había abandonado el horizonte. Todos los árboles habían perdido su verdor y todo parecía afilado y puntiagudo.

—Diache, qué impresionante. Parece que todo está quemado. Ella lo dobló todo a su voluntad —dije por aplacar el silencio.

—Tal vez todavía falta la virazón, Pescao.

—Ya pasó, Banto.

—Uno nunca sabe si viene más. Como un terremoto. Una réplica.

—Eso no es así, cabrón.

—¿Tú qué sabes? —preguntó. Su rostro se entristeció y, de alguna manera, parecía que iba a echarse a llorar.

—¿Banto se cagó en los pantis? ¿Quieres llamar a tu mamá? ¿Para que te dé un heladito de cookies and cream?

—Ahora no, Pescao.

—¡Estás cagao! ¡Estás bien asustao!

—Ya, Pescao.

Intentó golpearme, pero lo esquivé y le di un cocotazo.

—Mamao. No eres lo suficientemente rápido pa agarrarme.

—Al menos no parezco un camarón podrío.

—Cuidao, bicho —me planté ante él y lo empujé. Cayó de espaldas y escupió en el suelo.

—Mala mía, Pescao. Fue sin querer. Perdón.

Giré y seguí caminando hacia los pescadores. En nuestro barrio se rumoraba de mi pasado. De cómo mi madre me había tenido. Lo único cierto era que me abandonó en el río. Parece que quería que la crecida me arrastrara hasta las alcantarillas y me ahogara entre toda la basura de Florencia. Yo quería decir que eran mentiras. Tan pronto tuve edad para entender las palabras, me negué a escuchar a cualquiera que me hablara de esa mierda. Sabía que parecía un camarón de piel áspera, llena de granos verdes y el cuerpo peludo, aunque algunos decían que todo eso era distintivo. Como placas de armadura. Pero la gente sabía que no debía pasarse más allá de las referencias a los camarones.

Cuando me hice mayor, Ura me encontró pidiendo chavos en las calles. Me ofreció un lugar y me presentó a Banto. Ura me ayudó a construir mi choza. Al principio, me traía la comida que sobraba en casa de Banto. Se lo agradecía, por supuesto. Ya no tenía que traficar. No fue hasta que me presentó a los pescadores que aprendí que me gustaba el pescado fresco, que me gustaba la comida cruda y limpia. Pero aún creo que Ura fue quien me salvó.

La brisa comenzó a soplar de nuevo y Banto se asustó y se puso a temblar.

—Pescao, esto es una estupidez. No deberíamos salir a pescar.

—¿Vas a darme de comer tú entonces, cabrón? ¿Ah?

—No, pero...

—Pues cállate la boca.

—Pescao, mamá puede darte de comer cuando regrese.

—¿Cuando regrese de dónde, cabrón? ¿Tienes idea de dónde está?

—No, pero...

—Pues cállate.

LLEGAMOS AL CRUCE, un cuchillo leve. Uno de los caminos estaba bordeado de casas pintadas con los colores de nuestra bandera. Eran como cajones y estaban tan pegadas unas de otras que parecían una larga serpiente que se extendía hasta la boca del río. Ahí estaba el muelle donde solían pasar el tiempo los pescadores. El otro camino bajaba por un corredor largo de bambúes inclinados y conectaba con la carretera principal hacia la autopista.

Pero la pintura que antes iluminaba las hileras de casas tecnicolor ahora estaba opaca y manchada de amarillo. Y el camino de bambúes ya no estaba. La carretera había desaparecido bajo la montaña de basura.

—Ese color, Pescao.

—Ése es el color de las hojas, Banto.

—¿De las hojas? ¿Quieres decir de las hojas de los árboles?

—Sí, cabrón.

—Dios mío. Debemos ir donde Ura, Pescao. Si nos pilla la cola de la tormenta, vamos a terminar pintaos en las casas.

—Deja ya la mierda de la cola ésa. No hay cola. Se fue hace rato.

—Tú qué sabes, Pescao.

—Eso sí lo sé.

—No, no lo sabes. ¿Cómo lo sabrías? No hay forma de saber nada sin las noticias y sin electricidad. ¿Y si se quedó detenida en el norte y nos agarra la virazón? ¿Y si Dios la empuja hacia acá otra vez? ¿Y si...?

—¡Ya, Banto, ya! Ya casi estamos llegando. Vamos a terminar aquí y luego te explico cómo funcionan los huracanes porque eres demasiado morón como para entender.

—No se puede pasar por este revolú, Pescao. Si nos quedamos pillados tratando de pasar y viene más agua y más viento, nos jodimos.

—¡Ya, cabrón! Voy donde los pescadores. Sigue hablando, cabrón. Sigue hablando.

—Pero, Pescao...

—Puedes quedarte aquí si tienes tanto miedo. Los pescadores siguen ahí. Voy a verlos.

—No puedes saberlo.

—Cabrón, que sí lo sé.

—Deben de haberse…

—¡Ya!

Le di un puño en las costillas. Hizo una mueca de dolor y empezó a llorar mientras trataba de coger aire; su respiración era lo único que se oía en el silencio. Me sentí mal. Después de ver su esfuerzo, me pareció indefenso y patético.

—Perdón, Banto. Perdón.

EL MUELLE ESTABA sólo a dos millas, pero nos tomó horas caminar entre los escombros. Se terminaron las casas y, cuando llegamos al muelle, lo único que quedaba eran dos palos que sobresalían del agua. El río rugía y crecía en un fanguero espeso y marrón. Corría tan rápido que parecía que acababa de descubrir la desembocadura al mar. Los pescadores solían amarrar sus botes cerca de los tanques industriales de agua. Llevaban décadas abandonados y los pescadores montaban sus puestos justo frente a la verja para vender su mercancía. Cuando el negocio iba bien, los quioscos eran multicolor, desbordantes con los ojos amarillos y cuerpos rojos y escamosos de los chillos, los trozos tiernos de dorado y los cubos de metal llenos de jueyes listos para hervir. En los días buenos, incluso preparaban comida para que la gente probara. Los pescadores locales llegaban a comprar sus anzuelos hechos a mano para la pesca deportiva. Cheo y Jorge tenían fama de hacer los mejores anzuelos y decían que sus plumillas de colores atraían una pesca matutina abundante.

Pero no quedaba ninguno de los botes. Dejé a Banto atrás y me fui delante.

—¡Pescao! —me gritó, pero yo seguí caminando. Llegué a la escalera al lado de los tanques industriales blancos que llevaban al largo pasillo de cemento donde vivían los pescadores.

—¡Cheo! —grité—. ¿Hay alguien aquí?

—¡Pescao! —respondió una voz. Era Cheo. Un hombre mayor, de cuarenta y pico años que se guillaba de ser un poeta de verdad. Su piel parecía una corteza oscura. Tenía los brazos gruesos, era bajito y tenía una barriga de cerveza. Sólo tenía pelo a los lados de la cabeza. Me le acerqué y lo abracé.

—Me preocupó que te hubieras quedado dormido durante María. Tenía que asegurarme, tú sabes.

—Pues sí. Dormí durante el ojo. La tipa se tardó lo que le dio la gana en pasar, mano. Es el huracán más lento que he visto. Ni siquiera Hugo. Y ése fue malo también.

—¿Y Georges?

—Pal carajo con Georges. Ése fue un pendejito comparado con ésta. ¿Viste cómo está eso ahí afuera?

—Sí, lo vi —giré y examiné su casa—. Cheo, ¿dónde están los demás? Jorge vino a principios de la semana y dijo que había pescado.

—Se fueron mucho antes de que pasara, mano. Se fueron a Bayamón y Toa Baja con la familia. Deben de estar bien.

—Pero lo vi hace poco, Cheo. ¿Cuándo se fue?

—No sé, mijo. Hace un rato ya. Tal vez antes de que tocara tierra.

—¿Y dejaste que se fueran así sin más? Hombre, ¿estás loco?

—Trataron de convencerme de que me fuera con ellos, Pescao.

—¿Y por qué no lo hiciste?

—No iba a irme. Éste es mi hogar. Si se va volando, me voy yo con él.

—Bueno, creo que lo peor ya pasó.

—Ojalá, mijo. Ojalá.

Aparté una caja de leche de la pared y me senté. La choza de Cheo se parecía mucho a la mía. Era humilde y sólo tenía una cocinita y un catre para dormir. La mayoría de los pescadores usaban los baños de los bares locales y se bañaban en el río.

—¿Tienes carnada, Cheo? —le pregunté.

—Sí...

—¿Dónde?

—Pescao, ¿de verdad vas a salir?

—Necesito comida, Cheo. Tengo hambre.

—La cosa está mala ahí afuera.

—Chico, está bien. Sólo está un poco revuelto. Nada que no se arregle en un par de semanas.

—No, Pescao. La gente...

Se detuvo y se dio la vuelta. No dijo más.

—¿Qué pasa, Cheo?

—La carnada está en la nevera de atrás. La gente la ha estado usando para guardar cosas. La gente que queda. La mantenemos funcionando con plantas eléctricas, mientras duren. No sé cuánto tiempo nos queda, pero la mantendremos prendida mientras se pueda. Ahora mismo está funcionando. Eso es lo único que importa.

—Okey —me puse de pie para irme—. Mira, Cheo: Ura tiene una idea para que las cosas vuelvan a funcionar.

Regreso después y te doy los detalles. Dice que va a ser algo grande. Dice que todo se va a resolver.

—No, Pescao. Debo quedarme aquí hasta que lleguen los demás. Además, tú sabes que no me llevo bien con ese cabrón.

—Cheo, dame una oportunidad cuando regrese. Vas a venirte con nosotros. Relájate. No resistas. Voy a pescar. Me reuniré con Ura a ver qué está planeando. Luego vengo pa acá y nos vamos juntos.

—Pescao...

—Ya, Cheo. No vas a quedarte solo aquí.

Le di unas palmaditas en el hombro y salí por el lado hacia un pastizal fangoso entre los tanques industriales abandonados. Los pescadores tenían un freezer grande donde guardaban el pescado y la carnada. Entré en el freezer, saqué una caja con carnada y regresé donde estaba Banto.

Banto estaba recostado contra uno de los postes de electricidad cerca del río. Estaba pasmado viendo el río revuelto, una melodía marrón que llenaba el aire.

—Okey, Banto. Vamo allá.

—Pescao, ¿cómo están?

—¿Ahora quieres saber, cabrón?

—¿Cómo están? —repitió.

—Cheo está bien. Vendremos a recogerlo cuando averigüemos qué diablos está planeando Ura.

—¿Y los demás?

—Cheo dice que están bien. Que se fueron pa Toa Baja y Bayamón.

—¿Se fueron a dónde?

—Toa Baja y Bayamón.

—¿Toa Baja? Pescao...

—¿Sí?

No dijo nada más. Giró y empezó a caminar río arriba. Su silencio era diferente, como si le guardara un secreto a Dios. Insistí, pero no me dijo nada más, así que lo dejé tranquilo.

Banto y yo buscamos el mejor lugar para pescar. Buscamos una parte donde el río no estuviera tan bravo para tirar las líneas sin tener que preocuparnos por si la corriente crecía o el suelo no nos aguantaba. Subimos las escaleras de casas abandonadas y los balcones sin su gente y sus conversaciones. Buscamos el mejor lugar posible. Buscamos todo el pescado que los pescadores habían prometido, examinamos todo a ver si había alguno que hubiera sido arrastrado por la corriente hasta las aceras, buscamos en los gabinetes, debajo de las sábanas, los sofás empapados, las neveras abandonadas con comida para varias semanas, ahora dañada porque no había electricidad. Buscamos y a Banto se le llenó la cara de tristeza.

Encontramos una casita de bloques de cemento. Se veía que los que la habitaban eran viejos por el tipo de decoración: crucifijos e imágenes manchadas de Jesús y María; éstas eran muy diversas, algunas pastorales, que contrastaban con las manchas de agua. También había muñecas de porcelana rotas con su ropa bordada vieja y sencilla, vestidas, probablemente, por los viejitos desaparecidos y olvidados.

El río se había devorado todos los alrededores, pero la casita seguía aferrada a la calle principal desesperada por mantener su lugar en el mundo. Subimos la escalera exterior de cemento. Llevaba al techo. Ahí caminamos por el borde y nos sentamos a mirar el río correr y correr; el zumbido nos tranquilizaba. El paisaje era desolador: el río había crecido tanto que no era posible distinguir dónde terminaba el agua y dónde empezaba la tierra. Pero estábamos seguros en esa azotea porque era sólida y resistente y el río sólo se había comido un lado de la casa y nos daba la corriente. Nos daba la oportunidad de pescar, así que tiramos las líneas y esperamos a que algo picara. Y esperamos ahí en silencio un buen rato. Temíamos que cayera la noche y nos quedáramos ahí atrapados porque la oscuridad no iba a permitirnos ver por dónde ir.

Banto fue el primero en pescar algo. Pero no fue un pescado. Una bota se le enganchó en el anzuelo y la sacó. Era una bota cara, una Doc Martin color rubí intenso. Me reí de él y él se rió y la puso a su lado y volvimos a esperar y a esperar.

Banto pescó otra cosa. Pero no fue un pescado, sino una chaqueta llena de fango. La chaqueta lucía bien, como comprada en el Nordstrom del Mall of San Juan. Le dije que la guardara porque tal vez la podría usar si la lavaba. Era posible que no le sirviera, pero no quise hacerlo sentir mal, así que lo dejé que disfrutara el momento. Y volvimos a esperar y esperar.

Por fin saqué algo yo. Pero no fue un pescado, sino una peluca manchada por todos los elementos del río. Banto me dijo en broma que me la probara, pero se la tiré y nos reímos. Le dije que la guardara y la limpiara y así tendríamos el outfit completo para la noche. Y nos reímos juntos por primera vez, no uno del otro, sino del mundo que nos rodeaba y de lo unidos y solos que estábamos.

Me quedé mirando fijamente el río hipnotizador, esperando por los peces de los que me habían hablado los pescadores. Quizás debía meterme al agua y tratar de agarrarlos como se hacía antes; quizás sólo un camarón podría sacarlos. No lo sabía, así que esperé con Banto en el techo hasta que el sol empezó a ponerse lentamente tras la bruma. Me quedé mirando ese río marrón todo lo que pude, esperando ver algo vivo en el agua turbia porque, por más ruido que hiciera y por más que se moviera, nos parecía que estaba muerto. Esperamos y, por fin, vimos algo. Atrapadas entre los troncos de los árboles que se habían caído río arriba, dos cabezas se mecían en el agua, sus cuerpos flotaban a la superficie de vez en cuando. Se notaba que la ropa que llevaban era buena. Banto y yo los vimos y no pudimos quitarles los ojos de encima, así que nos quedamos ahí hasta que el sol se hundió más aún en el horizonte. Me quedé mirando los cuerpos temblorosos hasta que me di cuenta de que Banto empezaba a alejarse.

MORIVIVÍ

Nos cansamos de las promesas. En los años antes de la destrucción, protestábamos frente a la AEE con pancartas y consignas que predecían cómo se desarrollaría el monopolio. El edificio maravillosamente escalonado creció durante esos años de protestas. El exterior, con sus delgadas letras talladas, estaba asentado en la avenida Ponce de León. La electricidad se manejaba a base de palancas y eso nos dejó con una red eléctrica frágil y descuidada. Nos cansamos de los esquemas y luchamos de la única forma que sabíamos. Y, a pesar de todo, el edificio se elevó y se elevó como nuestra factura de electricidad, como la yerba mala, como una protuberancia en el asfalto.

No éramos la primera generación que protestaba en esta isla; es una historia tan antigua como el colonialismo. Algunas protestas proindependencia se remontaban al Grito o a la Masacre de Ponce. Teníamos profesores en la IUPI que nos recordaban nuestro legado y nuestra genealogía de resistencia. Nos decían que, aunque compráramos una idea —el Estado Libre Asociado—, aunque la propaganda silenciara a la mayoría del pueblo y ahora nos vendieran la mentira del nuevo imperio, nuestras raíces estaban en la revolución a pesar de la subyugación, en la década de los setenta en la IUPI y Antonia Martínez Lagares, que pudo haber sido cualquiera de nosotras, demasiado joven para morir. Se lo debemos a ella, a Lolita Lebrón, a Luisa Capetillo, a nuestras madres. Soñábamos con la revolución dentro de los portones de nuestra Alma Mater.

Veíamos el monopolio político, a los políticos y los temas de interés especial y nos crecía la rabia mientras seguíamos eligiendo a las mismas familias para el Gobierno. Protestamos y protestamos porque creíamos, aunque sólo fuera por honrar a los que vinieron antes que nosotros y los que vendrían después. Clamamos con cacerolas abolladas de tanto golpe y marchamos hasta La Fortaleza o El Capitolio o los portones de la IUPI con pancartas pintadas de negro escritas con las mismas palabras que gritábamos: «¡No a la JUNTA!» o «Fuera la policía de la IUPI» o «Arreglen el sistema eléctrico».

Creíamos que era culpa de nuestros líderes. Mientras ellos se peleaban en el Capitolio y nos metían el mismo discurso cada cuatro años, nosotros queríamos verlos caer. Trataban de encubrir años de malversación y corrupción pavimentando las calles con asfalto nuevo en los años de elecciones. Y nos enfurecía que tanta gente olvidara cómo las cosas se abandonaban y perdían valor. Nos resistíamos a adoptar un color: ni rojo, ni azul, ni verde. Amábamos porque no hay amor más grande que el de la patria.

Teníamos abuelas y madres que nos recordaban en sus actos cotidianos y sutiles el significado de resistir, ellas que podaban las trinitarias y jamás hacían una mueca de dolor cuando las espinas del arbusto les cortaban la piel y las hacían sangrar. Sus hermosos jardines sembrados de palos de limón y mangó. Todo esto en una ciudad de cemento.

Teníamos madres que trabajaban como abogadas en el tribunal de Hato Rey y otras que no dormían porque eran enfermeras y doctoras en el Pavía y algunas en el Presby en

Condado. Trabajábamos cuando podíamos, a veces cerca de la IUPI, en Vidy's, los jueves por la noche cuando los estudiantes salían a beber y soñar con un futuro que se había esfumado hacía tiempo.

Llamábamos a Santurce nuestro hogar, pero muchas veces íbamos a Florencia, un pueblito cerca de Loíza a orillas del Río Grande. Allí conseguíamos la mejor comida: chillo, dorado, pulpo, fritura. Cogíamos un break de los estudios en la IUPI e íbamos a La Posita a nadar hasta que caía el sol y luego íbamos a pie hasta Florencia a beber y a bailar. Florencia era donde amábamos. Donde encontramos nuestro corazón.

Pero cuando llegó la calamidad, nos quedamos callados mientras todo a nuestro alrededor se desmoronaba más de lo que pudo hacerlo cualquier Calderón, Fortuño, Acevedo Vilá, los Rosselló o Romero Barceló. Y no había orden. Y no había agua potable, ni comida caliente, ni medicinas para curar las enfermedades. Las expectativas simples del viejo gobierno no sólo no se satisficieron, sino que se distorsionaron. Y nuestra rabia aumentaba con cada promesa.

Nos enteramos del plan de Urayoán de crear un nuevo orden. Todo empezó con recursos que le usurparon al viejo gobierno. Todo empezó con el diésel y la gasolina, pero yo sabía que había más, tal vez algo cuya respuesta sólo él conocía. A medida que pasaba el tiempo, sentíamos que era la única forma de ganar algún grado de control. A muchos les parecerá extraño intentar construir algo de la nada, pero la desesperación obliga a hacer cosas extrañas e interesantes. Obliga a creer en cosas extrañas e interesantes.

—No va a funcionar. ¿Cómo piensas distribuir los recursos en los otros pueblos? —recuerdo que le preguntamos después.

—Los demás pueblos no son mi problema —dijo—: si quieren salvarse, deben venir donde Urayoán.

AL AMANECER, DAMARIS y yo nos pusimos en fila frente a Walmart violando el toque de queda ordenado por el viejo gobierno, pero no había suficientes policías para dar instrucciones o imponer el control si los que esperaban se ponían violentos. Fue entonces que vi a los rojos. Empezaron a aparecer frente a todas las gasolineras. Empezaron a patrullar las entradas de Walmart, Costco y todos los supermercados Amigo y Pueblo que tenían recursos y alimentos. Algunos distribuían panfletos de un «paraíso prometido», un lugar llamado «Memoria» donde había comida, agua, gasolina, diésel y orden. Los panfletos no tenían direcciones ni nombre. Sólo decían «sigue a los rojos» en los bordes arrugados. Parecía una trampa. Al principio, los primeros que recibieron los panfletos los ignoraron y los tiraron al suelo.

Había un viejo al frente de la fila de Walmart. Era delgado y medio calvo. Llevaba una guayabera crema y unos pantalones verde oliva. Esperaba, como el resto de la gente, a que la tienda abriera para vender las raciones. La fila debía de extenderse más de una milla y temíamos quedarnos sin las raciones del día porque contamos a demasiadas personas delante de nosotras.

Los rojos iban del final de la fila hacia el frente repartiendo panfletos, y el viejo agarró uno y lo escupió.

—Llévate esto de aquí. Lo que necesitamos es agua. No después. Ahora —dijo—. Necesitamos agua potable y comida y luz.

—Pero ésa es la promesa. Es lo que dice aquí —dijo el rojo señalando el panfleto.

—¿Aquí? No hay un aquí. Toda la isla está jodía. No hay un aquí. Dejen de joder con nosotros —dijo el hombre—. Necesitamos agua ahora. No después. ¡Ahora! —Tiró el panfleto al suelo y cruzó los brazos. Le dio la espalda a la gente de rojo con una testarudez admirable.

WALMART AÚN NO abría sus puertas. Nos cansábamos de esperar e intentábamos mantener la compostura a pesar de la frustración.

En la puerta principal, un intercom anunció el corte: sólo las primeras cien personas en fila alcanzarían el agua embotellada. Pero había suficiente arroz y latas de habichuelas para los demás. Dijo que había un oasis en el centro del pueblo. El centro del pueblo estaba a cinco millas y llevábamos esperando desde el amanecer. Debían de ser las tres o las cuatro de la tarde.

—¡Necesitamos agua potable! —comenzaron a gritar muchos a nuestro alrededor—. ¡Necesitamos agua potable ahora! —siguieron.

Unos jóvenes altos que estaban detrás de nosotras se encojonaron y se salieron de la fila. Marcharon hacia donde empezaba la fila y sacaron al viejo de un empujón. El viejo empezó a gritarles.

—¡Sálganse de mi sitio, coño! Llevo esperando desde anoche. Ustedes tienen que esperar también —les gritó, pero los jóvenes no se movieron y ninguna de las personas alrededor hizo nada por ayudar.

—Búscate otro sitio, mamabicho. Vamos a entrar sí o sí. Vete a otra parte a buscar agua —le dijo uno de los jóvenes al viejo.

Queríamos ayudar, pero estábamos agotadas por el calor.

—¡Oigan! ¡Sálganse de mi sitio! —seguía suplicando el viejo. Nos dimos cuenta de que los jóvenes llevaban pistolas enganchadas en la cintura.

—¡Cabrón, no te pases! —dijo uno y empujó al viejo. El viejo no iba a darse por vencido y le devolvió el empujón. La gente alrededor empezó a apartarse.

—Dale, viejo, vamo pa encima —dijo el joven y se enfrentaron con los puños en alto. El viejo intentó lanzarle unos cuantos golpes al estómago, pero el muchacho los esquivó y luego le dio un puño sólido detrás de la oreja. El viejo se puso tieso y se mantuvo en pie hasta que cayó de boca como un árbol petrificado. Se quedó en el suelo sin moverse. Nos pusimos nerviosas. La gente a nuestro alrededor también tenía ganas de pelear, aunque sólo fuera para desahogarse.

ÉRAMOS DOS MUJERES jóvenes, Damaris y yo. A mí me gustaba llevar un cuchillo en el bolsillo del mahón porque eso fue lo que me enseñaron de niña. No me daba miedo pegarle un puño a cualquiera. Pero, a veces, tan sólo pensar en pelear nos entristecía porque sabíamos que estábamos todos en el mismo bote, asustados por lo que podría pasar mañana o por la oscuridad de la noche.

NO ESTÁBAMOS SEGURAS de que el plan de Urayoán fuera a funcionar. Se regó la voz de que había robado diésel y gasolina y que iba a esconderlo en su nueva sociedad. Seguimos viendo cómo repartían los panfletos las semanas siguientes en Florencia: una nueva sociedad se autoproclamaba el centro de todo, en el centro de la isla. Los panfletos estaban escritos a mano con letras gruesas y algunos eran ilegibles, pero los rumores empezaron a propagarse, y eso era más poderoso.

Algunos sospechaban que Urayoán había escondido el diésel en las montañas de Utuado porque estaba convencido de que ése era el centro del mundo. El sitio ideal para fundar una colonia o una sociedad o lo que fuera. Su Memoria. Un lugar al que sólo podían llegar los que lo buscaran.

UN DÍA, DAMARIS y yo estábamos nuevamente en la fila de la gasolinera Gulf esperando a que llegara la gasolina del viejo gobierno. Pero los camiones nunca llegaron. Fue entonces que llegaron los rojos. Caminaron hasta las bombas de diésel y gasolina y, bates en mano, se pusieron en guardia. Llevaban chaquetas rojas de cuero, mahones rojos agujerados y mascarillas quirúrgicas negras. Los policías no se molestaron en detenerlos. Ellos también hacían fila para ver si alcanzaban el poco combustible que llegaba de los puertos y la bahía.

—Dicen que esos hombres trabajan para Urayoán, que van a traer su diésel y gasolina y venderlos aquí porque los camiones del viejo gobierno no van a venir; los están usando para el gobernador y su gente. No quieren desperdiciarlos en nosotros —dijo una señora mayor que estaba delante de nosotras.

—Pero está robando igualmente —le dije.

—¿Y qué? Al menos está haciendo algo. Esos otros pendejos lo dejaron casi to en la bahía. Pa colmo ahora dicen que los camioneros están en huelga. Por lo menos su prioridad somos nosotros —dijo la mujer.

Damaris y yo la miramos con desconfianza. Nos quedamos

calladas mientras observábamos a los rojos formar flancos para vigilar las bombas de gasolina.

—Esos no son hombres, Mori. Son niños —dijo Damaris por fin.

—¿Niños? —pregunté. Miré a los rojos y vi sus cachetes delicados. Tenían los ojos color marrón y, si se miraban de cerca, una mirada tierna que sus mascarillas no lograban ocultar.

—No tiene sentido —respondí.

—¿Qué?

—Que estén aquí. Que Urayoán esté usando aquí los camiones robados. Que esos niños trabajen para él.

—Sí tiene sentido, Mori. Nadie más va a venir. Para eso lo hace. Para que la gente lo siga. No hay de otra.

—¿No iba a ir al centro? No veo por qué desperdiciarlo aquí. Me parece que es como para despistar.

—Mira a tu alrededor, Mori.

Había tantas personas esperando por la gasolina y el diésel, sentadas en sillas o en sus carros en una fila que se extendía durante millas esperando conseguir algo. No les importaba el tiempo que tuvieran que esperar; al estar ahí debía de parecerles que hacían algo en vez de quedarse en casa esperando.

—Así es que empiezan estas cosas. Repartes panfletos que nadie lee y, a medida que pasa el tiempo, la gente se desespera. Así se hace, Mori. Así se gana la confianza.

—¿Le estará dando trabajo reclutar para su pequeña comuna? ¿En Memoria?

—Es que no tiene por qué hacerlo. Todo lo que tiene que hacer es esperar. La gente llegará.

Nos frustramos otra vez. Ninguna de las personas a nuestro

alrededor se movía de su sitio. Se sentía la desesperación, pero ¿quién podía culparnos? Nos fajábamos como hace la mayoría de la gente ante un desastre. Era un proceso de desensibilización y dilación. No podíamos permitirnos sentir más allá de lo que teníamos en frente y sabíamos, como colectivo, que las cosas jamás volverían a ser como antes. El viejo gobierno había dejado de funcionar y todo estaba colapsando. No se trataba ya de su inactividad o su falta de preparación, sino de cómo racionaban los recursos conforme a sus propios intereses. La única diferencia era que ahora no se molestaban en disimular y usaban los fondos para llenarse los bolsillos.

En parte, no podía evitar sentirme agradecida por el hecho de que a la vieja guardia no le fuera bien. El peso de la calamidad nos obligaba a sobrevivir, reconsiderar y recordar. Sabíamos que todos los incidentes y conversaciones estarían marcados por este momento, el efecto «después de María» lo prefaciaba todo.

Me cansé de esperar y me salí de la fila. Caminé con paso firme hacia uno de los muchachos de rojo. Intentó levantar la mano mientras me acercaba a él y me hizo señas para que regresara a la fila y esperara mi turno. Era alto, pero tenía cara de niño, las cejas delicadamente perfiladas y los ojos enmarcados en unas largas pestañas.

—¿Dónde está Urayoán? —pregunté.

—Vuelve a la fila. El combustible va a llegar pronto —respondió.

—¿Dónde está Urayoán? —repetí.

—Mira, chica, si no regresas a la fila...

—¿Qué vas a hacer, cabrón? ¿Ah? —Me puse frente a él. No le temía. Ni al bate ni a la mascarilla ni a su actitud imponente. Me miró por encima del hombro y apretó el bate.

—Chica, vuelve… vuelve a la fila… o…

—No te tengo miedo, cabrón.

Saqué el cuchillo y se lo acerqué a la barbilla. Estrujó la cara intentando evitar el filo.

—¿Dónde está? —pregunté.

—¡Mori! —gritó Damaris—. ¡Ya! Vuelve pa acá.

—Escucha… escucha a tu amiga.

—Pendejo —le hice un corte superficial en el cuello del que brotó un chorrito de sangre. Los ojos se le inundaron de lágrimas. No era fuerte, ni grande, ni grandioso. No era más que un niño con un bate.

ESPERAMOS BAJO EL sol preguntándonos por qué el camión no llegaba. Yo me desesperaba cada vez más, pero Damaris mantuvo la paciencia. El aire se sentía pesado y apestaba a hojas mojadas, como si el agua se hubiera acumulado y abombao en cada rincón de la isla. Poco importaba que no hubiera llovido desde la calamidad. Toda el agua estancada se resistía a evaporarse.

Mi mente voló al pasado, a mi niñez. Esperar ahí obligaba a una a reflexionar porque, después de un tiempo, no había palabras ni conversación con que distraerse y una se quedaba sola consigo misma. Recordé cuando Damaris y yo fuimos de barrio en barrio recaudando fondos para una organización de protección comunitaria. Eso fue después de que el novio de la mamá de Damaris la matara. Me comprometí a cuidarla. Ella tenía una paciencia que yo nunca pude tener. Yo echaba fuego por la boca cada vez que podía y Damaris siempre estaba ahí para apaciguar las llamas. Había algo tácito en su suave exterior y yo sentía que era mi responsabilidad actuar sobre lo que ella no se permitía sentir o mostrar. Así que lo hacía por ella. Recaudamos dinero para nosotras y nadie cuestionó nuestras intenciones porque todo el mundo sabía lo que les había pasado a la pobre Damaris y a su mamá. Quizás la culpa incentivó su limosna. Cuando recogimos suficiente dinero, lo usamos para comprar cuchillos y un catre. Ella se quedaba en casa y ahí crecimos juntas. Creíamos en la libertad radical e íbamos a todas las protestas. No importaba que fuéramos tan jóvenes. Era lo único que podíamos hacer, así que lo hacíamos.

Cerca de la casa de mis abuelos, justo al lado del puente La Virgencita en Toa Baja, estaba la finquita de la familia Otero. Tenían caballos y ganado. En el centro había un silo abandonado y oxidado; unos árboles de mangó inmensos rodeaban la casa de cemento. La casa era modesta y cuadrada; en el primer piso estaban los cuartos y una escalera exterior llevaba a la planta baja, que servía de garaje abierto. Al fondo se veía la Cordillera Central que divide la isla en norte y sur. Antes de la calamidad, era de un verde que cambiaba de tonalidades según lloviera. De noche, la sombra oscura de su silueta se dibujaba sobre el cielo y en su superficie brillaban puntitos de luz.

Pero después de la calamidad, todo se veía marrón. Se podía ver a través de la piedra de la montaña y el horizonte parecía arder en llamas. Después de que bajó el nivel del agua, fuimos a buscar a mis abuelos. Caminamos por la carretera destruida y llegamos a la finca de los Otero. No había nadie. Debían de haberlos evacuado. Lo que dejaron atrás, sin embargo, seguía ahí. Los cuerpos de los caballos habían sido arrastrados hasta los techos y detrás de los techos había tanto ganado muerto, tantos gallos, gallinas, pollitos y cerdos, todos embarrados de fango e hinchados de agua.

Nos cruzamos con una yegua marrón que había sido arrastrada contra el tronco de un gran árbol; tenía la crin enredada y hecha nudos. Damaris tocó la yegua con un palo y se quedó mirando fijamente sus ojos vidriosos.

—¿Qué crees que sintieron al morir? —preguntó.

—Nada —respondí.

—¿Nada? Algo sentirían, Mori.

—Dolor, supongo. Como si no tuvieran a dónde ir. Debe de haber sido una muerte lenta. Sentir el agua subir y subir y ellos forzados a tragar y tragar... mírales los ojos —le toqué el ojo abierto a la yegua marrón—. ¿Qué ves?

—No sé —respondió.

—Mira bien —dije.

—Tristeza...

—Sus ojos hablan de tristeza —respondí.

LOS CAMIONES LLEGARON cerca del atardecer. Estaban pintados de negro. Los rojos iban colgados a los lados de los camiones con sus rifles cortos. Cuando se detuvieron, los que iban en un camión saltaron y se colocaron rápidamente en una formación desordenada. Esperaron ahí como soldados baratos. Y Urayoán, vestido de chaqueta negra y mahón oscuro, salió del asiento del conductor. Su presencia provocó miedo al principio. Quise ir hasta él en ese mismo instante, pero Damaris me agarró y me dijo que me estuviera quieta. Que no era el momento.

URAYOÁN

En la costa de Ceiba, más allá de la base naval abandonada desde hace tiempo, pasados los pilotes oxidados de la plataforma petrolera de Paragon, se ven los tubos de desagüe bailar bien bonitos. Los habrán olvidado cuando caiga la noche, pero no a mí. Mi intención es existir más allá de una vida. Todos me recordarán —**Urayoán**— valiente y hermoso para la memoria eterna. Olvidarán a muchos. ¿Pero a mí? Recordarán mi nombre.

Contaré dónde fue que se me ocurrió. Cómo se creó este mejunje de partido. No hay nada más profundo que el lenguaje porque es la verdadera conexión con la memoria. Eso dice la Torre de Babel. Borrar la vieja memoria y plantar una nueva memoria es lo que subyace todo intento de conquista. He sido conquistado dos veces: una vez por el imperio español y otra por el estadounidense. Ahora se me ha conferido una voz como a Lázaro se le confirió la vida; un comité me eligió, soy amado por las marionetas desesperadas por anunciar mi visión. Es por eso que asocio a Pescao con «Hagseed». Así lo llamo yo. Es un nombre propio: la semilla de una bruja de dos imperios.

Hagseed no es de los nuestros. Lo encontré nadando solo donde pedían dinero los adictos a la heroína y las luces cambiaban de rojo a verde. El puente sale de la Piñero y la curva cerrada hacia la Muñoz Rivera es peligrosa. Sin embargo, ahí se ve a los deambulantes buscando la peseta. Hagseed era del tipo más desarrollado y se la pasaba alrededor del semáforo en la entrada de la Universidad, agachándose y balanceándose entre los carros, esperando a que lo ignoraran. Pero yo no lo ignoré. No lo ignoré porque parecía un camarón. Necesitaba un hogar y eso fue lo que le di. Confío en él, pero no demasiado porque no hay que confiar en las cosas que se encuentran.

Ah, pero los rojos. Son mis mascotas. Para empezar, son niños sin hogar. También son hijos de los anarquistas mentales, los locos que oyen voces y que solían encontrarse en el viejo Mepsi Center. Me siguen y eso es lo que me gusta. El color rojo es sólo disfraz y performance porque el rojo es el color de la pasión. He reclutado a varios para mi ilustre plan y visión.

Al gordo no lo necesito. Banto con toda su pendejá, Banto el goldinflón, que lloriquea y se lamenta porque su mamá gorda lo alimentó demasiado. Se le menean las tetas cuando camina y lo único que hace es quejarse de que el mundo no lo quiere. Siempre janguea con Hagseed y Hagseed lo protege como a la gasolina. Un día de estos voy a destripar a Banto y dárselo de comer a mis santos y mártires y haremos un banquete de pernil por una semana. Luego están Cheo y los pescadores. Si Hagseed supiera lo que les pasó a los demás miembros de su banda de pescadores se doblaría como el camarón que es; se encogería y lloraría. Esa información no aparece en los periódicos. Un montón de gente nadando en las aguas profundas de Toa Baja y un montón de gente infectada y enferma. Memoria será gloriosa y la construiré más grande que Babilonia con portones rojo brillante.

Me metí en Palo Seco después de que la monstrua lo viró todo al revés. Ése fue el primer lugar que inspeccioné porque la planta de energía eléctrica es fundamental para el área metro de San Juan y más allá. Puede que le llegue esa brisa agradable del océano porque está al borde de Toa Baja y yo sabía —gracias a mi ingenio— que, si se caía y se prendía en fuego, el viejo gobierno jamás podría organizarse para arreglar las cosas. Me llevé a un rojo a revisar las conexiones eléctricas y vi que la isla entera estaba podrida. No un poco podrida, sino mal manejada y olvidada. Podrida como un hueso corrupto con una infección tan profunda que se riega. Mi maldito viejo gobierno quiso irse con Whitefish. Debieron de haberlo sabido, pero les agradezco sus tratos. Ahora veo lo que necesitamos.

El rojo que me llevé me pregunta: «¿Por algún milagro vamo a ver la isla y todo prendío otra vez?». Y yo le respondí enfáticamente: «Paciencia». Todos los nuevos gobiernos necesitan un centro, y yo sabía que el centro era literal. En las montañas profundas e ignoradas proveeré comercio, seguridad, rojos, gasolina, un hogar. Todo esto en la preciosa Memoria. Una vez cubiertas esas necesidades básicas, todo lo demás se puede arreglar con mi liderato.

Luego inspeccioné las provisiones que escondieron. Fui solo a revisar los muelles donde esa gente de FEMA guardaba parte de la ayuda. Encontré los mapas de donde hicieron las entregas; los puntos donde esas operaciones en helicóptero intentaron enviar agua y abastecimientos al centro de nuestra isla. Había tan pocos puntos de entrega por aire que daba risa ver el esfuerzo. El viejo gobierno estafando a todo lo que da. Pero, nuevamente, se lo agradezco porque puedo ver lo que necesitamos. Memorizo los mapas cuyo destino final es el lugar hacia donde se dirigían los camiones de diésel y gasolina. Como dije, confío en los rojos. Son mis mascotas. Pero el único que sabe exactamente cuántos camiones hay y dónde agarrarlos soy yo. Nadie más. Yo y los rojos lo hicimos bajo el amparo de las estrellas. He visto al viejo gobierno vigilar y proteger los camiones de gasolina que viajan en la oscuridad, pero eso no nos asustaba ni a los rojos ni a mí. El viejo gobierno dijo que quería a todo el mundo en la cama temprano por su propia seguridad y yo me reía porque me estaban entregando todos esos camiones en bandeja de plata y sin testigos.

Empezamos en el expreso José de Diego frente a Plaza Río Hondo justo después del puente donde los dos ríos se juntan. Yo —gracias a mi ingenio— me robé unos camiones Mack, de los grandes que se usan para transportar arena de un sitio a otro, y los rojos los parquearon justo en medio de la autopista. Entonces, para montar un show, prendimos fuego en ambos extremos del puente. Todo esto para asustar a la policía, por supuesto. Al verlo, detuvieron las patrullas con los camiones de combustible y, cuando se bajaron de los vehículos, los rojos, que estaban en los camiones armados con rifles, atacaron sin piedad a los policías y los hicieron papilla. Formaron un revolú, pero eso no se pudo ver hasta temprano en la mañana cuando arrancaron y desbarataron las tripas y las extremidades. El plan funcionó a la perfección. El puente era una estrella luminosa contra la oscuridad profunda y toda mi isla estaba en paz entre las llamas.

Nos robamos los camiones de gasolina. Hicimos lo mismo en distintos puntos a lo largo de la noche. Todo dependía de la sincronización; por eso sólo confiaba en los rojos. El golpe perfecto depende de la sincronización. El lugar específico estaba cerca de Dorado y el Krispy Kreme, muy cerca de la estatua del caballito de mar que da la bienvenida debajo de la rampa. Les dije que tan pronto vieran la luz azul y amarilla iluminar la noche prepararan nuestros camiones Mack. Les preocupaba no verlas, pero les dije que miraran hacia el puente largo, que sería la única luz azul que verían en toda la noche. Todo salió perfecto, sin problemas. Los rojos dijeron que cuando la policía los vio, simplemente se bajaron de la patrulla y empezaron a caminar hacia San Juan en la oscuridad. Es el miedo que provoca el fuego porque los rojos conocían el fuego y quemaron los lados donde crecían la hierba y los arbustos.

A otro lugar que envié a los rojos fue cerca de Arecibo, por el Coliseo Petaca. Ese punto era más difícil porque la autopista sube entre una montaña dividida y no podrían ver las luces de la patrulla policial que tenían que vigilar hasta que ya fuera demasiado tarde para actuar. Les pedí a los rojos que inspeccionaran el tope de las dos lomitas y se quedaran ahí vigilando. Sabía que era complicado porque tendrían que luchar contra su propia impaciencia. Así que les di fuegos artificiales y, tan pronto vieron que las luces de la policía y los camiones de combustible empezaban a subir la montaña, prendieron los fuegos artificiales. Imagínense la inmensidad de la noche encendida en todo su esplendor de verde y azul.

¡Y funcionó! Los rojos llegaron rápido donde la policía, pero la cosa se puso fea. Lo que pasa es que ese punto es el paso al oeste de nuestra isla. Al menos el paso más rápido. Según los informes, la monstrua había destruido buena parte de la Carretera Número Dos; la autopista era la única ruta transitable hacia el oeste para carros y camiones. Los policías lo sabían y quisieron actuar de forma firme y noble, así que pelearon todo lo que pudieron. Pero mis mascotas son buenas para ese tipo de cosas y le dieron duro a esa gente del viejo gobierno. A mí no me dio ni pena ni remordimiento. A Urayoán le toca —gracias a su ingenio— cambiar los destinos, así que eso hago.

Cuando me bajé en la estación Gulf, fue para hacer una demostración. Llegué en mi camión pintado de negro para que combinara con la noche. Salí del camión y me trepé en el techo y les dije: «Estamos aquí pa salvarlos. No estamos aquí pa decirles que vengan con nosotros a un lugar seguro, sino a un lugar donde hay energía y yo, junto a los míos, me aseguraré de que todos tengan el agua y la comida que necesiten. Pero ese lugar no es pa todo el mundo. Pa garantizar su seguridad, todos los miembros de nuestra nueva sociedad tendrán que obedecernos a mí y a mi consejo».

Yo les proponía una nueva vida y me miraban como si fuera un leproso o un lunático. Yo tenía los recursos que ellos necesitaban y aún no me respetaban, así que usé a los rojos para demostrárselo. «Miren aquí si no me creen. Voy a darle electricidad a esta gasolinera con la planta eléctrica portátil». Y les dije a los rojos que llenaran la planta eléctrica con el combustible que traía en mi camión negro. La planta zumbó y rugió antes de iluminar toda la estación Gulf y la gente que esperaba impacientemente empezó a prestarme atención. A escucharme. Les dije: «La decisión de ir o venir es suya. Les llenaré a todos los tanques de combustible de gratis. Es una prueba de cómo progresará este nuevo lugar que los rojos y yo estamos construyendo». Pero esos esmayaos sólo corrieron a llenar sus candungos, sus carros destartalados y se fueron sin mirar atrás ni escuchar mi propuesta. Entonces me encojoné y me quité la chaqueta porque iba en serio. Vi unos viejos con cuatro candungos, que intentaban llenarlos tan rápido como podían. Les dije a los rojos que me dejaran hacerme cargo y me les acerqué mientras llenaban los candungos y les pregunté si necesitaban ayuda.

—Puedo llevárselos si quieren —dije con una mueca y abrí los brazos.

—Sólo estamos cogiendo lo que necesitamos pa sobrevivir. Muchos de nosotros vivimos en hogares pa ancianos y algunos estamos enfermándonos por el calor.

Me dijeron esto humildemente, como tratando de ganarse mi simpatía, así que les seguí el juego. Me acerqué a uno y le di unas palmaditas en la espalda cuando se inclinó para llenar el candungo. Llevaba una camiseta blanca que estaba amarillenta de tanto uso. Tenía la piel tostada por el sol y los ojos color ámbar. Le pasé la mano mientras se inclinaba. Su amigo frunció el ceño y me miró confundido.

—¿Cuántos de éstos me dijeron que necesitan? —pregunté fingiendo preocupación.

—Esto debe alcanzarnos pa dos semanas. Tenemos algunos pacientes que necesitan que las máquinas y los abanicos funcionen porque en ese hogar hace mucho calor. Uste entiende —me dijo como si yo fuera un político viejo o un pastor, así que decidí seguirle el juego y le lancé una mirada simpática de consternación. Incluso asentí con la cabeza—. Gracias —repitió una y otra vez.

Caminé a su lado mientras él se esforzaba por cargar los dos candungos repletos. El viejo y su pana caminaban despacio dando tumbos y yo los seguía y les preguntaba una y otra vez si necesitaban ayuda.

—Oye, pide que hay, yo y mis rojos los ayudamos a llevarlos a su hogar —les dije y los seguí hasta que salieron de la estación Gulf. Les pité a dos de mis rojos para que vinieran conmigo y los demás se quedaron en la Gulf repartiendo muestras gratis.

—Tá bien, no necesitamos ayuda. Gracias por el diésel. Podemos regresar sin problema —nos dijeron, pero seguimos detrás de ellos y uno de mis rojos empezó a silbar y gorjear como un pitirre y siguió silbando y silbando mientras caminábamos junto a los viejitos.

—Déjanos llevarte eso. Es lo menos que podemos hacer. Nos gusta hacer el trabajo completo, ya tú sabe. Somos bien amigables, les damos una muestra gratis, así que no hay problema —les grité medio vacilándomelos y me di cuenta de que los silbidos de mis rojos empezaban a incomodarlos.

—Tá bien, tú mandas aquí. Nos diste esto pa que te lo agradeciéramos. Ahora déjennos llegar al hogar y ya —me regañó. ¡A mí! Al que tuvo la idea de empezar de nuevo, gracias a mi ingenio. Y me reí con cojones y mis rojos hicieron lo mismo y fue ahí que les lancé la mirada a mis mascotas, que empezaron a caminar más y más rápido; ahora iban al lado de los viejitos que se esforzaban por llevar los candungos llenos del diésel que yo les había regalado tan generosamente. Entonces los viejitos se detuvieron, soltaron los candungos y empezaron con ese tono que no me gusta nada:

—¡Okey! ¿Qué carajo quieren? ¿Qué quieren? ¿Chavos? No tenemos chavos así que están perdiendo el tiempo —me dijo de mala forma, como si no estuviera aprovechándose de mí.

—Basta con que nos den las gracias y nos dejen hacer el trabajo completo —le contesté. Se lo dije de mala forma porque el juego estaba a punto de terminar. El rojo que estaba silbando lo sabía y dejó de silbar. Todos nos detuvimos ahí, callados, en medio de ese corredor de árboles muertos. La estación Gulf estaba lejos y se había hecho de noche—. El bosque engaña cuando vuelve a la vida. Ya tú sabe, con to el ruido que hace la oscuridad —le dije y rompí el silencio.

La noche empezó a activarse con todos los animales. Lentamente, pero creo que todos podíamos apreciarlo.

—Por favor, no queremos nada. Sólo queremos regresar a nuestros hogares y prender las plantas eléctricas. Ya estamos llegando. Por favor, déjennos regresar en paz —me dijo otra vez.

Pero el juego ya se había acabado. Me miró con tristeza, tenía los ojos aguados. Giré y miré a los rojos y ellos me miraron atentos y entonces embistieron contra los viejitos y los tumbaron al suelo. Les dieron varios puños en la cara, que resonaron en el aire como cascos de caballo en el asfalto. Los hombres lloraban en el suelo y alzaban las manos para cubrirse la cara. Me gusta pensar que ya no podían mirarme más con cara de satisfacción. Agarré uno de los candungos, lo abrí y se lo vacié encima y ellos tosían y sangraban en la calle oscura.

—No, por favor, por favor, por favor —me dijo una y otra vez y le eché una última mirada siniestra antes de retirarme. Les pité a mis mascotas para que agarraran los demás candungos y luego mis buenos y leales rojos se quedaron detrás y prendieron fósforos e hicieron una fogata.

BANTO

Pescao y yo nos volvimos a juntar para buscar a Ura.
Después de que ella nos azotó y pasaron varias semanas, el plan de Ura de robarse los camiones de gasolina y
diésel funcionó. Agarramos unas habichuelas secas y unas
latas de salmón del colmado del centro de Florencia. Era la
única tienda abierta y se le estaban acabando los abastecimientos. Gabo era el dueño y nos anunció que él también
se iría al refugio cerca de San Juan. Dijo que era imposible
quedarse más tiempo. Dijo que estaban dando raciones de
comida gratis.

Pescao se sospechaba algo y eso lo entristeció. Yo quería
encontrar esa nueva ciudad que Ura había planificado construir en el centro de todas las cosas. La llamaba «Memoria».
Ésas son sus palabras, no las mías. Nuestra vieja Florencia
se estaba volviendo insostenible y la gente que se había quedado estaba cada vez más débil.

—Es hora de irnos de aquí, Pescao.

—¿Y a dónde vamos? Dime tú, Banto. Dime.

—A buscar a Ura. Nos está esperando. Es lo único que
podemos hacer ahora mismo.

—Buena idea —dijo sarcásticamente mientras caminaba
de un lado a otro de su choza bajo el puente. La puerta estaba
abierta. Me senté fuera a escuchar la corriente del río y ver a
los changos picotear la basura que corría más abajo. Llevaba
una mochila con todo lo que habíamos pescado hacía unas

semanas: la bota, la chaqueta y la peluca. Lavé las tres cosas en el agua sucia y las puse a secar un rato antes de meterlas en la mochila.

—Estoy seguro de que los rojos saben dónde encontrarlo —dije por fin.

—Pues ve y pregúntales, cabrón.

Me callé y dejé que se calmara un momento.

—Los muchachos de Ura siguen reclutando a más y más gente en estos días —dije.

—Sí —respondió. Buscó unos pepinillos en la nevera desconectada para entretenerse.

—Me imagino que, si a los muchachos les va bien, esa pequeña ciudad va a seguir funcionando y el viejo gobierno no podrá hacer nada al respecto.

—Sí —dijo de nuevo mientras servía el salmón en un plato plástico azul.

—¿Oíste lo que dijo Ojeda anoche en la radio?

—No.

—Habló y habló del toque de queda y de cómo el viejo gobierno le advierte a la gente que no salga de noche a la calle. Dijo que siguen robándose los camiones de gasolina y diésel. Lo condenó, claro. Dijo que los responsables estaban perjudicando los esfuerzos de recuperación.

—Así que no le llegó el memo.

—¿Sobre?

—Sobre la fiestecita de Ura en la montaña. Él y sus ideas de lo que debe ser una nueva civilización isleña.

—Na. No creo que a Ojeda le haya llegado el memo —reí—. Sigue diciendo que el viejo gobierno tiene un montón de recursos, pero que los troqueros no se están reportando a trabajar. Y los policías también han desaparecido.

—Es porque están agotaos, Banto. No hay suficientes y los que se presentan a trabajar no descansan. Piénsalo.

—Okey, okey.

Me puse de pie y caminé hacia él. Pescao se comió el salmón que había preparado en su mesa dilapidada. Sorbió el líquido de la lata y agarró los pepinillos y los chupó antes de comérselos.

—¿Te acuerdas de Randy? El chamaquito que toca la trompeta. De Candelaria —dije y Pescao negó con la cabeza y siguió sacando pepinillos—. Tú sabes, el fumigador. Dejó los estudios en el Turabo y ahora es un dominguero de la Guardia Nacional.

—Sí, sí.

—Me lo encontré en la tienda de Gabo. Llevaba puesto el uniforme de camuflaje. Dijo que las cosas estaban bien malas en el centro de la isla. También dijo que Humacao se borró del mapa. Dijo que nunca había visto cosa igual y que las filas para entrar en sitios como Walmart y Pueblo son kilométricas. Dijo que los árboles en la montaña parecen como si los hubieran serruchao por la mitad. Pescao, una deforestación total, como una bomba atómica. Imagínate.

—¿Y por qué no hace algo al respecto?

—Ésa es la cosa, Pescao. Me dice que no pueden. Que están esperando órdenes de los jefes y todavía no han recibido ninguna. Dice que están ready, pero que no les han dicho a dónde tienen que ir.

—Que vayan al centro. No debe de ser tan difícil.

—Ya tú sabes cómo es la cosa, Pescao.

—Pues quizás es por eso que Cheo es como es. ¿Sabes que Cheo trabajaba para la Guardia Nacional?

—No. No lo sabía.

—Sí. Dijo que lo llevaron a Georgia para el básico y que después de regresar, dejó de presentarse. Lo pusieron como AWOL.

—¿Y por qué no lo buscaron? ¿Los federales?

—¿Quién dice que no lo buscaron? ¿Quién dice que no siguen buscándolo? Tan pronto cumplió los dieciocho, se enlistó. Y así mismo desapareció.

—Tiene sentido que viva fuera del sistema.

—Los pescadores son así. Todos son exsoldados o militares de algún tipo.

—Pescao...

No sabía cómo decirle lo de Jorge y los demás. Lo de Toa Baja y partes de Bayamón.

—Dímelo.

—Toa Baja está casi completamente bajo el agua. Casi todo. Y partes de Bayamón también. Tú dijiste que los pescadores se fueron pa allá antes de que ella llegara.

—Sí, pero así está la mayoría de los pueblos de la isla, anyway...

—Pescao...

—¡Ay, ya, cabrón!

Dio un puño en la mesa que la sacudió. Se inclinó sobre sus pepinillos. Me sentía defraudado con Pescao. La última vez que salimos a pescar estaba particularmente agresivo, me salía de atrás pa lante a cada rato. Y cuando no, me ignoraba por completo como para no tirarme. Se aferró a su choza porque le recordaba algo que ya no existía: los tiempos de la vieja Florencia que ahora estaba hecha pedazos. Agarré mi mochila y me preparé para irme.

Pescao terminó de comer y caminamos a la plaza de Florencia. Él sabía dónde contactar a uno de los rojos y llegar hasta Ura. Me sentía obligado a ir donde él. No me encantaba la idea, y las noticias sobre lo que Ura estaba haciendo en el centro de todo volaban rápido. Yo tenía miedo porque sabía que Ura no tenía mucha paciencia, que jugaba con la gente y me asustaba la idea de que, si me le acercaba mucho, me cayera encima con todo. Pescao se sacudía esas preocupaciones como siempre. Su lealtad hacia Ura era asombrosa y, aunque la entendía, me fastidiaba.

Los rojos estaban en la plaza moviendo piedras y escombros de un poste caído. Jugaban y correteaban con sus chaquetas rojas, que les quedaban grandes. No todos eran altos. Algunos apenas tenían once años. Siempre que se reunían los rojos, había un «líder» o «capitán», o como sea que lo llamara Ura. Los líderes designados llevaban un cordón azul amarrado al bíceps. No me gustaba interactuar con ellos porque esos tipos no hablaban claro. Se quedaban mirándote sin saber qué les estabas preguntando y parecían disfrutar de hacerse los pendejos para que la gente les sacara el cuerpo.

Corrían de arriba abajo entre los postes de cemento caídos y se tiraban piedras y basura y gritaban y, si uno cerraba los ojos, olvidaba que Florencia estaba abandonada. Ocupaban tanto espacio en su libertad salvaje.

Cuando les preguntamos por Ura, lo único que hicieron fue reírse y salir corriendo. Saltaban de un árbol caído a otro. Pescao les gritó. Les dijo quién era y su afiliación con Ura. Lo único que hicieron los rojos fue detenerse y simular que se escondían detrás de la basura y los escombros y gritar: «¡Ura, Ura, Ura!». Unos niñitos estúpidos e infantiles jugando en la calle. Nos tiraron piedras y basura y corrieron hacia un edificio abandonado.

—¿Vamos tras ellos? —pregunté.

—No. Ya regresarán.

Pescao me miró con detenimiento y le dio un golpecito a mi mochila como si la viera por primera vez.

—¿Y esto? ¿Estás planeando mudarte para siempre?

—Chequéate esto.

Saqué la peluca de la mochila. Estaba más limpia y seca. El color original debió de ser un rubio brillante, pero después de todo el fango y el agua sucia tenía un tono medio marrón. La sacudí, me la puse en la cabeza e hice una mueca chistosa.

—Fo, Banto. Esa cosa apesta.

—No apesta tanto… —Me la quité y la olí y empecé a toser.

—Póntela tú —traté de ponérsela en la cara a Pescao y le dio un manotazo riéndose.

Me la puse otra vez y olvidé su olor. Si me la ponía, no podía olerla, así que me la dejé. Entonces saqué la chaqueta que había pescado, la sacudí y me la puse también. Me quedaba un poco apretada en los chichos de la espalda, pero me quedaba lo suficientemente bien como para andar por ahí cómodamente. Me eché la melena rubia de la peluca hacia atrás y posé para Pescao.

—¿Vas a ponerte la bota también, señor Pataepalo?

—No, no es mi style —alcé el cuello de la chaqueta y le tiré una guiñada—. ¿Cómo me veo?

—Cabrón, te pareces a La Comay —dijo.

—¡Qué bochinche! —dije imitando la forma de hablar de la Comay. Nos reímos a carcajadas y esperamos a que los rojos nos dijeran dónde encontrar a Ura.

CHEO

El plan que Pescao me asignó era sencillo, pero yo tenía una idea mejor. No suelo empacar muchas cosas, pero hago listas para dejar una huella en esta tierra en caso de que me muera de repente. Es poesía, creo. Quiero escribir líneas eternas para recordarlas cuando me encuentre a la deriva en el mar profundo de la vejez. Así que escribo en una libretita que no le enseño a nadie y que guardo en el bolsillo de atrás junto con un poco de carnada porque nunca se sabe cuándo hará falta. Y, aunque los otros pescadores me vacilen, les digo que es poesía y que eso es lo que nos mantiene vivos.

- Cuando uno se va en busca de algo diferente, hay una excitación, al menos inicial, por un mundo nuevo.
- Cristóbal Colón no es mi padre y los líderes viejos y nuevos crean los mismos viejos y nuevos sufrimientos.
- Urayoán ama el fuego.
- Me preocupo por establecer las reglas de un lugar nuevo; hace falta un sacrificio porque todo lo nuevo nace del llanto.
- Uno pierde contacto con la isla y aprende cómo eran las cosas antes de que todo el mundo viviera virtualmente.
- Vivo en la rosa y en la mar.
- Los globos flotantes que dan servicio a la conexión orbitan los pueblos y mucha gente se aferra desesperadamente a las viejas torres de recepción desde sus carros.

- El papel moneda sólo dura en el espacio temporal y, al final, se quema.
- Vivo en la rosa y en la mar.
- Una bestia creció en los líderes y los corazones; cubrir cuerpos en las sepulturas es parte del nuevo día a día.
- Sólo cuando.
- Los abastos disminuyen; sueño con flotar en la mar, pero sólo si me trae de vuelta a casa.
- Urayoán ama el fuego.
- Vivo en la rosa y en la mar.

La gente se ríe, pero esta lista me la envían los ángeles y me dice algo. Casi todo el mundo busca los radios o trata de conseguir señal en los teléfonos, pero yo no. Esta poesía me habla y me siento menos solo con ella a mi lado.

MORIVIVÍ

Hoy vimos a la gente actuar como pájaros en vuelo.

Era mediodía, pero el cielo estaba nublado y parecía tarde en la tarde. Casi todos los días se sienten como tarde en la tarde. Después de esperar en la Gulf por el diésel, Urayoán desapareció. Decidimos buscar comida en la vieja zona que solía llamarse Hato Rey. Pasamos por el Banco Popular y todos los edificios altos de las aseguradoras, que una vez estuvieron desbordantes de vida. Eso fue antes de la calamidad. Las calles ahora estaban desiertas y los edificios de oficinas tenían los cristales volados. Había toldos blancos a lo largo de toda La Milla de Oro. Las palmeras y los setos que bordeaban las avenidas estaban arrancados de raíz o abandonados y salvajes. Habían vandalizado el Fine Arts Cinema con su gran entrada y escalera eléctrica y había pedazos de cristal roto en el suelo. No estaban los carros que bloqueaban la calle en todo su multicolor. No había tráfico en el McDonald's o el CVS; tampoco en el Burger King. Pensamos parar en el Econo de la Roosevelt. Damaris tenía un pana que trabajaba ahí en la sección de los vegetales y recibiendo mercancía. Pero cuando cruzamos la avenida Roosevelt no vimos nada, un desorden silencioso, y supe que no valdría la pena ir a ver el Econo saqueado. Quería aventurarme en el Hato Rey profundo y ver a alguna gente que sabíamos que vivía en Floral Park, una pequeña urbanización de casas viejas y muy pegadas en medio de todo el cemento y los edificios altos. Damaris debió de presentirlo, así que negó con la cabeza e insistió en que siguiéramos adelante, más cerca del centro y de la gente.

Caminamos y caminamos y, cuando nos deteníamos un momento, podíamos oír a los fantasmas trabajar. Esos ecos que seguían resonando después de tanto ruido, vibraciones. Y el sonido nos llenó a ambas. Fantasmas de gente ocupada en sus negocios. Fantasmas de hombres vestidos con pantalones elegantes y camisas de vestir entalladas, muchos de ellos gordos de comer tanto fast food. Fantasmas de mujeres en ropa de oficina, el golpe seco de sus tacones altos al caminar. Cuando nos deteníamos un momento y cerrábamos los ojos, podíamos escuchar las risas o los gritos. El ronroneo de los carros que vibraban suavemente en el semáforo y humeaban bajo el sol inclemente de la tarde. Nos detuvimos a escuchar a estos fantasmas porque Damaris estaba cansada y el recuerdo debía de tranquilizarla.

La Milla de Oro se habían transformado en una barriada pobre rodeada de hileras e hileras de toldos blancos, algunos con la insignia de FEMA, y eso enfureció a Damaris. Todavía echa chispas por la forma en que el viejo gobierno y FEMA repartieron los fondos de emergencia; cosas como que una compañía extranjera y extraña como Whitefish viniera a nuestra isla a aprovecharse del desastre proclamando una solución a nuestro sistema eléctrico fallido. Nada como el capitalismo del desastre. Los fondos de emergencia desaparecieron en los bolsillos de desconocidos; las propuestas a Amazon para construir su segundo campus en la Base Naval Roosevelt «Rosey» Roads cayeron en oídos sordos, aun cuando el secretario de comercio había vendido con entusiasmo la idea del «paraíso». En vez de eso, el viejo gobierno dejó miles de botellas de agua y suministros pudrirse en Rosey. Mientras nuestra gente desaparecía y moría, el viejo gobierno seguía intentado vendernos al mejor postor, todo en aras del progreso y el futuro. Todavía hoy nos dicen que el agua y los suministros siguen pudriéndose en Rosey. Nos habíamos acostumbrado a la constante malversación de fondos del gobierno, la adjudicación de contratos, la designación de fondos que luego desaparecían y los proyectos propuestos nunca se realizaban. Nos habíamos acostumbrado a esto y, aunque alzábamos la voz y protestábamos, permanecíamos estáticos. Los reportajes continuos detallaban que el gobierno desviaba y perdía muy convenientemente varios camiones llenos de suministros. Al principio pensamos que era Urayoán, pero cuando salieron las noticias de que los alcaldes y el gobernador estaban tras esas desapariciones, Urayoán empezó a revelarse aún más como una solución en vez de un problema. Nos cansamos de todas las promesas. Empezamos a pensar más en los rojos y en la nueva ciudad, pueblo, «Memoria» o como quiera que se llamara, de Urayoán. A medida que pasaba el tiempo resultaba más atractiva.

Continuamos con las manos entrelazadas. Los homeless y deambulantes acampaban en el suelo o hacía fila para llegar a los toldos blancos. Los oficiales con chalecos y cascos daban sobras por comida. Yo estaba harta de esperar. Nadie se ocupaba de lugares como Florencia o las zonas rurales o aisladas, y Damaris lloraba más en esos días. Los toldos con las letras de FEMA eran una falsa señal de que se estaba haciendo algo, pero a Damaris y a mí nos daba igual. Agarré el cuchillo y rajé uno de los toldos. Corté alrededor de la palabra FEMA y arranqué las letras negras de la lona blanca. La tiré al suelo y la escupí y Damaris sonrió por primera vez en varias semanas. Su pelo largo y rizo estaba totalmente despeinado, pero su cara, aunque sucia y manchada, seguía siendo hermosa. Me pregunté si no sería hora de buscar a los rojos e ir a Memoria.

Seguíamos escuchando el eco en el aire y a lo lejos se veían cosas caer de las ventanas rotas.

Detuve a uno de los oficiales con casco y chaleco.

—¿Por qué no están ayudando a la gente mayor? —pregunté. Estaba furiosa. Le sujetaba la mano a Damaris mientras le repetía la pregunta al oficial—. ¿Por qué nadie hace nada por detener ese ruido? La gente está tirando cosas por esas ventanas.

Apunté hacia los edificios que teníamos delante, pero los oficiales me ignoraron.

—Si quieres comida, haz la fila como todo el mundo —respondió el oficial y señaló hacia la fila de gente que esperaba a que la alimentaran. Perdí la paciencia, así que halé a Damaris y les pasamos por el lado y seguimos nuestro camino. No quería que nos quedáramos en ese campamento porque todo parecía muerto. Temía que, si dejaba a Damaris ahí, el abandono la consumiera.

El único modo de encontrar a Memoria era a través de los rojos. Estaban dispersos entre los pueblos principales y no siempre escuchaban cuando alguien les preguntaba. Tenían fama de huir como gatos asustados.

—¿Podemos descansar, Mori? Por favor. Estoy cansá —dijo Damaris.

—Tenemos que seguir un poquito más. No quiero que nos quedemos aquí. Te enfermarás si te quedas aquí.

—Estoy cansá, Mori.

—Lo sé.

VELORIO

Hoy vimos a la gente actuar como pájaros caídos.

Damaris no estaba segura de si extendían las alas uniformemente, pero yo sabía que querían llegar al sol. En las largas avenidas retumbaban explosiones como disparos y las estructuras de metal expuestas de algunos edificios de oficinas temblaban. Le tapé los oídos a Damaris. Sabía que la gente vestida de pájaro no podía extender las alas uniformemente, y Damaris estaba tan cansada. Sus ojos grises, ojerosos de apenas dormir. Sus manos débiles e inquietas.

Mientras atravesábamos el campamento, nos preguntamos si esto sería el final. Si, en adelante, las cosas serían así. Todo lo que crecimos amando ahora era un recuerdo. Recordamos todas las canciones viejas que tocaban en La Mega. El poco dinero que teníamos lo gastábamos yendo de compras o refrescándonos en Plaza, mareándonos y vomitando después de montarnos en la caja de muertos en La Feria, las fiestas patronales, el festival de las máscaras de Hatillo, todo eso.

Esperamos en la parada de guaguas dilapidada con la esperanza de que el viejo transporte apareciera y nos llevara a cualquier lugar. Entonces la vimos. Una vieja con el pelo blanco corto. La vimos en el edificio International Plaza. En ese edificio solían estar las oficinas de UBS o AIG o algo así, pero ahora estaba abandonado, las ventanas azules desbaratadas.

Estaba de pie cerca del borde de esa oficina expuesta. Debía llevar un vestido blanco largo. Me gusta imaginar su cara arrugada de sabiduría, rabia y frustración. Tenía la mirada endurecida y la piel manchada con un bronceado desigual. La melena aún frondosa era color platino y le caía justo debajo de las orejas.

73

Era angelical, la vieja. Caminó hacia la ventana y lucía tan serena. Damaris la vio y la saludó con la mano. Entonces yo la saludé con la mano y de pronto estábamos ahí las dos, debajo de ella, saludándola. No un «hola» agitado o desesperado, sino algo así como un lamento, una conmemoración. Y la vieja nos saludó. Se le presentó al aire y quiso flotar en el vacío. Y eso hizo. Se dejó caer. Al principio parecía que no se elevaría, pero Damaris y yo seguimos saludándola mientras caía y luego la vimos elevarse. Su vestido largo y desgarrado se sacudió y se extendió y la mujer voló sobre nosotras como un pitirre.

—¿Verdad que es hermosa? —por fin dijo Damaris. Me agarró la mano y yo la abracé.

—Sí… sí.

PESCAO

Justo antes del amanecer nos sentamos sobre dos troncos en la plaza de Florencia a esperar por un convoy rumbo a Utuado. Los rojos coordinaban todo y nos metieron en una unidad de asistencia de la Cruz Roja. Dicha unidad buscaba voluntarios y nos anotaron en la lista. Se suponía que nos recogerían. Lo único que teníamos que hacer era desempeñar el papel. Según los rojos, para encontrar a Ura y su ciudad perdida teníamos que subir a la cordillera y adentrarnos en Utuado. Fueron crípticos, no dieron detalles salvo que fuéramos con la Cruz Roja hasta que se detuvieran. Entonces debíamos bajarnos y subir a la montaña donde se pone el sol. No era fácil creerles a los rojos y todos esos juegos. Pero no teníamos alternativa. Banto y yo nos fuimos confiados en que Ura nos aguardaba.

Estábamos sentados esperando y el sol salía por el horizonte cuando la pickup apareció en la carretera. El conductor nos pitó y nos saludó con la mano.

—¿Ustedes dos van pa Utuado? —preguntó.

—Sí —respondí.

—Móntense atrás. Tengan cuidao de no mover las bolsas. Los mangos y los plátanos se salen fácilmente.

—Dale, okey.

Banto y yo subimos a la parte de atrás y nos sentamos entre unos grandes sacos de comida. La pickup arrancó. Había dos hombres más en la parte de atrás y, detrás de nuestra unidad, otro par de pickups. Fuimos un rato en silencio, sin presentarnos. Se lo atribuyo a las circunstancias. Era la primera vez que veía ese tipo de desapego en Puertorro. Recorrí Florencia a pie, así que pude asimilar poco a poco la gravedad del desastre. Tuve tiempo de digerir lo que vi. Sentado en la parte de atrás de esa pickup, me llegaron todas las imágenes. Cada una se detenía un instante antes de que llegara otra y otra y otra.

Al cabo de un rato, las pickups tomaron el expreso Las Américas en dirección oeste. Los enormes letreros luminosos que solían imponer sus productos y su luz deslumbrante estaban torcidos y apenas se mantenían en pie. Los enormes postes de luz de acero estaban inclinados, algunos caídos, sobre el expreso. Los cables negros, tirados por todas partes.

—Está bonita la peluca —dijo uno de los hombres y señaló con los labios en dirección de Banto—. Combina con sus ojos.

—Es un pendejo —contesté riendo.

—¿Es la primera vez que suben? —preguntó.

—Sí.

—Pues prepárense. Esto no es nada comparado con lo que van a ver pronto. Me imagino que en algún momento tendremos que seguir a pie o ayudar a despejar la carretera. En todo caso, qué bueno que ustedes dos se hayan unido. La gente está sufriendo allá arriba y cualquier ayuda es bienvenida —dijo el hombre.

Llevaba puesto un sombrero negro y tenía el pelo largo y ondulado. Tenía la cara delicada y llevaba unos espejuelos negros de plástico en la punta de la narizota.

—Doctor —dije apuntándole. No era una pregunta, sino una aseveración.

—No, profesor. Catedrático de la IUPI. Estudios Latinoamericanos —dijo recostándose sobre uno de los sacos marrones—. Él es el doctor.

Le dio un codazo al hombre que iba sentado a su lado. El doctor estaba profundamente dormido y apenas soltó un gruñido cuando el profesor lo tocó en el codo.

—Éste durmió poco anoche. Antes de aquí estábamos en Humacao...

—¿Humacao? ¿Y cómo están las cosas por allá?

—Mal. No queda nada. La marejada destruyó casi todo el centro del pueblo. El agua sigue estancada en la plaza.

—¿Y la gente?

—Los que evacuaron están bastante bien. Pero aún hay personas atrapadas en sus hogares... vimos varios letreros de S.O.S. en los techos. Pero tú sabes cómo es. Desde que cayó el viejo gobierno, esto es un sálvese quien pueda. O sea, los que quedan —pausó y suspiró—. Este caso te va a hacer sentir fatal. Una pareja de viejitos no quiso abandonar su hogar. Decían que tenían que quedarse con sus periquitos. Tenían varias jaulas. Cuando nos acercamos en el bote, no quisieron montarse a no ser que lleváramos los pájaros —dijo y tosió antes de continuar—. El doctor tuvo que ponerse en modo terapia. Estuvo una hora hablando con ellos.

Pausó y se acomodó.

—¿Y se fueron?

—Lo intentamos. Tratamos de meter todo lo que pudimos en nuestros botecitos. Y no fue hasta que vieron las jaulas en el bote que accedieron a montarse... los pájaros estaban muertos. Todos. Las jaulas estaban llenas de plumas empapadas. Pero a ellos dos no les importaba. O no se daban cuenta por la pena. No lo sé. Nada, agarramos todo lo que pudimos y los sacamos de ahí.

—Por lo menos salieron de ahí.

—Exacto. Por lo menos salieron de ahí.

Se miró las piernas.

—Somos muy pocos. La ayuda no ha llegado muy lejos.

—La ayuda no ha llegao a ninguna parte —le contesté como un reflejo.

—Es verdad... supongo. La ayuda ha estado escasa. Los que están ayudando hacen lo que pueden. No hay de otra.

Meneé la cabeza y miré a Banto. Tenía los ojos cerrados y la mano colgando al viento por fuera de la pickup. Yo no quería seguir hablando. Sólo escuchaba a los rojos decirnos que tuviéramos cuidado o terminaríamos abandonados en la autopista.

YA HABÍA CAÍDO la tarde cuando doblamos hacia el sur por Arecibo en la PR-10. Ese tramo de la autopista sube la montaña despacio y el campo abierto te recibe cuando comienzas a ascender. Banto se quedó dormido un par de veces sobre mi hombro, pero no lo desperté. El profesor y el doctor permanecieron callados la mayor parte del viaje. El profesor escribía en una libretita forrada en cuero y el doctor suspiraba y pasaba las horas mirando hacia el horizonte.

—¿Tás escribiendo poesía? —le pregunté al profesor. Noté la forma de las líneas y presumí que era eso.

—Sólo notas. Pensamientos e ideas, tú sabes. Pa recordar.

—Nadie va a olvidar esto, mano.

—Te sorprendería lo que la gente es capaz de olvidar.

—Pues yo no voy a olvidar esto.

—Siempre es posible. Fragmentamos el trauma y a menudo lo compartimentamos. Pa sobrevivir, tú sabes. Nos ayuda a continuar...

—¡Yo no voy a olvidar esto! —repetí.

—Okey, jefe. Okey.

Dejó ahí la conversación y regresó a sus garabatos. Banto soltó un ronquido tan fuerte que se despertó por un instante para luego volver a caer en su profundo sueño reparador. Me molestaba que este profesor hiciera conjeturas sobre mí y mi memoria y me molestaba que Banto estuviera dormido y no saliera en mi defensa. Qué sereno se veía y yo con aquella rabia por dentro. ¿Cómo podía alguien atreverse a pensar que olvidaríamos esto?

Guiamos y guiamos y el paisaje era de un color crema uniforme. No vi un carro en millas. Sólo estábamos nosotros, el convoy, que ascendía lentamente. No había muchos árboles en la orilla de la autopista. Al menos todavía. A medida que subíamos, la carretera se estrechaba y los restos de árboles y escombros aumentaban hasta que sólo quedaba un carril por el que seguimos un rato mientras el convoy esquivaba los pedazos de metal y madera y los cables eléctricos.

Seguimos así hasta que el convoy se detuvo de repente.

—Banto, cabrón, despiértate. Tamos paraos —le dije sacudiéndolo. Se estiró y se tronó la espalda antes de despertarse.

—Ya mismito seguimos —dijo el profesor.

—¿Y por qué paramos? —preguntó Banto.

—No sé. Oye, Luisito, ¿qué pasó? —El profesor se echó hacia delante y le preguntó al conductor.

Traté de mirar por encima de la cabina de la pickup. Me trepé entre las bolsas de comida y ropa. La carretera estaba bloqueada por unos marcos de ventanales grandes y unas pilas de árboles muertos. También había planchas de metal. Pero toda la basura parecía colocada deliberadamente a juzgar por la forma en que los marcos se extendían sobre el asfalto y ocupaban la mayor cantidad de espacio posible; por la forma en que una plancha de metal se levantaba como una pequeña pared y los troncos de los árboles muertos yacían cuidadosamente uno encima de otro.

Justo enfrente vi unas pequeñas fogatas y unas sombras que bailaban. Cuando las siluetas se encontraron con el brillo de las llamas, me di cuenta de que las figuras eran rojos. Se mecían alrededor al ritmo del dembow. Y sobre nosotros, un puñado de rojos vigilaba la autopista desde un edificio de dos pisos abandonado y gritaban en un tono agudo: «¡Ura, Ura, Ura!».

—¿Qué carajo está pasando? —preguntó el doctor.

—Oye, déjanos pasar. Venimos con ayuda pa Utuado —gritó el conductor.

Le hice un gesto a Banto de que teníamos que movernos y arrancar para el bosque. Eso fue lo que nos dijeron los rojos antes de salir. Que arrancáramos cuando el convoy parara. Yo tenía miedo. Algo me decía que agarrara a Banto y corriéramos hacia la oscuridad de los árboles muertos.

Agarré a Banto por la mano y salté por la parte de atrás de la pickup. Banto no lo cuestionó y saltó y cayó al suelo. Cayó de rodillas y se hirió con el asfalto y soltó un gemido de frustración. Le costaba ponerse de pie, así que lo ayudé. Pesaba bastante y la barriga se le salía por debajo de la camiseta negra. Tenía la chaqueta negra manchada de tierra roja.

—Cabrón, muévelo. No jodas. Tenemos que irnos ya —dije.

—Eso hago, Pescao —dijo.

BANTO Y YO corrimos un rato sin sentido de dirección. Subimos una cuesta empinada apoyándonos en las rocas y seguimos subiendo hasta que no pudimos más.

—¡Ya, Pescao! Ya. No puedo más —dijo resoplando. Se dobló hacia delante, se puso las manos en las rodillas y se quitó la peluca. Llevaba la chaqueta empapada de sudor.

—Cabrón, tenemos que seguir moviéndonos. Quítate toa esa mierda y te sentirás mejor.

—¡Ya! Necesito un break.

Escupió en el suelo, sacudió la peluca y se limpió la frente antes de ponérsela otra vez. Caminé hacia él y le di una palmadita en la espalda.

—Vamos a descansar cinco minutos.

Todo a nuestro alrededor lucía igual. El bosque era marrón y consistente en su quietud y, aunque podía ver el destello de las fogatas debajo, no podía ver mucho más entre las hileras de árboles huecos.

Al cabo de un rato, seguimos adentrándonos en la profundidad del bosque hacia la parte más densa. Los grillos cantaban y las ramas crujían bajo nuestros pies. Me preguntaba hacia dónde debíamos ir. No confiaba en los rojos y me preguntaba si habría hecho bien en escuchar a Ura y todos sus sermones. Sabía que, si hubiera decidido quedarme en

Florencia, Banto también se habría quedado. Y pensé en Cheo, y me pregunté si él intentaría subir hasta aquí, tan lejos de todo lo que conocía. Tan en lo alto de esta montaña y tan lejos del agua y la costa. Ura no dijo mucho, aparte de cómo usaría los camiones de gasolina. Ura dependía tanto de los rojos que empecé a preguntarme por qué habría insistido tanto en que nos uniéramos a él.

Seguimos subiendo despacio por la ladera de la montaña y escuché en la distancia el sonido de un río. Era agradable escucharlo porque nos recordaba que debíamos seguir adelante, que la vida continuaba y nosotros debíamos hacerlo también.

—¡Mira, Pescao! ¡Mira! —dijo Banto—. ¡Debe de ser aquí! ¡Debe de ser aquí!

Señaló las hileras de árboles marcados con pintura roja. Cada marca parecía formar un camino zigzagueante que nos adentraba más en el bosque y nos acercaba al sonido del río.

—Las marcas deben de llevarnos donde Ura —dijo Banto. Parecía contento de haberlas visto.

Pero yo no lo estaba. Tuve una sensación de arrepentimiento profundo cuando llegamos a esas marcas rojas. Me pregunté qué les habría ocurrido al profesor y al doctor y qué les habrían hecho los rojos. Banto parecía un niño en ese momento, lleno de un optimismo estúpido porque ya no estaba perdido deambulando por un bosque muerto, pero yo quería seguir a la deriva. Banto sonrió y sonrió y tomó la delantera. Golpeaba cada tronco pintado que pasábamos en un saludo victorioso. *Llegó. Lo logramos.*

CHEO

Primero, tenía que prepararme para la larga caminata. Escuché rumores de gente que iba en convoyes, bicicletas y otros medios a Memoria, pero a mí me gustaba caminar. Quería ver las cosas poco a poco en vez de distorsionadas por la velocidad. Debía de ser mayor que la mayoría de la gente que iba hacia la Memoria de Urayoán, pero sabía que tenía la resistencia física y los pies. Habían pasado semanas desde María. ¿O tal vez meses? Después de cierto punto dejamos de contar porque dejó de importar; cada día se disolvía en el siguiente y todos los días eran iguales.

Me detuve en el colmado de Gabo en la plaza de Florencia porque quería conseguir unas latas de salmón para el camino. Pero estaba cerrado. Las ventanas cerradas y la puerta tapiada con tablones. A lo largo de todo el borde del canal que llevaba al río había caña de azúcar silvestre. Era un buen reconstituyente de energía. Deprisa agarré algunos tallos, corté con el machete los más altos y luego los corté en trozos más pequeños que se pudieran transportar con facilidad.

Mientras me preparaba para irme, sentí que me despedía de todo. Con o sin quererlo, sabía que no regresaría a Florencia. No volvería a descansar en mi hamaca al cabo de un día de pesca con los pescadores, no volvería a sentir el suave calor del sol de la tarde sobre el metal oxidado a nuestro alrededor. El freezer viejo seguía prendido porque la familia Rivera, que vivía cerca, hacía todo lo posible por mantenerla funcionando, por mantenerla viva mientras pudieran. Usaban su planta eléctrica, que alimentaban con diésel cada dos días. Lo apagaban de noche para no desperdiciar. Y yo los admiraba por eso. Se aferraban a la rutina porque supongo que no había nada más a qué aferrarse.

Llevaba a Memoria una mochila llena de pantalones y guayaberas limpias que no usaba desde que ella vino y lo destruyó todo. Tal vez no vuelva a haber ocasión de ponerse una ropa tan chévere. Supuse que me sentía optimista respecto al futuro. También empaqué muchas libretas para documentar mi historia y escribir ese poema de lista perfecto, por supuesto. La estrofa en la que no podía dejar de pensar provenía de mi última lista.

La rosa es una bestia
en la mar en calma
si yo estuviera allí
para encontrarla.

No me gustaba lo de «encontrarla» porque parecía como si quisiera echarme a nadar dentro de ella para buscar una rosa. ¿Tal vez la rosa es la mar y la mar es una bestia? Prefiero las listas porque todo sigue un orden sin problema. Cuando no tengo tiempo y necesito más detalles, las anoto en mis libretas. Cuando iba hacia Urayoán, pensé que anotaría muchas historias.

Vivo en la rosa y en la mar.
Y esos sonidos me reconfortan
aun cuando la bestia se traga la orilla
mi vida ~~recuerda el fuego y~~ la oscuridad
así que vivo en la rosa y en la mar.

Quería ser como la gran poeta olvidada, Julia de Burgos. La habían olvidado, pero yo quería reclamar sus versos. Me gustaba el que decía: «Mi símbolo de rosas», en el que rima y une el eco y la nostalgia a lo largo de todo el poema. Sentí que ésa era la razón por la que luchaba con la rosa y la bestia en mi cabeza. Le gustaba que los símbolos hicieran eco en el océano y comprendí por qué hablaba de las olas y la nostalgia matutina. Leí «Mi símbolo de rosas» una y otra vez porque sabía que me ayudaría en el enigma de la rosa y la bestia. Los «sueños» a los que se refería la gran Julia son ecos en la mañana cuando sólo se escucha la cháchara del día que poco a poco despierta al mundo. Y en estas islas se encuentran con el agua y la sal y la arena y por fin conversan con todo lo que murió y flota a la deriva desde hace siglos, pensé. Julia buscaba un símbolo y quizá por eso lo llamó «Mi símbolo de rosas», porque, a fin de cuentas, ése trataba sobre la esperanza al amanecer, algo así como que todos los días traen esperanza.

Las rosas no pertenecen
al Caribe
en cuanto que
las rosas pertenecen
al Caribe.
Surge como la rosa
con el sol
y las sombras ríen
luego de las noches
en que los sueños sin alas
no pueden echarse a volar.

¿Rosa + surgir es como resurgir? Así que la rosa con la que me debatía podía ser mucho más que la flor y quizá despertar como el sol. Julia se refería a las sombras como las sombras de sueños que se realizan en una noche sin alas. Y yo veía por qué decía que las sombras ríen. Debe ser la risa la que resuelva el enigma de la rosa y la bestia. A menudo no sé cómo inyectar humor en mis versos. Banto me dijo una vez que escribo como si tuviera puesta una chaqueta y me llamó «obtuso» y peleamos porque yo estaba borracho y furioso. Saqué una cuchilla y no fue hasta que Pescao intervino que nos echamos todos a reír porque, con la borrachera, me oriné.

Solía enseñarles a los pescadores esos poemas abandonados y los versos que esbozaba. Y siempre se reían. Se reían, pero sus bromas provenían de la historia y el corazón, así que nunca me molestaron.

Pero ahora estaba solo: los pescadores se habían ido y yo era el único que quedaba. Al salir de Florencia, vi a los rojos congregados. Me rodearon saltando y gritando: «¡Ura, Ura, Ura!» como cangrejos locos. Yo quería que vieran las palabras en el papel porque creía en su peso. Quería que vieran cómo podía encontrarles ritmo aun después de que ella azotó. Cuando les enseñé los versos a los rojos, se rieron. Se rieron de mí. Me tiraron piedras aún llenas de tierra. Se burlaron de mí y sentí que un vacío se abría en la tierra donde las corrientes forman remolinos y una fosa tan profunda como el mar de los Sargazos me tragaba. Sentí que me volvía más y más pequeño; una ola me arrastró con la marea y la fosa más profunda al norte de Puerto Rico se convirtió en mi hogar. Hasta que me olvidaron.

MORIVIVÍ

Averiguamos por fin la ubicación de Memoria. A Damaris no le gustó cómo, pero le dije que no iba a jugar más con los rojos. Así que agarré el cuchillo y esquiné a uno que había seguido alrededor de la plaza central de Florencia. Damaris me gritó que lo dejara, pero agarré al pendejito por el pelo. Debía de tener como diez años. Trató de darme una patada en el estómago y entonces saqué el cuchillo y lo corté un poco en la pantorrilla y se calló. Trató de llorar para que lo soltara. Sabía que intentaba manipularme, así que le halé el pelo con más fuerza hasta que me dio la información y me suplicó que lo dejara ir.

Me dijo que siguiera la PR-10 al sur de Arecibo y que subiera la montaña donde terminaba la carretera; dijo que los rojos nos guiarían. Lo solté de un empujón y cayó de culo, luego se arrastró por el suelo y salió corriendo. Damaris meneó la cabeza y yo me reí.

—¿Qué te dijo? —preguntó Damaris.

—Que está cerca de Utuado.

—No me sorprende.

—Hasta que veamos lo que hay allí. Puede que todo sea una broma de mal gusto.

—Bueno, pero es mejor que quedarse aquí.

Estaba de acuerdo con ella.

Encontramos unas motos. Los muchachos las corrían por Florencia los fines de semana chillando gomas en las aceras.

Doblaban las esquinas desiertas haciéndose sentir. La mayoría de los días era molestoso; ese miedo a que, si no hacían suficiente ruido, tal vez los olvidaran. Ahora era un ruido que extrañábamos demasiado.

Ayudé a Damaris con el pedal porque parecía cansada. Le daba golpecitos a cada rato como para infundirle un poco de mi fuerza. Las motos tosieron en un par de intentos hasta que prendieron con un rugido agudo. Vi a Damaris agarrar el manubrio.

—¿Crees que podrás?

Miró a lo lejos y asintió.

—¿Segura?

—¡Sí! —gritó. Me dio un empujoncito y arrancó.

Me monté en mi moto, la prendí y seguí a Damaris hasta la autopista.

En esas motos podíamos ver todo a nuestro alrededor. Parecía una imposibilidad, que la isla entera estuviera aún tan decrépita y fuera incapaz de sustentar la vida. Desde la autopista, vimos montones de basura y escombros cerca de Plaza Las Américas. El centro comercial estaba abandonado y, aunque había carros en el parking, no se veía movimiento. La entrada principal de Plaza estaba tapada con tormenteras, la enorme insignia que representa los mástiles y las velas de La Niña, la Pinta y la Santa María estaba en el suelo del parking desierto. Los letreros de acero que anunciaban aseguradoras y Big Macs se habían partido por la mitad y colgaban como toallas en un tendedero. Pasamos por el puente. El vertedero de San Juan, lleno a capacidad desde hacía tiempo y convertido en un campo de práctica de golf, era color ámbar. El gran letrero de INDULAC, que solía estar en el punto más alto del vertedero, también estaba destruido.

La naturaleza se adapta sin miramientos. Lo digo porque no hay nada como nuestros bosques tropicales, que se reconstruyen por sí solos. En el camino noté la resistencia de los bosques dispersos entre tanto cemento y acero. El modo en que un flamboyán, aun caído, puede adaptarse echando retoños erráticos siempre y cuando algunas raíces permanezcan en la tierra. No creo que la tierra cambie en realidad, al menos no como esperaríamos. No es la tierra, sino nosotros. Eso es lo que quiero creer. La tierra se adapta adecuadamente. Algunos lo llaman «cambio», pero es una nueva realidad. Empecé a pensar que no era el cambio lo constante, era la adaptación. Quizás algún tipo de cambio. Pero siempre me pareció que el cambio era una epifanía y la isla no la había experimentado. La isla se había adaptado y los que quedamos simplemente aprendimos. Creo que eso era lo que quería Urayoán. Yo esperaba que fuera eso.

Hay una mezquita escondida en la ladera de una de las montañas, en el valle donde se encuentran Vega Alta y Vega Baja. Está pintada de un azul plomizo que contrasta con su entorno insulso. Pasada la estación de AutoExpreso, la autopista desciende. Al pasar el peaje le sacamos el dedo a la cámara porque habíamos escuchado que el viejo gobierno intentaba seguir cobrando por usar la autopista.

Pensé en Dios. En las oraciones que se rezaban después de la calamidad. En si había resolución antes del amén; pensé mucho en mi catecismo, mi bautizo, mi ritual, mi herencia. Pensé en la mezquita y en la diferencia. Sin embargo, me reconfortó la idea de que el llanto es el mismo en todas las oraciones. La intención es la misma.

Seguimos y seguimos; el ruido de nuestras motos bombardeaba el aire. No vimos ni un solo carro desde que salimos de San Juan. No vimos a nadie en el carril de emergencia; nadie que anduviera por ahí sin rumbo buscando un sentido de normalidad. Sólo estábamos Damaris y yo, y eso bastaba. Quería seguir y seguir por la autopista hasta el final y llegar a Hatillo y, de ahí, seguir por la Número Dos, pasar los semáforos muertos a toda velocidad y continuar rumbo al oeste hasta donde termina la tierra en Rincón.

Después de un par de horas, llegamos por fin a la intersección con la PR-10. Giramos hacia el sur y nos encaminamos hacia Utuado. Sabíamos que en las afueras de Utuado no había nada, salvo la PR-10. Estaba todo desierto. La idea de Urayoán de escoger esa zona empezó a tener sentido.

Debimos de recorrer otra hora esquivando basura y escombros hasta que la carretera comenzó a estrecharse. A medida que subíamos la cordillera, encontrábamos más basura. Me parecía escuchar la voz del rojo recordarme que nos detuviéramos cuando la carretera se volviera intransitable. Que nos daríamos cuenta de dónde teníamos que empezar a escalar.

Vimos unas pickups abandonadas en medio de la carretera que bloqueaban el paso. Estaban vacías y achicharradas. Parecía hecho a propósito. Damaris frenó la moto y la apagó. Caminó entre los restos y los examinó. Yo hice lo mismo. Rebuscamos entre los esqueletos quemados de esas pickups descartando láminas chamuscadas, candungos plásticos, planchas de zinc que habían volado desde el centro del pueblo y montañas de ceniza que había producido el fuego.

—¿Quién crees que hizo esto? —pregunté.

—¿Quién más? —respondió.

—Las marcas, Damaris —dije y le mostré unas grandes

flechas rojas pintadas a un lado de la carretera, que apuntaban hacia el bosque muerto—. Es aquí.

—Debemos buscar entre todo esto primero. Puede que encontremos algo útil.

—Okey.

Busqué en la parte trasera de las pickups y encontré una libreta. Subí de un salto evitando los huecos en la caja de metal y la saqué. No podía entender la letra.

—Mira esto, Damaris.

Le lancé la libreta. Les echó un vistazo a las páginas negras y marrones y luego la dejó caer al suelo.

—No sirve pa na —dijo con desprecio.

—Cógela.

—¿Por qué?

—Porque era de alguien.

—¿Y?

—Damaris, por favor.

La recogió del suelo. Yo seguí buscando en la parte trasera de la pickup y vi un saco vacío. Era viejo y estaba raído. Lo examiné un momento y, cuando lo solté, noté algo medio amarillento y blanco que sobresalía entre el plástico y el metal achicharrado. Eran como unas cuentecitas, parecían perlas amarillentas colocadas en una línea torcida. Las miré de cerca y las toqué hasta que caí en cuenta: era una hilera de dientes desprendidos de un cráneo rajado. Di un salto hacia atrás, me bajé de la pickup y fui hacia la moto.

—Damaris —le dije apurada—. Damaris, vámonos.

—¿Pasó algo?

—No, nada… debemos de estar cerca. Debemos intentar llegar antes de que oscurezca.

—Okey —respondió.

No dudó, pero temí por un instante que mirara hacia la parte trasera de la pickup y lo viera. No lo hizo. Regresó a su moto, luego nos salimos de la carretera y empujamos las motos hasta la base de la pendiente que teníamos que escalar. Las dejamos ahí y las cubrimos con hojas y ramas.

Me pregunté si me lo habría inventado. Debí de mirar mejor, ¿serían unos dientes y una mandíbula de verdad? Me convencí de que daba lo mismo. Por un instante me enfureció de nuevo tener que aceptar todo eso como nuestra nueva realidad. Ay, ¡la forma en que vivíamos!

Vimos los árboles marcados con pintura roja y supimos que llevaban a Urayoán y a Memoria, así que los seguimos y subimos lentamente la pendiente empinada. Miré hacia las copas de los árboles muertos y vi que de algunos empezaban a brotar retoños verdes. El cielo estaba brumoso y nublado, pero, por alguna extraña razón, se sentía más cerca de lo normal y eso me alegró. Intenté que Damaris lo viera; no le interesaba y no le hizo ningún caso. La halé por el suéter que llevaba amarrado a la cintura, pero se soltó y apuntó hacia el camino que teníamos delante, como diciéndome que me concentrara y no perdiera el tiempo mirando al cielo y soñando.

Nos tomó mucho tiempo subir. El sol se ponía entre los árboles. La franja de luz ante nosotras se hacía cada vez más estrecha. Continuamos subiendo y seguimos las marcas rojas hasta que cesaron de repente.

—¿Qué pasa? —preguntó Damaris—. ¿Nos equivocamos?

—No. Ya no hay más.

Corrí hasta la última marca roja y miré a mi alrededor para ver si había otro camino, pero no vi ninguno.

—¿Estás segura, Mori? Quizás doblamos por donde no era.

—No, Damaris. Seguimos las marcas de pintura roja y subimos. Eso fue lo que me dijo el rojo.

—¿Estás segura de que no dijo nada más?

—¡Sí, Damaris! ¡Coño!

Le di un puño al tronco de un árbol y me dieron ganas de gritar. Sentí que estábamos abandonadas en ese bosque muerto y silencioso.

—Debe de haber otro camino. Algo que no vimos más abajo.

—No hay otro camino, nena. Ese pendejito dijo lo que dijo.

—Pues regresemos a las pickups —Damaris empezó a bajar la cuesta, pero corrí hacia ella y la agarré.

—No. Sigamos subiendo. Quizás tenemos que llegar hasta el tope.

—Yo me regreso, Mori. No voy a subir más. Toy cansá.

—Regresar nos va a tomar varias horas.

—¿Y?

—No vamos a llegar antes de que anochezca. Es demasiado tarde. Nos obligarán a regresar. Y entonces sí que nos jodimos.

—No me importa.

—Damaris, escúchame. Vamos a seguir…

—¡No! —Me empujó—. Yo me regreso. Esto fue una estupidez.

—Damaris, por favor. Vamos a ver qué hay arriba. Si no hay nada, regresamos.

—Hazlo tú. Yo no sigo.

—No voy a ir sola.

—Y yo no voy a subir más. Estoy cansá. Cansá de perseguir a un fantasma.

Sentí la urgencia de gritar con todas mis fuerzas porque sabía que no había dónde más ir. No quería que nos separáramos. Podíamos ir a donde fuera o esperar hasta que todo a nuestro alrededor se secara y muriera, pero no podía dejarla sola. No lo haría. Quise llorar en ese momento; empecé a sentir rabia y odio de que nos convirtiéramos en esto; que esto fuera todo.

Me quedé ahí mirando a Damaris bajar lentamente. Oí un pito en la distancia y llamé a Damaris.

—¿Oíste eso? —pregunté.

—Ya, Mori —respondió Damaris y siguió bajando. Entonces el pito sonó más fuerte y Damaris se detuvo y nos miramos fijamente antes de mirar a nuestro alrededor y escrutar el bosque muerto con una paranoia controlada. El pito se multiplicó y se hizo más agudo. Resonó en cada rincón y en cada árbol hueco; las copas de los árboles se movieron, las ramas se sacudieron, los troncos crujieron con el viento. No era un sonido organizado. Eso era lo que nos angustiaba, la desorganización.

Corrí hacia Damaris y nos quedamos muy juntas para protegernos; el volumen de los pitos fue creciendo hasta convertirse en un clamor: «Ura, Ura, Ura». Vimos a los rojos asomarse entre las hileras de árboles. Llevaban chaquetas rojas de cuero y mahones rojos con agujeros; llevaban la cara cubierta con mascarillas quirúrgicas negras.

Saqué el cuchillo porque me había cansado de los jueguitos. Empecé a gritar:

—¡Vengan acá o cállense la fóquin boca! —grité y maldije hasta que me quedé sin voz y Damaris me haló. Esperamos un rato hasta que los rojos empezaron a alejarse tras sus árboles y desaparecieron en el entorno.

El sol casi se había puesto. Una niebla fina se extendía sobre la montaña. Empecé a pensar que jamás llegaríamos a Memoria y me pregunté si existiría de veras. Sabía que Damaris estaba agotada y que eso la afectaba. Esperamos a ver si los rojos reaparecían y nos mostraban el camino, pero no pasó nada.

—Olvídalo, Mori. Olvídalo —Damaris se desplomó en el suelo y metió la cabeza entre las rodillas. Yo me desplomé a su lado. No sabía por qué esperábamos. Nos sentíamos derrotadas; una sensación que no habría sido menos intensa aun si Memoria hubiera aparecido de repente a nuestros pies. Era la sensación de derrota que se experimenta durante la transición del agotamiento a la estática. Ruido blanco. Simplemente existíamos y esperábamos lo inevitable. Lo sentí en la respiración de Damaris. Lo sentí en la forma en que, por momentos, me pellizcaba las manos.

Yo no quería que nos quedáramos ahí, así que me puse de pie y, aunque se negó al principio, Damaris también se puso de pie y empezamos a bajar hasta que escuchamos pasos y golpes de cucharas de madera contra cacerolas de metal. Giramos y miramos hacia el tope de la pendiente y apareció una sombra. Los últimos rayos de sol se colaban entre las hileras de árboles y la sombra se hacía cada vez más larga, como un espectro de la montaña con un halo de cristal palpitante alrededor de la cabeza. La figura brillaba entre los últimos rayos de sol, la niebla y la luz. Los árboles le ofrecían un saludo militar a la sombra y una figura etérea descendió la pendiente partiendo ramas de todos los tamaños a su paso hasta que la sombra reveló una cara fea, una cara marrón y profunda con la piel cuarteada y una barba tan desgreñada como los rizos de la cabeza. Era Urayoán y caminaba como si fuera el hijo único de Dios enviado a salvar a nuestra isla, los brazos extendidos esperando que le dieran la bienvenida.

BANTO

Pescao y yo viajamos juntos. Es algo que siempre hemos hecho. Las marcas rojas en la corteza de los árboles nos llevarán a Memoria, pero recuerdo los cucubanos cuando nos veo atravesar los bosques oscuros y muertos. Esos pequeños insectos brillaban y tintineaban al anochecer como pequeñas estrellas portátiles que se capturaban y se liberaban y se miraban bailar; nunca desesperados, más bien parecían agradecidos cuando los liberabas.

Pescao aún era el retoño de nuestra manada. Ura lo escogió y lo alimentó y lo cuidó hasta convertirlo en algo humano. Lo liberó de la lucha y lo llevó a Florencia y fue ahí que nos conocimos. Mamá decía que estaba bien que se quedara en casa cuando necesitara un lugar donde dormir. Pescao todavía estaba acostumbrado a vivir en la calle y al principio no fue fácil; había que amarrarle un ancla a los pies para que no se fuera por ahí a buscar agua y comida.

Cuando mamá iba a trabajar, ella pasaba mucho tiempo fuera, como para escapar de los problemas en casa, de los problemas conmigo. Y cuando le dije que iba a abandonar la escuela para siempre, me dio una bofetada tan fuerte que pensé que jamás volvería a sentirme los cachetes. Pero ahí terminó todo. Hasta ahí llegó su enfado con mi decisión. Fue amable en su breve enfado. Creo que lo olvidó a propósito; algo que se hace cuando se tiene convicción. Ura tenía buena fama en Florencia por una buena acción que había realizado hacía mucho tiempo. Aunque mamá nunca entró en detalles, ella y otra gente repetían que Ura evitó que unos niños se ahogaran en una gran inundación. Me dijeron que había predicho el diluvio, como todo un salvador. Eso le bastó para apoderarse de la calle. Y, luego, fueron muy pocas las veces que no se salió con la suya.

Mamá veía cómo Ura y sus cachorros pasaban el tiempo y sabía que yo había encontrado un hogar con ellos. Aunque Ura me hacía la vida imposible, eso era como una forma de protección. *Mejor él que un desconocido*, pensaba yo. Y estoy seguro de que ella pensaba lo mismo. Al parecer, la llegada de Pescao distrajo a todo el mundo. Pienso que mamá creyó que había otra persona que cuidaba de mí, así que podía librarse de la responsabilidad.

En Florencia había una cuesta que llamábamos «La Diabla» y que daba hacia donde vivía Ura; detrás, como un telón de fondo, se veía todo Florencia. Ahí era donde Pescao y yo solíamos ir. Abajo, cuando empezaba a ponerse el sol, el claro lucía prístino con la hierba crecida y, al chocar entre sí, los troncos de la caña de azúcar tocaban una sinfonía. Pescao se quedaba pensativo en ese lugar con la música de la caña y los cucubanos. Me contó que algún día quería hacer algo importante con su vida. Le aseguré que lo importante era controlar lo que uno podía.

—Pero este lugar es limitante, Banto. Lo veo en las noticias: que si esto, que si lo otro, que la gente está yéndose de Puerto Rico y haciendo algo mejor con su vida al otro lado del mar.

—Me da igual to eso. Quiero estar aquí y eso es lo que importa. Mi hogar, supongo —hice una pausa—. Éste es mi hogar.

—Mi hogar —repitió.

Arranqué un poco de hierba con tierra y la lancé al aire para darles un efecto dramático a mis palabras:

—Quiero vivir y sufrir y pudrirme aquí en esta tierra.

—¿Incluso si las cosas se ponen feas?

—Incluso si tengo que llorar de dolor y hambre todas las noches.

—Eso está bien valiente de tu parte, cabrón. Mírate, qué fuerte eres.

CUANDO OSCURECÍA, BAJÁBAMOS a la vieja casa de Ura. Estaba sucia, era un antiguo trapiche que se usaba para moler caña de azúcar. Llevaba mucho tiempo abandonado y tenía la chimenea oxidada, a punto de derrumbarse. A Ura le gustaba poner a secar la ropa en el gran difusor de metal y, si el día estaba soleado, el aparato de bronce se calentaba y secaba la ropa mojada en un santiamén.

Al lado de la casa había un pequeño hangar con unas grandes puertas de establo donde dormían algunos rojos. Ura llevaba tiempo recogiendo rojos. Los dejaba vivir ahí en esa inmensa casa vacía con la condición de que nunca pelearan entre sí. Estaban tan agradecidos, y eran tan jóvenes y estúpidos, que casi nunca sucedía. Era una especie de comuna o complejo. Un orfelinato perdido y Ura, la matrona superiora. Supongo que siempre le gustó construir espacios que pudiera controlar.

Con el tiempo, Ura se volvió malgenioso; la rabia se convirtió en un conflicto siniestro, en especial con el gobierno. Empezó a citar más la Biblia, veía el libro de las Revelaciones como un testamento del fin de los Tiempos. Hablaba de anarquías. Yo le decía en broma que sonaba igual que Rubén Berríos y todos esos tipos. Me contestaba que no le importaba ningún color ni partido. Decía que todo debía quemarse. Se quejaba del mantengo, la electricidad o el hecho de que no tuviéramos una nación. Eso era lo que más le importaba: la nación. Así que parece que todo eso fue desarrollándose a través de los años y lo único que necesitaba era una excusa para aflorar.

Ura se autoproclamaba profeta. Todo comenzó cuando creyó que había predicho la migración en masa de la gente que salió de la isla. Lo desafié culpando a Wall Street. Me ignoró. Argumentaba que pronto el control sería la respuesta que necesitaban nuestros políticos para la deuda incapacitante. Cuando se anunció la Junta, proclamó otra profecía acertada. Le dije que el congreso del Tío Sam tenía sus propios intereses, le dije que eso no era lo que PROMESA o la Junta de Control Fiscal pretendían.

—¿A eso te refieres con lo del control, Ura? —me burlaba de él.

Se reía de mí y decía que eso sólo era el principio de lo que vendría después.

Una parte de mí quería ser como él. Al menos tener un poco de su confianza en sí mismo. Era como si siempre hubiera sabido que María vendría y acabaría con todo y sumiría a nuestra isla en la oscuridad, nos arrebataría la gobernanza, la electricidad y la gente, como un mal necesario, como si su intención hubiera sido que todo esto ocurriera para que pudiera satisfacer su propia ambición. Me preguntaba si Ura estaría compensando por algún pasado en el que nunca tuvo el control. A Ura no le gustaba contar su historia. Sólo

Pescao conocía su historia. Una vez cometió el error de contarme algo, de pasada.

Hablaba con él de mi vieja amiga Dayanara. Era linda como su tocaya Miss Universo: tenía los ojos color verde esmeralda, la piel blanca y el pelo negro. Desde que la conocí, siempre se le hizo difícil encontrar la felicidad. Pensé que tenía una depresión crónica. Me confesó que tenía problemas en casa. Su padrastro abusaba de ella. Al principio pensé que el abuso eran cortes y puños. Meneó la cabeza y no dijo nada más. Quería conseguirle ayuda, ir a la policía. Le dije que podía ir a dormir a casa con mamá y conmigo para protegerse. Pero insistió en que podía bregar, que bregaría con eso sola.

Se suicidó. Agarró una soga, buscó la ceiba más grande y se colgó. Cuando me enteré de la noticia, no lloré. Caí en negación. Incluso fui a su casa después de la escuela como hacía siempre con la esperanza de que saliera a darme un abrazo. Se lo conté a Pescao meses después y me dijo que eso se parecía a lo de la mamá de Ura.

—Espera, ¿qué es lo que se parece a eso? —dije.

—Lo del suicidio.

ALGUNOS ROJOS JUGABAN con una bola de baloncesto en la habitación de al lado. Ura pintaba en la pared un gran mapa de Puerto Rico. Le encantaba pintar y era una manera de entretenerlos. Usaba una escalera destartalada para extender los bordes de nuestra isla hasta los extremos de las paredes gigantescas de aquella habitación. Pintaba. Pintaba círculos en el centro del mapa.

—Ah, estás planificando un golpe, ya veo… Ura, ¿ése es tu objetivo? ¿Vas a reclutar a todos los jíbaros y marchar por las calles a caballo? —le pregunté riéndome. Se enfadó y me tiró una de las brochas mojadas y me manchó la barriga de pintura roja.

—Cállate, gordo mamabicho —gritó.

Pescao agarró una camisa vieja del suelo y me la dio para que me limpiara la mancha.

—¿Cuál es el plan? —preguntó Pescao yendo hacia él y dejándome atrás cerca de la entrada de la habitación.

—Sabes que estas islas están construidas sobre sus costillas. La geografía nos dice que, en el centro, donde está la cordillera, está el poder. Jamás he entendido por qué vivimos cerca del agua. Podríamos hacer mucho más en el centro, lejos de estos políticos corruptos.

—No te pierdas en todo eso, Ura —dijo Pescao.

—Cállate, Pescao. Yo nunca me pierdo. Se acerca el día. Voy a marchar por mi senda. Y todos ustedes, cabrones, van a seguirme. Ya verás —ripostó.

—Confórmate con que podemos comer y mantenernos secos cuando llueve. Conténtate con que estamos vivos. Eso es lo que hago yo —grité desde donde estaba mientras seguía limpiándome la barriga patéticamente.

—Banto tiene razón, Ura. Me preocupa que estés envolviéndote demasiado.

—El día llegará y toditos ustedes me seguirán —dijo y soltó una carcajada—. Una verdadera calamidad arrasará esta isla. Hará que todo cambie. Está escrito. Está en las Escrituras.

—No te entiendo, cabrón. ¿Qué quieres decir con eso? —preguntó Pescao.

—Ya verás —repitió casi para sí—. Ya verás.

Bajó un par de peldaños en la escalera.

—Oye, goldiflón. Ven acá —dijo mirando hacia mí. Me hizo un gesto con la mano para que me acercara. Yo seguía limpiándome la barriga.

—Ya nos íbamos, Ura...

—Ven acá, ven acá.

Fui lentamente hacia él con los hombros caídos. Ura examinaba la habitación desde la escalera. Traté de no mirarlo a los ojos para no provocarlo. Me quedé debajo y lo miré como un perro regañado. Agarró la paila medio llena de pintura roja y me la echó por la cabeza y la sacudió hasta que no quedó ni una gota.

—¡Cómete esto, mamabicho! —gritó y lanzó la paila vacía al otro extremo de la habitación. Algunos rojos oyeron el alboroto y entraron corriendo y, cuando me vieron ahí chorreando pintura roja, se rieron y empezaron a dar saltos.

—¡Cabrón! —gritó Pescao y le dio un golpe a la escalera. Ura bajó los últimos peldaños y empujó a Pescao con tanta fuerza que lo tiró al suelo.

—No te metas, huelebicho.

—¿Vas a llorar ahora, goldiflón? —preguntó. Se me acercó a la cara e hizo como que lloraba—. Dale, llora. Llora, llora, llora.

Traté de limpiarme la pintura de los ojos, pero me chorreaba más pintura de la cabeza a la cara. Me alegré por la pintura porque sí estaba llorando. Lloré y me imaginé lo absurdo que debía de parecer todo: verme chorreando pintura roja y llorando. Los rojos bailaban y gritaban a coro: «¡Ura, Ura, Ura!». Quise salir corriendo, pero sabía que, a no ser que Ura diera la orden y Pescao me escoltara fuera de la habitación como una suerte de protección, podía provocar a Ura y sus cachorros.

—Huelebicho. Goldiflón. No vengas a decirme qué tengo que sentir ni cuándo —dijo—. Salgan de aquí, maricones.

FINALMENTE, PESCAO Y yo pudimos irnos. Volvimos a cruzar el bosque de bambúes rumbo a Florencia. Yo seguía llorando. Trataba de contenerme, pero, mientras más lo intentaba, más lloraba. Me sentía tan gordo y patético embarrado de rojo. Seguía a Pescao en la oscuridad como un perro abandonado sigue a un desconocido. No miró hacia atrás mientras pasábamos entre los bambúes. Estoy seguro de que buscaba alguna palabra de consuelo para mi tristeza. Pero lo único que le salía era: «Lo siento, mano. Siento que te haya hecho eso». Lo repetía cada diez minutos o así hasta que por fin llegamos al cuchillo y a la plaza de Florencia.

Yo no quería seguir caminando y me dejé caer en uno de los bancos de metal que bordean la acera. La plaza estaba tranquila y todas las tiendas estaban cerradas.

—Vente conmigo, Banto.

—No quiero ir a ninguna parte —dije entre suspiros.

—Ven, mano —dijo. Me agarró una mano y me obligó a ponerme de pie. Yo no quería ir a ninguna parte, pero él insistió y me arrastró hasta el puente sobre el río, pasamos su choza y seguimos por el canal que llevaba a los chinchorros y al muelle del que los pescadores salían a pescar y me llevó a lo largo del río hasta que llegamos a un banco de arena. El agua olía a salitre y había pedazos de plástico, sillas de madera podridas y gomas viejas medio enterradas en la arena. Estoy seguro de que el río estaba asqueroso, pero Pescao se quitó la camisa. Tenía la barriga y la espalda cubiertas de pelitos escamosos; el cuello largo y lleno de cicatrices le brillaba bajo la luna creciente. Me empujó suavemente y me hizo meterme en el agua con él.

—Mira, Banto, mira —dijo señalando a los cucubanos que titilaban sobre el río sucio. Bailaban sobre el agua. No había muchos, pero se encendían apenas unos segundos y brillaban con una luz tenue—. Qué lindo, ¿verdad? —dijo.

No le contesté. Lo único que podía hacer era negar con la cabeza y esperar a ver las lucecitas sobre el río parpadear, apagarse, caer en el agua y morir.

URAYOÁN

Dicen que el rojo es el color del fuego y así me gusta: ver las cosas arder horrorizadas. Por eso les pedí a los rojos una entrada grandiosa. Memoria dividirá esta tierra en dos grandes mitades y en un lado habrá una entrada grande y reluciente que recuerde. Como en esas épocas sobre las que leía en libros polvorientos, donde las personas como yo —profetas, líderes, genios— sufrían martirio y nuestros seguidores morían luchando. Cuando hable de nuestra historia, diré que intentamos liberarnos de amos y dueños. Me basta con eso.

Quería que mi entrada me conmemorara a mí y todas mis ideas. Está enchapada en losetas rojas para que a nuestros visitantes les sangre la conciencia. Eso fue lo que hicieron mis mascotas. Robaron losetas rojas en varias ferreterías, bloques de cemento y bolsas de cemento para crear la entrada que Memoria se merece. No les tomó mucho tiempo. De hecho, nadie prestaba atención a lo que pasaba allá arriba. A causa de la monstrua, de lo que pasó y lo que se perdió en el desastre, la gente no llevaba cuenta de lo que tenía. Las cosas desaparecían con facilidad porque la gente no llevaba un inventario cuidadoso, así que eso facilitó las cosas para mí y para Memoria.

Dicen que Utuado está lleno de espíritus. Su orgullo es nativo. Hay un parque ceremonial que los antepasados usaban hace mucho tiempo para celebrar y exaltar la grandeza de algo parecido a Dios. Eso me interesa porque llevo rastros de eso en la sangre. Algunos intentan negar nuestros orígenes y nuestras raíces, incluso dicen que nuestra pasividad viene de ahí. ¡Mentira! No es posible que llegara un tipo como Colón a traer enfermedad y muerte y que no se derramara una gota de sangre. Mi nombre es **Urayoán** como el guerrero que ordenó matar a Diego Salcedo en la leyenda. Mi origen es el del guerrero que ahogó el espejismo de inmortalidad del conquistador. Mi nombre engendra al líder, al cacique de Memoria. Mi nombre engendra la declaración de un comienzo.

El pueblo de Utuado, que está cerca de mi Memoria, no iba a interponerse porque el viejo gobierno lo había abandonado como a todo lo demás. Como buen cacique, antiguo y nuevo, tenía mis mascotas que trabajaban para mí y mantenían el orden. Me pregunté durante semanas cuál sería la raíz de la rabia y la maldad del viejo sistema y pensé brillantemente: *¡La edad! ¡La edad! ¡La edad!* Trataban de hacernos creer que la edad representa sabiduría y, sin embargo, así es cómo se perpetúan los malos hábitos y se pasa el dolor de generación en generación. No quería que Memoria heredara ese reguero, así que tuve mucho cuidado de que los antiguos no se metieran en mis asuntos. Aunque parezca increíble, algunos se aparecieron, siguieron los senderos que abrieron los rojos y, al llegar, intentaron imponer sus ideas sobre cómo debía construirse mi puerta roja, y entonces me di cuenta de que no me hacía falta ese tipo de sabiduría.

Es de noche y está oscuro, y justo a la salida de la carretera PR-10 que lleva a Utuado, hay senderos rocosos que reptan como patas de araña. La gente los talló en la tierra para poder bajar a las cuevas. Pero odio la época en que intentaron lucrar con la tierra. Construyeron verjas y pusieron guardias en las entradas y empezaron a cobrarle a la gente por explorar la naturaleza. ¡A cobrar! Memoria no es para que nadie se enriquezca, sino para escapar de lo viejo y comenzar de nuevo. No se trata de un cuarto para mí. Se trata de percepción.

Recuerdo cuando tenía la edad de los rojos y fui a Cueva Ventana cuando aún no había un guardia en la entrada. Aún formaba parte de una tierra que no tenía señales ni letreros y a la que sólo se llegaba si uno sabía bien dónde mirar. Pero un día, cuando ya era mayor, regresé a Cueva Ventana y había un hombre con otros hombres levantando una verja y poniendo quioscos y cuando le pregunté qué hacía me dijo:

—Estamos construyendo una entrada y vamos a proveer cascos de seguridad. Estamos trabajando pa hacer la entrada a la cueva más fácil, vamos a poner una escalera de madera con una soga fuerte pa agarrarse.

Dijo esto y yo primero me quedé mirándolo como si fuera un chiste e intenté pasar, mis mascotas y yo lo intentamos, y el hombre alzó el brazo bien estirado como un signo de pare. Estaba inflado de frecuentar el gimnasio, pero eso no me intimidó. Porque lo importante es la mente, no la fuerza física.

—Déjame pasar, mis hermanos y yo venimos aquí de gratis desde que éramos pequeños —le dije.

No me escuchó y trató de imponerme su autoridad y su tono.

—Te va a costar cinco dólares más el alquiler del casco pa entrar en la cueva. Por favor, ponte en fila y espera tu turno.

Eso fue lo que me sacó de quicio y me puse tan violento que empecé a patear la tierra al lado de sus pies.

—Nadie les pidió que construyeran esta estupidez aquí, ¿y ahora quieren cobrar cinco dólares por algo que es natural y gratis? ¿Quién les dio el derecho? —dije con rabia, y algunos de mis rojos me sujetaron suavemente.

—Cobramos porque hemos invertido en recursos pa que la gente tenga una experiencia agradable y disfrute de la vista —dijo.

—¿Quién les dio el derecho? —repetí.

—Nuestra inversión nos da el derecho —respondió haciéndose el listo y burlándose.

No podía creer la seguridad con que lo dijo. Me quedé ahí con los puños apretados y mis mascotas empezaron a halarme. Sabían que había demasiados testigos. Si le hacía daño, me iban a llevar arrestado y se quedarían sin cacique. Pero lo que me hizo arder de rabia fue ver a todos los que llegaban y parqueaban sus carros de lujo en los carriles de emergencia de la PR-10, algunos parqueaban cerca de la estación de gasolina al lado de la hierba. No cuestionaban el cargo. Pagaban de lo más contentos y agarraban el casco. Pensé que, si suficiente gente peleaba, nos devolverían la cueva limpia y gratis. Pero nadie peleó con el hombre que estaba ahí con su libreta llevando un inventario, o lo que sea, y les cobraba. Yo estaba rojo de rabia.

—Ésta es una cueva pública, es parte de la tierra —dije en un último intento de hacerlo entrar en razón, pero me contestó igual de caripelao:

—La cueva será pública, pero la tierra donde está la cueva no. Es propiedad de un hombre que acaba de comprarle la finca al dueño anterior. Si no pagas la entrada, tienes que irte.

Dijo esto sin levantar la vista de la libreta. Ni siquiera me miró a los ojos. Me dieron ganas de agarrar una piedra y rajarle el cráneo. Estaba a punto de hacerlo cuando los rojos, los tres, me sacaron de ahí antes de que comenzara una revuelta.

GUIAMOS MUY DESPACIO los camiones de combustible robados sobre las carreteras llenas de piedras y cráteres. Mis rojos más viejos, que sabían guiar, siguieron mi camión hasta que llegamos al claro que tenía el tamaño de tres campos de pelota. Las carreteras ascendían lentamente hacia el claro, que era casi como un mantel perfecto colocado en medio de las montañas empinadas. Fue así como se asentó Memoria. Las carreteras llenas de cráteres eran intransitables y, sin embargo, los camiones de combustible lograron pasar sin contratiempos, prueba de que está bendecida por Dios. ¡Profeticé el éxito! Llevamos los camiones cerca del borde del claro donde comenzaba el bosque y se asomaba el barranco. En la parte más tupida de árboles la tierra cae abruptamente. Para llegar a nosotros hay que subir, y eso es lo que más me gusta de Memoria. La única forma de entrar es a través del bosque que rodea el claro, pero la cuesta es tan empinada que se puede ver a cualquiera que venga. Y como el Río Caonillas está a poca distancia del claro, de Memoria, provee un patrón perfecto: un centro perfecto con líneas de agua hacia los dos lagos cercanos.

Mi plan era sencillo. Hice que mis mascotas cavaran unos hoyos grandes en la tierra. Robaron unos tractores y excavadoras de Utuado y sacaron tierra hasta que los camiones cupieron casi completos. Enterramos los camiones y dejamos una manguera conectada a un sifón para extraer gasolina y diésel. Incluso si el viejo gobierno viene a buscar, jamás los encontrarán.

Memoria necesitará chozas y cuarteles para vivir, vigilar y controlar la entrada y mantenerla segura. Pero yo quería que la entrada se construyera a la perfección. Así que eso hicimos. También quería que los caminos que condujeran a Memoria estuvieran marcados. Los árboles se marcarían con pintura roja porque, al fin y al cabo, eso es lo que mi Memoria debe ser: un paraíso donde hay orden y comida y ley; ésa es la constitución. Y los rojos trajeron la pintura roja y bajaron el barranco bailando y marcando cada árbol con una mancha roja brillante.

Al cabo de un tiempo, se nos acabaron los abastos. Los rojos me dijeron que necesitaban más cemento para mi grandiosa entrada. El remedio era ir a Utuado. Entramos sigilosamente, al amparo de las estrellas, en un pueblo ahogado. Casi toda la plaza central cerca de la iglesia estaba abandonada y las tiendas estaban cubiertas de una capa de fango y mugre. Yo y los rojos recorrimos las calles en silencio y, justo donde la cuesta bajaba del centro, vimos la fila de gente que dormía la siesta. La fila le daba la vuelta a la manzana, pero yo sabía que estaban esperando por la gasolina y el diésel. «Repartan panfletos a los jóvenes», dije a los rojos. Siempre cargan con un paquete de panfletos, así que mis mascotas se fueron a buscar a más jóvenes que se unieran a Memoria.

Seguimos por las calles estrechas, cuadra tras cuadra, hasta que llegamos al pueblo y ahí encontramos la ferretería, escondida en un estacionamiento vacío. Se podían ver los esqueletos de las cercas, las cadenas rotas. El edificio era como un hangar, al fondo había unas grandes puertas como de granero donde despachaban la madera a los contratistas y ahí estaban las bolsas de cemento. Como los rojos y yo no teníamos un carro todavía, entramos en el edificio a buscar un par de carretillas en los largos pasillos del almacén. Más tarde robaríamos carros y pickups, pero todavía andábamos a pie y con carretillas.

Estaba oscuro y yo usaba una linterna para alumbrar las bolsas de cemento mientras los rojos las colocaban en las carretillas. Me maravilló su música, cada movimiento era como de bailarín coreografiado y eso me enorgullecía como cacique. Llenamos las carretillas y, aprovechando que ya estábamos ahí, también nos llevamos alambre y soga. Entonces vimos las luces azules. La policía del viejo gobierno se había parqueado afuera y ése era el tipo de miedo que no deseaba porque luego podía haber violencia.

—Ura, ¿les disparamos unas cuantas rondas? —me preguntó un rojo.

—Paciencia —le contesté. Apagué la linterna y esperé por la siguiente movida. Desde la puerta abierta vi las luces azules iluminar la oscuridad; sabía que podían vernos en el hangar, así que les hice una señal a los rojos para que se encaminaran hacia la salida con las carretillas. Se movían con desesperación y se metieron por el edificio principal hasta la entrada de la ferretería. Luego vi a los oficiales bajarse de las patrullas y alumbrar el edificio, la puerta y el estacionamiento. Preparé la pistola.

Sin embargo, los oficiales volvieron a meterse en las patrullas y salieron del estacionamiento a toda velocidad rumbo al pueblo. Regresé al hangar y me tranquilicé sabiendo que no hubo necesidad de violencia, pues eso afecta el sueño.

Prendí la linterna e iluminé los pasillos para buscar a mis mascotas, pero no los vi por ninguna parte. Soné el pito, que normalmente los llama al orden. Nada. Seguí pitando. Empezaba a enfurecerme y grité: «¡Oigan, cabrones!», pero sólo escuché el zumbido leve de los insectos. Caminé hasta la entrada y busqué de nuevo en el estacionamiento, pero no vi nada. Entonces vi una luz en el horizonte, que parecía un fuego que crecía y crecía. El fuego comenzó a llenar la noche y vi que los rojos habían prendido fuego a los carros que estaban donde la gente hacía fila. Corrieron hacia mí por la carretera saltando y cantando encorvados: «Ura, Ura, Ura».

Agarraron las carretillas, las sacaron del hangar y corrimos por las estrechas calles de Utuado. Llegamos a la plaza central y la iglesia y vimos a todo el mundo paralizado. La gente que estaba en la fila para la gasolina observaba las llamas bailar y brillar. Todo el mundo flotaba alrededor de los carros en llamas como polillas, incluso los oficiales. Nos quedamos ahí con la gente que hacía fila y observamos juntos el fuego y las llamas.

Pude ver mejor la iglesia porque la plaza ahora estaba bien iluminada y noté su edad, la pintura amarilla de los muros desgastada por el sol. Los dos pequeños campanarios parecían tocones de madera erosionados. El portón de hierro oxidado, que daba a un pequeño jardín, estaba abierto y lucía patético. Me quedé ahí mirando la iglesia hasta que divisé algo arriba. Era una niña gorda que agarraba algo. Estaba sentada ahí mirando, vestida con un vestido oscuro de flores y a su lado había una persona, pero la persona parecía una masa pastosa.

Les pité a los rojos y señalé la iglesia. Llevamos las carretillas hasta el portón y les dije que subieran. Me quedé afuera esperando con nuestras provisiones y luego escuché el grito suave de los rojos: «Ura, Ura, Ura». Caminé hasta el jardín lleno de trinitarias y amapolas que formaban una mezcla extraña de colores. En el jardín había un caminito lleno de hierba mala que llevaba a la escalera. Llegué a la escalera, subí hasta la azotea y me detuve. Desde ahí se veía todo Utuado: la silueta oscura de las montañas al fondo, los carros que los rojos habían prendido fuego abajo; la gente alrededor sin hacer nada. «¡Ura!», exclamó el rojo y me distrajo de la vista. Había un olor rancio y horrible, así que me tapé la nariz. Los rojos se cubrían la cara y señalaban a la niña gorda. Estaba en trance mirando hacia el horizonte, abrazada a un cadáver en descomposición. Era grande y fuerte, pero lucía vulnerable. Hice ademán de ir hacia ella, pero no se inmutó. Los rojos tocaban la cosa que estaba al lado de ella y se aguantaban las ganas de vomitar.

—Se acabó la Energía. Se acabó la Energía —empezó a decir—. Se acabó. Se acabó.

Así llamaba a la gasolina y la electricidad. Música para mis oídos.

Toqué a la gorda en el hombro y chasqueé los dedos frente a ella, pero seguía sin moverse.

—¿Tienes nombre? —le pregunté, pero no escuché respuesta—. Déjanos ayudarte —me oí decir y les hice una señal a los rojos para que agarraran el cadáver. Se negaron al principio, pero les eché una mirada de desaprobación. Agarraron el cuerpo verdoso y putrefacto y, de pronto, la gorda regresó a la vida. Agarró el cadáver con más fuerza.

—No. No. No — empezó a repetir. Un grito ronco y agotado, no fuerte ni rabioso, sino derrotado.

—Vente con nosotros, nena. Tenemos un lugar donde vivir —dije, y me sorprendió mi súbita generosidad.

—Marisol, Marisol —empezó a repetir mientras se aferraba a la cosa muerta.

—Ella se viene con nosotros también —le dije y la ayudé a ponerse de pie y los rojos agarraron el cuerpo y lo bajaron por la escalera y lo pusieron en una carretilla. Me resultaba extraño hacerme cargo de ella, pero tenía la sensación de que era importante, así que seguí mis instintos: mi inteligencia, mi ingenio.

Los rojos se fueron delante empujando las carretillas llenas de sogas y alambres y bolsas de cemento y, en una de ellas, la cosa muerta en estado de descomposición. Nos alejamos de la iglesia y los carros en llamas al amparo de la oscuridad y anduvimos por las calles estrechas hasta llegar a los caminos imposibles que llevaban a Memoria. Cuando llegamos, les dije a los rojos que le prepararan un catre a la niña y a su cosa muerta. Se negaron al principio, pero volví a echarles una de esas miradas y me obedecieron y pusieron un catre bien lejos de las cosas de Memoria para la gorda. La llevé a su catre, me senté con ella sin moverme y me di cuenta de que no había dormido en mucho, mucho tiempo, así que le di una palmadita en la espalda.

—Intenta dormir ahora un poco. Estás en Memoria. Nosotros nos encargaremos de todo. Duerme —dije y ella no hacía más que repetir:

—Marisol, Mari, Marisol.

Y yo le recordé que ella también estaba ahí. Acostamos la cosa muerta a su lado y entonces la vi dormirse y desplomarse en el catre y supe que estaba sumida en sus sueños. El olor del cadáver era fuerte y denso, así que los rojos y yo nos alejamos y fuimos a la esquina del claro donde estaban nuestros catres y los camiones de Energía.

—¿Qué vamos a hacer con esa cosa, Ura? —preguntó un rojo.

—Ya veremos — le respondí sin mucha convicción. Los rojos se dieron cuenta y siguieron insistiendo.

—La peste se va a poner peor. Peor que ahora —dijo mi mascota como si yo no pensara lo mismo, así que les contesté en un arrebato de furia:

—¡Lo sé! Váyanse a dormir. Lo planificaremos pronto.

Aquella noche tuve una pesadilla maravillosa. Vi a Memoria arder en llamas y todos los rojos optaron por no huir, sino quedarse y festejar mientras el fuego crecía con mayor fuerza. Luego, la sequedad que rodeaba el bosque comenzó a arder y la ola amarilla y anaranjada se regó en la oscuridad y reptó hasta todas las esquinas de la isla, ardiendo y echando humo; las membranas de nuestro hogar se fundieron en nuestra memoria y eso me hizo despertar sudoroso, y maldije. Giré y vi a Memoria en la oscuridad, vi todo su potencial y me asustó lo fácilmente que todo podía arder en llamas y quemarse y convertirse en cenizas.

DOS

CHEO

Me conocía Vega Baja como la palma de la mano. Solía trabajar a tiempo parcial en Tortuguero BBQ antes de terminar en Florencia con los pescadores. Caminé y caminé. Sabía que me iba a tomar días llegar a esa Memoria, pero conocía a una persona a la que quería mucho que aún vivía en Vega Baja, así que me pareció una buena idea detenerme y visitar a mi vieja amiga.

Doña Julia vivía en un hogar de ancianos, uno de esos lugares médicos donde cuidan a los enfermos y los viejos. Tenía dos pisos y una rampa para sillas de rueda que llevaba a la entrada del segundo piso. La casa tenía un balcón que le daba toda la vuelta. La casa estaba pintada de anaranjado y el techo y las ventanas, de blanco. La casa estaba en la Carretera Número Dos, así que no era difícil encontrarla y durante el receso de la hora de almuerzo en Tortuguero BBQ, solía llevarle un poco de ensalada de pulpo a doña Julia y le decía en broma que algún día la recordarían como a su tocaya, la gran Julia de Burgos, y le gustaba que le dijera eso porque yo sabía que se sentía abandonada. Por eso tenía que verla. Pero esta vez sólo le llevaba mi compañía, sin pulpo.

La casa estaba en silencio al igual que la carretera. Habían pasado semanas desde que ella azotó nuestra isla, pero nada había cambiado. Pensé que vería las calles congestionadas o filas para entrar al supermercado Amigo, pero todo estaba en silencio y eso me intranquilizó. Sabía que los que quedaban buscaban recursos sin cesar. Inmediatamente después de su azote, esto estaba tan claro como el sol. Pero ahora parecía un desierto, como si nada hubiera existido antes. Pensé en más versos para mi poesía, cosas que recogía en el camino y apuntaba en mis libretas.

> *Aunque los helechos estaban color marrón, vi el verde que*
> *regresaba en las puntas.*
> *El calor del sol es mayor cuando el verde desaparece, y yo*
> *estoy bañado en sudor.*

También me topé con vida otra vez: caimanes que se arrastraban veloces por las calles, palomas en los cables eléctricos, mosquitos, caculos. Incluso vi una mangosta correteando por el lado de la carretera. El canto de los pájaros también había regresado. Un poco, por lo menos. Su canto era diferente, lo que avivaba mi ansiedad.

Extrañaba el mar desde que me fui de Florencia, así que tomé un pequeño desvío en el camino a Vega Baja. Ayer anduve por Playa Cerro Gordo. Quería ver la costa de nuevo porque el río allá en Florencia no se extendía como el océano. Caminé tropezando por la arena, libreta en mano, y observé las olas color marrón romper en la playa y mojarme los pies. Hice las siguientes observaciones:

- Las corrientes se mueven en patrones diferentes desde que ella nos azotó.
- No veo azul o verde reflejarse en el horizonte marino.
- Todo parece un río fangoso que levantó arena y sedimento.
- Más basura de lo habitual. Todo tipo de plástico y neveras oxidadas en la arena húmeda.

- Botellas de vidrio de Bacardí que el mar arrastró a la orilla, algunas todavía con ron.
- Si entrecierro los ojos y miro al horizonte, veo flotar unas enormes barcazas de metal.
- Predigo que llevan un cargamento que podíamos haber usado hace semanas, pero ya no importa.
- Hay menos playa y arena y la mugre marrón luce aún más furiosa mientras se come la tierra.
- Extraño la espuma del agua antes de que ella viniera porque ahora está espesa y quieta.

Hoy, frente al hogar de Doña Julia, me preguntaba si ella recordaría cómo sube y baja la marea en su vaivén. Sabía que extrañaba todo lo que fue; yo también lo extrañaba. Toqué a la puerta unas cuantas veces y esperé a que alguien abriera y me dejara entrar, pero no vino nadie. Miré a través de las ventanas manchadas por el sol, pero no vi nada detrás de los cristales ensombrecidos. Entonces, una joven en un uniforme de enfermera estampado apareció por la veranda. Joven y bonita, la piel como el coco y el pelo castaño oscuro.

—Estoy buscando a alguien. ¿Se puede entrar? —le pregunté.

—Ven por atrás. Usemos la puerta de atrás —respondió y caminé con ella alrededor de la veranda.

En la parte trasera de la casa había una puerta doble con tela metálica y la joven la abrió y la aguantó para que yo entrara. Había camas de hospital en filas desorganizadas. Pero lo que me asustó más fue lo tranquilo que estaba todo. No se oía el ruido de la planta eléctrica. Me preocuparon el calor y los ancianos.

—¿A quién vienes a ver? —preguntó la enfermera.

—A Julia.

—¿Doña Julia? Está ahí —dijo señalando hacia el fondo de la habitación.

—¿Y la electricidad? ¿Tienen planta para las máquinas?

—No lo prendemos mucho. No podemos. No tenemos suficiente diésel. La gasolinera Puma que está al final de la calle cerró hace como una semana. Dicen que los camiones dejaron de llegar —dijo y miró una hoja o un crucigrama o algo—. Así está la cosa.

Caminé hacia la cama de Doña Julia. La habitación parecía estar dividida en dos. El frente de la casa, cerca de la entrada, estaba cerrado con cortinas; unas cajas colocadas encima de otras formaban una especie de pared. Vi a través de las delgadas cortinas la silueta de las máquinas de diálisis sin usar.

Agarré una silla y la coloqué al lado de Doña Julia. Le froté las manos con delicadeza y sonreí.

—Julia. Julia.

—¿Quién es? —preguntó despertando de un sueño y entrecerrando los ojos para ver quién era—. ¿Cheo?

—Sí, Julia.

—Cheo. Ay, Dios mío, Cheo —dijo y levantó las manos y me las colocó en los hombros. Me incliné y le di un beso en la mejilla.

—Dios te bendiga. Estaba pasando por aquí y quería saber cómo estabas.

—Ay, Cheo. Estoy bien, gracias a Dios. Estamos aquí, bregando...

—¿Tienes agua y comida, Julia?

—Ay, mijo, tenemos lo que necesitamos por ahora, gracias —dijo y sonrió y se le entristecieron los ojos. No quería decirme cómo se sentía en realidad y yo no iba a forzarla.

Pasamos un rato hablando de la noche en que María azotó y Julia dijo que recordaba los aullidos y el temblor, como si un motor de avión hubiera caído del cielo. Me habló de sus amigos, a quienes no veía desde aquella noche. Señaló hacia la entrada principal de la casa y comprendí lo que quiso decir. Era gracioso: su manera de hablar calmaba mi ansiedad. No por lo que decía, sino porque ella lo veía como otro evento pasajero. Me sonrió con los ojos y me acarició la mano con ternura. Se me aguaban los ojos cada vez que me apretaba la mano con los dedos.

—¿Tienes agua, mijo? ¿Tienes comida? —preguntó. Me entristecía verla tratar de cuidarme como lo hacía cuando yo era mucho más joven. Doña Julia me salvó de mí mismo cuando era joven y estúpido. Fue maestra de escuela superior casi toda su vida. Fue mi maestra de Música en la Escuela Palés Matos.

—Tengo suficiente, Julia. No suficiente pa cagar como es debido. Pero tengo suficiente —dije riendo y ella cerró los ojos como burlándose.

—Bueno, mijo, yo no he cagado como es debido en más de una década. Así que tú me dirás.

Nos reímos y nos abrazamos, sus ojos iluminaban el mundo.

Nos quedamos ahí y hablamos sobre su historia, su esposo fallecido; se notaba que encontraba felicidad en el recuerdo. Hablamos hasta que empezó a patinar como si se le hubiera olvidado en qué época vivía. Intentó levantarse de la cama.

—Vamos a dar un paseo —me dijo y vi su determinación—. Vamos a la Laguna Tortuguero. No voy desde hace tanto tiempo. Quiero verla otra vez, toda crecida. Quiero oler el salitre.

—Debemos tener cuidado con los caimanes —le dije ayudándola a mantener el equilibrio.

—¿Caimanes?

—Sí, les gusta nadar ahí y siempre están buscando comida.

—Ay, virgen. No. Olvídate de eso. Nos quedamos aquí.

La enfermera me lanzó una mirada de agradecimiento desde el otro lado de la habitación. Al cabo de unas cuantas horas de compartir con Doña Julia, me fui. Seguí caminando y no pude evitar escribir sobre ella. Dibujé su imagen en un poema y traté de capturarla en mis páginas. Es posible que no volviera a verla, pero al menos estaría ahí, escrita en su belleza. Me agobiaba pensar que esos versos no fueran suficiente, que mis destrezas fueran terribles y que no pudiera capturarla como lo que siempre había sido para mí. Pero hice lo que pude y, en ese momento, bastaba.

Esta noche, Doña Julia duerme con el ruido de los
   monstruos.
En sus días finales recuerda su nombre,
que es ~~casi como~~ el mío. Cheo Gabriel, un esposo por
   treinta años,
su nombre, Cheo, es el mío.
Excepto que él la abandonó y es una rosa y una bestia.

Esta noche, Doña Julia me cantó bajo su gran colcha
   blanca
manchada de amarillo por el sudor ~~del día~~.
Apenas podía subirse la colcha hasta la barbilla
mientras sacudía la cabeza y repetía: «No, no».

Pero sus ojos me sonrieron.
Hice que me cantara ~~una vez más~~, aunque sólo fuera
*   a mí,*
una vez más para mi larga caminata ~~por estas calles~~.
Quería escuchar su ~~voz y su~~ melodía
y despertar el silencio de la noche
porque los días se hacían más suaves mientras la
*   naturaleza*
regresaba ~~a la vida~~.

Julia cantó en el Bellas Artes de Caguas
cuando ya era mayor, y una vez en el de Santurce, ~~un~~
*   ~~logro que~~*
le daba pudor, sin embargo yo le recordaba lo imposible
y lo bello que era todo eso. Y ella asentía con la cabeza.

No es en esas canciones que escucho su deseo, sino en la
*   forma en que presiona sus pequeñas manos contra las*
*   palmas ásperas de las mías y traza líneas,*
juventud, lo innegable, ecos de los gritos de mi niñez, las
*   rodillas manchadas de sangre cuando me caí al tratar*
*   de huir de su salón de clase, y cómo ella me recogió sin*
*   decir nada, no hacía falta nada, me llevó de vuelta al*
*   salón y me reconfortó y eso siempre era suficiente.*

Aún recuerda el olor del escenario de madera, la forma en
*   que transportaba*
un olor cítrico y añejo. La forma en que sonaba el
*   escenario de madera*
bajo sus pies. Las sillas rojas del teatro, algunas vacías,
*   cómodas, silenciosas, pero quietas y atentas*

como su público. Julia recuerda la forma en que resuenan
   los objetos
y su voz estremece una habitación. Canta y canta,
esa voz golpeada por años de risa y rabia y lágrimas.
Aún puedo escucharla. Lloro mientras Julia me carga.
   Lloro porque la abandoné.
Para andar en soledad y agarrar el eco de los árboles
   desiertos,
flotando, flotando hasta llegar a casa.

Ésos son sus versos. Pensé en tantas cosas, en volver a ellos y tachar el exceso. Pensé que así sería mejor. Debía de serlo. Quizás lo que me preocupaba más era el asunto del nombre. Me gustaba doña Julia porque llevaba el nombre de nuestra gran poeta, Julia de Burgos.

Recuerdo haber leído por diversión al hijo de puta de Walcott y su *Reino del caimito*. En su poema épico «La goleta *El Vuelo*» dice que los nombres son lo único que contiene la historia, son el poder que contiene la historia. Pero lo que siempre me ha llamado la atención de ese poema es la forma en que explica la cicatriz colonial y nosotros, coloniales y colonizados, conocemos el lenguaje del dolor. El lenguaje conoce el dolor de la historia. Lo dice a través de la voz de Shabine. Una voz tan parecida a la mía, a la nuestra. Doña Julia era como María Concepción en «La goleta *El Vuelo*», que se queda esperando mientras yo me aventuro en una inmensidad aterradora. ¿Qué será de mí? ¿Qué será de mi poesía?

Walcott habla de la nación y el imperio. Más bien canta a través de Shabine mientras viaja desde los confines de Trinidad y Barbados. Pero ¿y qué hacemos con esta jodida isla? Ésta, ¿mi tierra? ¿Qué hago? ¿Es mi isla una nación que se toma y se deja como la última jugada cuando se pierde un juego de dominó? ¿Esto termina en tranque? No estoy seguro de qué es Memoria en realidad. Tengo miedo. Miedo de que Ura sólo vea un pasado y de que él también sea una imitación.

Estaba nublado cuando retomé mi camino. Tal vez esas nubes están gordas y llenas de lluvia, que no cae desde que el huracán María nos convirtió en un desierto. Me imagino que sería conveniente que lloviera ahora mismo porque haría juego con mis emociones. Hay una soledad en la isla que ya había sentido antes. Antes de esto, cuando los pescadores y yo empezamos a ver cada vez menos gente que quisiera salir al mar a pescar. Probablemente todo el mundo siente la soledad. Y las nubes sobre mi cabeza estaban tan bajas que podía tocarlas, pero no quería. Sólo quería caminar y quizás llorar un poco.

Seguí mi viaje hacia el oeste en busca de ese lugar en el que creía Pescao. Mientras me alejaba de doña Julia y Vega Baja, la sentí más cercana en la poesía. Supongo que para eso existe: para transportar y conservar sin importar cuán lejos estemos de la orilla.

PESCAO

Los rojos construyeron una entrada de losetas resplandecientes. Ura nos exigía a Banto y a mí cosas que no tenían sentido, pero no decíamos nada porque Ura oscilaba entre la locura y la luz. Era una entrada fea y voluminosa con un marco desigual. Los bloques de cemento estaban mal colocados y la mezcla que se usó para empañetarla estaba mal aplicada. Las losetas rojas, en las que tanto insistió, se habían instalado sin ton ni son y, por momentos, parecían un mosaico mal diseñado. Pero Ura se sentía satisfecho. Observaba a sus rojos excavar el claro y transformar Memoria.

Ura quería que la ceremonia se hiciera en el centro del claro. Dijo que había que prender una gran fogata cada noche y todo el mundo tenía que asistir a la cena alrededor del fuego. Aún no era un ritual, pero yo sabía que eso era lo que pretendía. La visión de Ura para Memoria estaba inscrita en una máxima que él mismo inventó. Hizo que los rojos la grabaran en la base de cemento de la entrada: UN LUGAR ANEXIONADO EN ARMONÍA POR SU LIDERATO.

Luego estaba su propia Torre de Babel. Ura quiso que los rojos usaran planchas de madera y metal que robaron de Utuado para construir una torre dilapidada. Sería su oficina y ahí pensaba reunirse con los ciudadanos de Memoria; los rojos serían sus secretarios de Estado. Yo pensaba que tendría algún puesto especial para Banto y para mí, pero nunca nos llamó. Se robó unas cuantas plantas eléctricas y los puso en las entradas del bosque, y así fue como Memoria tuvo luz. Ura sólo los prendía de noche porque no le gustaba el ruido. Y por eso también los colocó en lo profundo del bosque.

A todas las personas que vivían en Memoria se les daba un poco de diésel para que lo usaran como les diera la gana. Resulta interesante que Ura orbitara alrededor de la gasolina y el diésel como lo único esencial. Le insistí en el agua, que parecía escasear, pero me salió de atrás pa lante.

—No me cuestiones. Mis mascotas y yo estamos planificando todo, Pescao.

—Lo que pasa es que no podemos sobrevivir a base de diésel, tú sabes.

—No soy pendejo. Lo sé. Déjalo ya. Tenemos un plan.

Empezó a repetir eso con más frecuencia. Decía que él y sus rojos lo tenían todo planeado.

Al día siguiente, Ura y los rojos llegaron con un oasis, un camión lleno de agua potable. Me recordaba los camioncitos de la leche. Salió del asiento del conductor sintiéndose realizado. Qué importaba de dónde se lo hubiera robado. Banto se le cuadró delante desafiándolo.

—Cabrón, eso es pa Utuado. Si les quitas eso, ¿qué van a beber? —le dijo. Ura se frotó los pelos de la barbilla y trató de ignorarlo, pero yo sabía que Banto no iba a darse por vencido. —Cabrón. ¿Me oyes?

—Cállate, goldiflón. Estoy ocupado.

—¡Cabrón!

Banto hizo ademán de agarrarle el brazo, pero Ura lo agarró por el cuello y lo hizo a un lado.

—Ya, goldiflón. No te hagas el noble. No eres un caballero andante. No podrías montarte en un caballo sin matarlo.

Los rojos se echaron a reír y a saltar y Banto dio media vuelta y se fue.

—¡Pescao! —me gritó Ura—. Busca los candungos del almacén y llénalos de agua. Vamos a racionarla. A todo el mundo le toca su ración.

—Okey, Ura. Okey.

Memoria tenía muchos habitantes y cada día entraban más por la Puerta Roja. A Ura se le ocurrió establecer un límite de edad para entrar. Decía que no quería viejos en su Memoria porque representaban las antiguas tradiciones. Usaba a sus rojos para controlar quién entraba en Memoria. La gente de lejos se enteró de que en Memoria daban combustible y así desarrollamos un sistema de comercio. Tenían que traer objetos de valor para recibir a cambio un pequeño candungo de gasolina o diésel. Lo tenía bien regulado. Si alguien le pedía permiso para quedarse en Memoria, en especial los viejos, les decía que no, que para lo único que los quería era para comerciar. Algunos incluso trataron de obtener agua potable, pero Ura se valía de sus rojos para espantarlos.

Una de las nenas de Utuado, Camila, jamás habló. Siempre estaba en su catre, y alrededor de su rincón de Memoria había una nube de moscas. Banto le cogió cariño. Se pasaba el día con ella. A veces, se quedaban sentados, tranquilos, sin decir palabra. Yo pasaba por ahí tapándome la nariz y veía a Banto sentado al lado de ella con su ridícula peluca rubia espantándose las moscas de la cara. Banto decía que la nena estaba enferma, que necesitaba ayuda de verdad porque apenas comía y estaba todo el día hablándole al cuerpo en descomposición. Banto le seguía el juego y también le hablaba al cadáver. Eso alegraba a Camila. Sólo en esos momentos se veía animada.

URA ME DESPERTÓ temprano una mañana. Había una neblina tan espesa sobre Memoria que uno apenas podía verse los dedos. La neblina trajo un rocío que humedeció todas las superficies.

—Tenemos una reunión de emergencia, Pescao. Levanta al goldiflón y nos vemos en la Torre —me susurró.

—¿Sobre?

—Ya te enterarás, pendejo. Levanta al gordo culón y vengan a la Torre. Dense prisa.

Me levanté y me arrastré hasta donde estaba Banto, que procedió con su ritual. Todas las mañanas, Banto empezaba el día poniéndose la peluca rubia sucia que pescamos en Florencia. Luego se ponía la chaqueta. Me daban ganas de decirle que ambas olían mal, pero él parecía feliz.

La Torre tenía tres pisos precarios y una aguja destartalada que los rojos hicieron con troncos envueltos en planchas de zinc. Desde la entrada se veían todos los niveles. Lo único que cabía en ese espacio era una mesita y unas sillas. Ura decía que hacía todas sus deliberaciones finales en el tercer piso porque tenía una apertura desde donde podía mirar hacia afuera y ver a Memoria. Alegaba que casi siempre le llegaba la inspiración ante esa vista.

Las sillas estaban dispuestas alrededor de una mesa de madera laqueada. Los rojos habían pintado el interior de la Torre de verde oscuro y habían escrito palabras al azar en las paredes. Frases de reguetón, de Fiel a la Vega, de la Biblia. En particular, frases largas del Génesis y la creación del hombre. También había citas del libro de las Revelaciones escritas en las paredes. La verdad es que lucía bastante bonito el collage de experiencias. Y a pesar de que era una cabaña improvisada, las paredes emitían familiaridad.

También había retratos de Ura, su líder grandioso y preciado, en diferentes poses; algunos eran dibujos hechos por los rojos y otros, fotos de Ura pintando en Florencia. Parecía una capilla: una cueva con una colección de recuerdos de Ura. O de recordatorios de que Ura era importante para ellos y, por ende, importante para todos los que ahora vivían en Memoria.

Banto y yo nos sentamos y esperamos. Ura no había llegado y eso me molestó.

—¿Qué es la que hay, Pescao? —preguntó Banto. Se restregó los ojos y se arregló la peluca.

—No sé, Banto. Ura quiere hablar con nosotros. Debe de ser urgente.

—Más vale. El sol no ha salido todavía. Yo quería dormir bien. Pensaba ir a Utuado. O al menos a Caonillas a lavar ropa. Hay que empezar temprano porque a la gente le gusta jugar en el río al mediodía. ¿Te apuntas?

—Quizás.

—Dale, Pescao.

—Quizás —repetí.

Suspiró y se colocó las manos en la barriga. Esperamos veinte minutos y, por fin, llegaron dos rojos. Ura llegó un poco déspués. Se negaron a sentarse.

—Pues, cabrones, tenemos que hablar de eso —dijo.

—¿Eso? —preguntó Banto.

—¡ESO! —ripostó Ura.

—No sé qué es eso, cabrón.

—El olor. La gorda y su cadáver. Están apestando mi Memoria. No puede seguir aquí. La gente va a empezar a irse y entonces se acabó lo que se daba.

Los rojos daban vueltas alrededor de nosotros.

—No entiendo, Ura. ¿Por qué no tratas de hablar con ella? Quizás es todo lo que necesita. Que alguien la escuche —dije.

—Esa bicha no quiere hablar. Se queda ahí mirando al vacío y le habla a esa cosa. Mano, que me den lo que se metió porque esa nota está brutal.

—¡Es su hermana, cabrón! —dijo Banto.

—¡¿Y?!

—Está sufriendo. Está sufriendo un montón.

—Pues que sufra sin eso.

—Tiene miedo de perderla si le quitan el cuerpo.

—Eso no es problema nuestro, goldiflón.

—Entonces, ¿por qué la dejaron entrar, ah? ¿Por qué la dejaron entrar en Memoria en primer lugar? —Banto empezó a enfadarse, le temblaba la voz.

—Cuidao, goldiflón.

—Estoy tratando de entender, cabrón. Estoy tratando de ver cuál es el punto de dejarla entrar y luego quejarse de que esté sufriendo.

—La dejé entrar por la generosidad de mi corazón. Porque soy bueno —dijo Ura y se puso las manos en el pecho para burlarse de Banto.

—Eres un pedazo de mierda, eso es lo que eres.

Ura dio un puño en la mesa. Se cuadró frente a Banto como retándolo a seguir hablando. Banto quiso hacer lo mismo. Yo sabía que quería pelear y hacerle a Ura el mismo daño que Ura le hacía a todo a su alrededor, el mismo daño que llevaba años haciéndole. Pero se contuvo.

—Voy a mandar a mis mascotas a que se lo quiten. Si empieza a pelear y a llorar, espero que ustedes dos la calmen y la aguanten hasta que terminen de hacer su trabajo —dijo Ura.

—¿Y la hermana? ¿A dónde la vas a llevar? —pregunté.

—No importa. La tiramos por un puente. La metemos en una bolsa de basura y se la damos a los satos pa que se la coman —hizo una pausa—. Me importa un carajo. Me da igual.

—Pero a ella no le da igual —dijo Banto. Se puso de pie y fue hacia Ura a tropezones. Era más bajo que Ura, así que era la disparidad era fea. Empezó a tirar puños desesperados. Los rojos se metieron entre ellos y agarraron a Banto. Los cachetes le sudaban. Resoplaba y la peluca se le torció.

—Por tu bien, controla ese mal genio. No te va a servir de mucho por aquí, goldiflón.

Temí que Ura fuera a darle una pela a Banto. La habitación se cargó en ese breve silencio. Los rojos sujetaban a Banto. La barriga se le salía por debajo de la chaqueta y la camiseta. Ura se rascó los pelos de la barbilla y no dijo nada más. Se quedó mirando a Banto, que empezó a gemir como esperando los golpes.

Ura miró a los ojos a Banto, movió la cabeza de lado a lado y salió de la Torre. Los rojos le dieron unos cuantos empujones a Banto antes de soltarlo y luego salieron detrás de Ura.

—Banto.

—Ya, Pescao. Ya.

—Banto, estás buscando que te lastime. Tienes que controlarte.

—¡Ya! —se enderezó con dificultad y se secó el sudor de la frente. Se arregló la camiseta para taparse la barriga—. ¿Quién más va a defenderla? ¿Quién se le va a enfrentar a él?

Se acomodó la peluca y salió. Yo esperé. Me senté en la Torre un rato a pensar en Camila. A pensar en Banto. Esta mañana, sus ojos destilaban rabia. Aun sometido y quejoso parecía valiente. Me daban ganas de salvarlo o de salvar a Camila, pero me sentía maniatado.

Pasaron unas cuantas horas antes de que los gritos se escucharan por toda Memoria. Regresé a mi catre, lancé al aire una vieja pelota de béisbol y me quedé ahí acostado esperando a que pasara la mañana. Los gritos eran violentos y crueles. Todo el mundo en Memoria interrumpió sus quehaceres y dirigió la atención al rincón de Camila. Los rojos, vestidos con chaquetas negras, guantes blancos y mascarillas quirúrgicas negras, habían rodeado a Camila e intentaban esquivar los objetos que ella les lanzaba mientras esperaban a que se cansara.

—¡No! ¡No! —gritaba Camila. Les respondía barbaridades. Embistió contra los rojos y los empujó, pero ellos no se rindieron. Era como observar un grupo de pitirres enfurecidos emboscar y atacar a un guaraguao. La pobre Camila era el águila fuerte y sus espuelas no eran capaces de asestar un golpe a la plaga roja. Banto también estaba marginado. Empezó a inquietarse y salió casi corriendo con las manos en la cabeza, la barriga le rebotaba. Se detuvo justo antes de llegar a ellos. Sólo estábamos él y yo mirando a los rojos empujarla y a ella ponerse furiosa y tirarles ramas y tierra. Siguió gritando: «¡No!», hasta que la voz se le quebró en sollozos roncos. Ura debía de estar viéndolo todo desde la Torre.

Eran demasiados para que pudiera defenderse. Los espectadores se fueron poco a poco e intentaron seguir en lo suyo como si no pasara nada. Los rojos la inmovilizaron; lo hicieron entre cuatro mientras ella resoplaba y rugía. La aplastaron contra la tierra con todo su peso mientras otro grupo se llevaba a Marisol. El cuerpo había mutado y se había transformado en algo asqueroso e inhumano. Con cada movimiento, apestaba más. La descomposición había destruido toda semejanza con su forma humana, los gusanos y las larvas que caían de sus extremidades me revolvieron el estómago.

—¡No! ¡Por favor, no! —gritaba Camila con la cara aplastada contra la tierra.

—Lo siento, Banto. Lo siento —le dije a Banto.

Era todo lo que podía decir. Le puse una mano en el hombro. Él no contestó y lo sentí recostarse contra mí, un toque sutil y suave, y entendí lo que quiso decir.

Esa noche, los rojos prendieron un fuego inmenso en el centro de Memoria. Todos se quedaron boquiabiertos al ver el centro arder en llamas. Parecían contentos de experimentar la luz nuevamente. Banto se sentó con los demás ciudadanos de nuestra pequeña sociedad. Miraba las llamas bailar, ausente en el tiempo y el lugar. Yo sabía que buscaba el calor y el consuelo de los cuerpos porque se sentía lejos de todo. Ura no estaba. Los rojos bailaban alrededor del fuego y golpeaban zafacones de metal vacíos y barriles de plástico azules al ritmo del dembow. El eco resonaba y alguna gente se movía al ritmo desde su asiento. Otros estaban de pie. Algunos bailaban con los rojos. El fuego crujía y explotaba y yo podía ver cada rincón de Memoria.

Caminé hasta el catre de Camila. Estaba acostada, enroscada en posición fetal balbuceando y eso me asustó. No era tristeza ni desesperación. Era un terror suave y delicado como quien espera escuchar el primer llanto de un recién nacido. Suspendido, sin tener en qué apoyarse. Quizás debí decirle algo en ese momento, pero no se me ocurrió nada.

Pasé cerca de la Torre y vi que la puerta estaba entreabierta. Sentí la voz de Ura, así que me pegué a la pared para escuchar.

—¿Qué quieres que hagamos con ese cuerpo, Ura? —preguntó un rojo. Supuse que había dos rojos con él.

—¿Lo echamos al fuego, Ura? ¿Vemos cómo se quema?

Oí pasos en la Torre, movimiento de luces y ruido de papeles. Luego escuché unas botellas chocar dentro de una neverita.

—No. Esa cosa apesta demasiado. Si la quemamos todo el mundo se encabronará y no queremos eso. Tampoco quiero que la otra complique las cosas. Puede que le dé una rabieta y lo queme todo.

—Pues deshagámonos de la gorda.

—Eso, Ura. Deshagámonos de ella también.

—No, cabrones.

—Entonces, ¿qué, Ura?

—Entonces, ¿qué?

Hubo una larga pausa.

—La nevera —susurró Ura.

—¿La congelamos?

—Congélenla —dijo Ura.

—Eso está lejos, Ura. Ir con esa cosa asquerosa por el bosque nos va a revolver el estómago. Se va a romper en pedazos y en miembros si lo arrastramos en la oscuridad.

—Vamos a necesitar un medio de transporte. Un carro o una pickup o algo.

—Róbenselo de la calle, cabrones. Utuado es un lugar olvidado. Hay mucha mierda que robar. Llévense un poco

de gasolina, róbense una pickup y llévense esa cosa y congélenla.

—¿Ahora? Ura, es tarde…

—¡Ahora! Llévensela y congélenla con los demás.

—Dale, Ura.

—Okey.

Los rojos tiraron un par de botellas de cerveza vacías
por la puerta. Uno de ellos salió de la Torre, agarró su
botella medio vacía y la estrelló contra la Puerta Roja.
Rieron y desaparecieron en la oscuridad del bosque. Yo
me agaché cerca de la puerta entreabierta y miré por la
rendija. Ura estaba sentado en el tercer piso bebiendo y
pintando en una pared vacía. Por lo que pude ver, era el
fuego en el centro de Memoria y pintaba trazos rápidos
para representar las llamas y enfatizar la quema, para enfatizar la destrucción.

CAMILA

Ura me hirió hoy. No fue una herida física, sino de las que duelen en el corazón. Me hizo extrañar mi hogar, pero no sabía cómo regresar. Y aunque supiera, no hay nada ahí para mí, excepto la oscuridad y las estrellas. Mari se fue y no sé a dónde se la llevaron. Lo único que sé es que el pecho se me aprieta y me duele de pensar en Marisol; me duele pensar que ella no pueda respirar libremente ahora, y en lo mucho que extraño nuestras conversaciones en la cama. No quería que la enterraran, mucho menos con las masas que enterraron allí debajo, cerca del Parque Ceremonial de Utuado. Me parecía que había demasiada gente y Mari ocupa mucho espacio con su gran presencia y todo eso. Quería que se quedara sobre la tierra mientras su carne siguiera viva; aunque se puso verde, seguía viva. Los insectos y los gusanos lo demostraron. Si no, no se habrían quedado en su cuerpo. Los insectos muestran lo que está vivo y lo que está muerto. Yo nunca los veo alrededor de un metal limpio o de un piso de losetas seco.

A Mari le fascinaban los insectos. Solía recoger los esqueletos huecos de los insectos, caculos, grillos, incluso hormigas. Le gustaba ponerlos en una cajita de fósforos negra debajo de la cama. No me molestaba cuando estábamos en Memoria rodeadas por una nube de moscas y gusanos, tampoco el olor rancio. Sabía que esas cosas le gustaban. Estábamos juntas y eso era lo único que importaba de verdad.

Una vez, su novio, Ezekiel, nos visitó en casa. Mami

nunca lo supo. Marisol sabía cómo escaparse, cómo ocultar sus encuentros después de clases o en casa. Me hizo prometerle que no se lo diría a nadie. Ezequiel se ponía manisuelto en su cuarto y yo observaba desde una silla en el pasillo. Pero si se ponía agresivo, ella rápido buscaba debajo de la cama y sacaba la caja de fósforos y le enseñaba los insectos que coleccionaba. Eso parecía calmarlo.

Mari cumplió dieciséis años unos meses antes de María. La noche de su gran fiesta de cumpleaños, mami invitó a varios amigos. Ese día, mami no sabía que Marisol había invitado a Ezekiel. Les habría dado una pela a los dos. Ezekiel llegó con un par de amigos de la escuela de Mari, así que no fue tan obvio. Pero yo lo sabía, aunque mami no lo supiera. Todos se reunieron en la marquesina de casa y se sentaron en sillas plásticas a escuchar bachata, a Ednita Nazario y a Olga Tañón. Pero cuando mami quería que los jóvenes nos calmáramos, ponía boleros. A mami le gustaba aguar las fiestas así. Eso era para los adultos, no para nosotros. Cantaban a coro y nosotros nos mirábamos con cara de confusión y buscábamos algo con qué entretenernos.

Ezekiel esperó a Mari frente al baño. Todo el mundo estaba distraído en la marquesina. Mari fue a orinar. Él la siguió calladito. Yo también. La esperó en la puerta, ella no sabía que él estaba ahí. Se puso a mirar a su alrededor, medio nervioso, y me di cuenta de que no quería que lo vieran. Yo observaba desde la cocina porque desde ahí podía ver algo sin que me vieran del pasillo, aunque no se veía demasiado. Cuando Mari abrió la puerta, le saltó encima, le chupó los labios y le agarró el pecho. Se notaba que Mari estaba incómoda y eso me molestó. Le besó el cuello y trató de meterse con ella en el baño y entonces fui hacia ellos tosiendo.

—Cami, regresa adentro —dijo Marisol. Empujaba a Ezekiel para quitárselo de encima y se quedaron ahí en el pasillo estrecho.

—Mami se va a enfogonar —dije. Eso era lo único que me imaginaba: a mami dándole un puño en la cara y cayéndole encima a Ezekiel con la escoba de metal.

—Cami, vamos. Ven —se separó de Ezekiel, me tocó el hombro al pasarme por el lado y regresó a su party. Me quedé ahí y Ezekiel se recostó contra la pared. Se veía frustrado y molesto. Se tapó la cara con las manos, soltó un suspiro exagerado y luego regresó al party. Lo oí balbucear algo y me alegré de que no se atreviera a decírmelo en la cara.

Quería vengarme de Ezekiel porque no me caía bien, no me gustaba que metiera a Mari en líos con mami. Cuando todos se juntaron para cantar cumpleaños feliz, mami me dijo que a mí me tocaba cortar el bizcocho y darle un pedazo a cada invitado. El bizcocho era uno de esos bizcochos amarillos grandes con frosting azul y blanco, mi favorito.

Todos cantamos en la cocina y Marisol se veía tan linda, iluminada por las sonrisas y el coro de cariño. El pelo negro rizado le caía suavemente sobre los hombros, su cara redonda tenía la textura de una estatua de bronce y sus grandes ojos brillaban de felicidad. Y Ezekiel la acechaba desde una esquina recostado contra la pared mientras todo el mundo cantaba. Miraba fijamente a Mari con una cara que no me gustaba nada.

Después de cantar, todo el mundo salió a la marquesina a esperar a que yo cortara el bizcocho, lo sirviera en los platitos de plástico azul y lo repartiera. Corrí al cuarto de Mari y agarré la caja de fósforos con los esqueletos de los insectos. Le corté un buen trozo de bizcocho a todo el mundo, pero le corté un trozo aún más grande a Ezekiel. Los trozos estaban mal cortados y se desmoronaban en el plato. Agarré los pequeños esqueletos de los insectos, les trituré las alas y los metí entre los pedazos de bizcocho de Ezekiel. Escogí los caculos de color más claro, les arranqué las patas a los saltamontes secos. Los metí todos dentro del trozo que le había servido y me reí disimuladamente porque sabía que era goloso. Sabía que se lo iba a comer todo sin antes mirar.

La gente comía y felicitaba a Marisol y le decía lo fabuloso que era ser mujer. Algunas le contaron sus propias experiencias a esa edad, pero yo sabía que a Mari no le interesaba mucho. Era sólo nostalgia: le contaban esas cosas porque querían regresar a su juventud. Continuaron. Aplaudían y decían chistes, mientras yo esperaba a que Ezekiel devorara el bizcocho. Sentado y doblado sobre el plato, devoraba grandes pedazos de bizcocho amarillo hasta que se chequeó los labios. Echó la cabeza para atrás cuando se sacó de la boca un ala de caculo. Al principio pareció confundido, pero cuando se dio cuenta, se puso de pie y el plato se le cayó de las piernas.

—¡Coño! —gritó y todo el mundo se quedó inmóvil en medio de la confusión.

—¿Qué te pasa, Ezekiel? —le preguntó Mari.

—El bizcocho… tiene…

—¿Qué tiene? —preguntó.

Todos nos quedamos callados esperando a que explicara. La voz de Ednita sonaba en las bocinas portátiles. Sabía que mientras más tiempo permaneciera en el foco de atención, más fácilmente lo descubriría mami. Lo miré a los ojos y le sonreí, quería que me viera. Se enfogonó. Lo suficiente como para decir: «Olvídenlo» y limpiar el reguerete de bizcocho en la entrada de la marquesina. Me reí bajito y seguí comiendo. Ezekiel caminó hasta el zafacón, tiró el resto del plato e hizo como que se iba del party definitivamente. Mari lo siguió con los ojos. Sabía que no podía ir detrás de él porque mami la vería y se daría cuenta. Ya era tarde en la noche cuando todos los amigos de Marisol y los invitados de mami se fueron. Nos besaron y abrazaron como si todos fuéramos familia. Los besos y los abrazos de gente desconocida son algo extraño. A veces parecen más sinceros que los de tu propia hermana o tu mamá.

Cuando ya se había ido todo el mundo después del party, a mí me tocó limpiar. Mari entró en su cuarto y luego salió y me tiró la caja de fósforos. Cruzó los brazos y apuntó hacia ella juntando los labios.

—Eres bien estúpida, Camila.

—¿Qué?

—Tú sabes qué.

Traté de hacerme la tonta, pero sabía que no me creía. Ella sabía.

Me dejó sola con la limpieza y salió a la calle oscura y se detuvo al lado de los zafacones. Se quedo debajo del poste de la luz antes de desaparecer en el bosque de bambúes y supuse que iba al río. A estar sola con las estrellas.

Mari es maniática y me da muchísima tristeza recordar cuánto odiaba a la gente y cuánto amaba el silencio de la naturaleza. Por eso Memoria parecía tan hermosa, lejos de todos los ruidos y las voces.

Quería que Mari se quedara para siempre conmigo, que pasara el resto de su vida acostada al lado mío en la tierra o en mi catrecito. Pero ahora no veo más que noches en que un grupo de desconocidos se juntan alrededor de una gran fogata y bailan y se ríen y tocan música y no hay silencio.

BANTO

La ceremonia era ritual. Ura ordenaba que todos los ciudadanos de Memoria no sólo asistieran, sino que participaran en la liturgia. Esperaba que cada uno ofreciera un testimonio de media hora alrededor de la fogata. Eran manifestaciones de gratitud hacia Memoria, hacia los rojos, hacia él. Al principio, no era más que un disparate repetitivo: los rojos intervenían y hablaban de los dones eternos de Ura y su espíritu generoso; incluso representaban escenas cortas para rendirle tributo al héroe, como solían llamarlo. Usaban utilería que encontraban y traían de Utuado: puertas de carro oxidadas, toldos azules de FEMA que se robaban de las casas abandonadas durante esos meses, cables eléctricos negros de los postes caídos y muertos; hasta los transformadores eléctricos abandonados tenían uso. Los rojos usaban estas cosas para construir Memoria y, lo que sobraba, lo empleaban en las escenas nocturnas. Era la nueva televisión. Ura se sentaba en el centro de la ceremonia. Había hecho que los rojos adaptaran el asiento de un Mercedes viejo y lo colocaran en el mismo medio para poder supervisar a todo el que observaba y disfrutaba del entretenimiento proveído por los rojos. A pesar de que se convirtió en rutina, cuando no eran los rojos, sino otra gente la que ofrecía los testimonios, escuché manifestaciones genuinas de gratitud, y eso me confundió.

Éste era el ritual de todas las noches. Los rojos hacían

la gran fogata. Había un grupo designado que vestía ropa negra de hacer ejercicios y salía en la oscuridad de la noche a recoger árboles caídos, troncos y arbustos secos. A su regreso, golpeaban los zafacones de metal y cantaban «Ura, Ura, Ura» mientras apilaban la madera y preparaban los actos de la noche.

Cami apenas se movía de su rincón. Después de que se llevaron a su hermana, se pasaba los días petrificada en su catre. No comía. Fui a su rincón y me senté en el suelo frente a ella, pero no me miró, como si no existiera. Creo que también dudaba de su propia existencia. Le hablé del tiempo, el bosque, el río y cómo aún rugía y se movía en la cresta. Le mencioné que Memoria empezaba a sentirse como un hogar porque habían llegado otros jóvenes que no eran los rojos. Le hablé de Moriviví y de su amiga Damaris. De cómo vinieron desde Florencia, de donde éramos Pescao y yo, y le dije que me parecía que tenían buenas intenciones, que eran buena gente. Traté de llevarle un poco del cabro guisado de la cena, pero no lo probaba y lo dejaba llenarse de insectos, cucarachas y hormigas y luego lo tocaba con sus dedos gordos. Incluso dejaba que los insectos le treparan por la mano; las cucarachas patinaban de un dedo a otro y las hormigas marchaban furiosas en las palmas. Cuando fui a tirar el plato al zafacón, gruñó, así que lo dejé ahí. Pasé muchas noches en su rincón de Memoria con la esperanza de que mi presencia le infundiera vida. Nada la sacó de su trance. Las únicas palabras que balbuceaba eran para sí misma y la mayoría de las veces sólo repetía el nombre de Marisol, a veces se mecía para dormirse, a veces simulaba que Marisol era el plato de comida podrida.

Le aseguré a Pescao que no iba a dar un testimonio sobre

Ura. Y que no esperara que Camila o yo participáramos. Pescao dijo que iba a hablar con Ura. Dijo que haría todo lo posible.

—¿Estás seguro, Pescao? Tú sabes cómo es —le dije a Pescao.

—Sí. Hablé con el varias veces en la Torre. Incluso le recordé a Cami.

ENTONCES, UNA NOCHE de ésas, ocurrió. Después de que se sirvió la cena, preparé una ración de tostones y cabro para Cami. Hacía poco que había empezado a probar la comida que le llevaba. Me sentía tan feliz de que regresara a la vida. Me propuse comer en su rincón y confiaba en que, al verme comer y sonreír con mi estúpida peluca rubia y mi elegante chaqueta, recordaría lo que era sentir.

Me encaminaba a su rincón cuando Ura dio un golpe en el zafacón de metal y todo el mundo se detuvo y miró hacia él.

—Banto. Mi querido Banto. Parece que hoy te toca dar el testimonio —dijo sonriendo. El fuego crujía y sólo se escuchaban los insectos y los coquíes en la oscuridad de la noche.

—Ura —interrumpió Pescao y se levantó de su tronco—. Ura, cabrón. Déjalo.

—¡Banto! Te toca a ti dar el testimonio. Como ciudadano de esta Memoria ilustre darás tu testimonio —dijo Ura haciendo un gesto hacia el centro de la fogata y golpeando el zafacón de metal con los dedos.

—Ura, voy a cenar con Cami. Déjame ir, por favor —dije. Esperaba que notara la sinceridad en mi voz.

—Banto. Mi querido goldiflón. Mi querido Banto.

Ura pasó rápidamente por delante de los troncos cercanos al fuego. Los rojos lo siguieron. Me rodearon y Ura se
me plantó enfrente contoneándose y fanfarroneando.

—Banto. Di el testimonio. Dale. Sólo te tomará unos
minutos de tu preciado tiempo.

—Ura, cabrón. Déjalo ya. Que los rojos hagan otra
escena y ya —dijo Pescao y llegó a tropezones hasta mí
para salvarme. Pero los rojos aparecieron en bonche y se
interpusieron entre Pescao y Ura. Ura lo observaba todo.
Le complacía ver a sus cachorros dar muestras de su devo-
ción. Moriviví y Damaris estaban ahí de pie, confundidas.

—Ura, Cami tiene que comer. No come si no estoy allí.

—Tú y tu noviecita pueden disfrutar de su date una vez
hayas cumplido con tu deber cívico, Banto. Mi querido
goldiflón —dijo y me acarició la cara. Empecé a temblar.
El silencio no ayudaba y el crujir del fuego me sobresaltaba
el pecho.

—Ura, por favor.

—¡Di el testimonio! —gritó y todos los metales rever-
beraron con su voz.

No quería violencia. Miré hacia el rincón de Cami y vi
que estaba sentada atenta a lo que pasaba. Su silueta oscura
se disolvía en la oscuridad del bosque y sus anchos hombros
imponían su fuerza. Yo quería ser así: reflejar fortaleza en
mis movimientos, callado pero temido.

Caminé de mala gana hasta un tronco, le coloqué la bandeja de comida encima y llegué al centro de la ceremonia
donde el fuego ardía más y sonaba más fuerte. Sabía que todo
el mundo me estaba mirando; sabía que Cami estaba pre-
senciándolo, así que enderecé los hombros e intenté caminar

recto. Me dolía hacerlo. Tosí y me aclaré la voz sin saber qué decir. Declarar mi gratitud hacia Memoria y hacia Ura, predicar como si Dios estuviera mirando y esperara un mensaje estremecedor. El silencio se hizo mayor cuando Ura y sus rojos regresaron a sus asientos y se quedaron mirándome, esperando mi intervención.

—Memoria... —Hice una pausa. Traté de buscar en mi mente las palabras correctas que resultaran satisfactorias—. Memoria es como una canción. Una canción que escuchamos tantas veces como «Preciosa» de Marc Anthony. Me recuerda un pasado. Un tiempo en que buscábamos el pan en la panadería. Un tiempo en que los funerales se hacían en casa. Un tiempo... en que las cabras escuchaban y se pegaban unas a otras y llovía y podíamos sonreír... sabiendo... sabiendo que el futuro es bello.

Hice otra pausa porque me parecía que eran disparates. Todas las caras me observaban; Damaris se rascaba el cuello, Moriviví empezaba a bostezar y enseguida se cubría la boca con la mano, Pescao lucía preocupado y paranoico y Ura, muy satisfecho de sí mismo.

—Memoria es...

—Habla de Ura —interrumpió un rojo—. Ura, Ura, Ura.

Empezaron a cantar a coro. Yo me tocaba la peluca y el cuello de la chaqueta.

—Ura... Ura es el regalo. Acudes a él cuando las cosas se ponen oscuras y difíciles. Es una canción que se escucha como el canto de los pájaros y los gallos al amanecer. La neblina es como Ura, que cala profundo. Nos recuerda que nos gusta sentir el tacto de los demás. Sentirnos cercanos. Un regalo como... la Navidad y los Reyes. La hierba que dejamos para los caballos porque no hay camellos en Puertorro. La hierba es buena. Se baña de lluvia y rocío en las mañanas cuando...

—Qué porquería —gritaron los rojos. Empezaron a inquietarse—. Ura, Ura, Ura.

—Ura es un regalo que no nos merecíamos, pero recibimos porque todo el mundo necesita la salvación, creo. Todos somos parte de este mundo; como los ríos necesitan el mar. Como la lluvia necesita las nubes. Como los árboles necesitan... los insectos.

Un rojo me lanzó un pedazo de cabro y empezó a reírse. Otro agarró una rama y unos palitos y los arrojó al suelo frente a mí. Parecía divertirles verme encogido ahí en el centro, así que empezaron a agarrar piedrecitas y tirármelas. Algunas no me dieron y cayeron en el fuego detrás de mí. Otras me dieron en la nariz y en la frente; ésas me dolieron un poco.

Quería salir corriendo, pero noté que Ura se estaba poniendo nervioso, luego se puso furioso. Se levantó de su asiento de Mercedes. No podía precisar si Ura estaba enfogonado conmigo por lo que había dicho o si estaba molesto con los rojos por la interrupción o porque no me agredían lo suficiente. Empezó a gruñir y a rugir y todos sus cachorros giraron hacia él y empezaron a hacer lo mismo. Los gruñidos y rugidos se volvieron cada vez más fuertes. El fuego danzaba y parecía que todos los que estaban sentados delante de mí se movían con cada suspiro.

—Ya, Urayoán, ya —dijo Moriviví. Metió la mano en un bolsillo y buscó algo, pero Damaris le dio un golpe en el brazo. Miró decepcionada a Damaris, pero eso no le impidió correr hacia delante, hacia el centro. Se interpuso entre las rocas que volaban y que ahora nos golpeaban a ambos. Pronto se hartó. Caminó dando zancadas hasta Ura en un ataque de rabia y sus cachorros se dieron cuenta del peligro.

Pescao aprovechó el momento de distracción para correr donde mí y agarrarme por el brazo. Salimos huyendo; los gruñidos y rugidos se tornaron más débiles mientras más nos alejábamos y la luz de la fogata se hizo más tenue a medida que nos acercábamos al rincón de Memoria más próximo a la orilla del bosque. Pescao me llevó lejos, pasados los catres, pasados los camiones de combustible, a través de la Puerta Roja y hasta el bosque muerto.

Corrimos sin saber en qué dirección íbamos. Yo tropezaba a cada paso, la peluca me pesaba más por el sudor, la chaqueta se me pegaba a la espalda por la humedad. Corrimos por lo que parecieron veinte minutos hasta que escuché el río. Mientras nos acercábamos, el sonido del río se transformó en un susurro suave, un sonido reconfortante. Pescao se detuvo y encontró un peñón donde sentarse. En esa oscuridad, las estrellas eran puntos de luz contra el manto negro de la noche y una luna pequeña acentuaba el vasto lienzo. Me tomó un tiempo recuperar el aliento. En ese momento experimenté un *déjà vu*. A cada rato, Pescao y yo teníamos que correr hacia algún lugar o huir de algo. Casi siempre a causa de Ura y su maldad.

—Tienes suerte, Banto. Tienes suerte de que ella se interpusiera entre ustedes.

—¿Por qué? ¿Qué iba a hacer él?

Me hice el duro.

—Tienes suerte, Banto. Debemos esperar hasta que terminen de comer. Hasta que todos duerman.

—Estoy cansao de correr y esconderme, Pescao.

—Lo sé.

Encontré una piedra más pequeña a su lado y me senté. Sentí el musgo a través de los shorts. Sentí humedad y frío en las batatas. Ambos miramos hacia el río cubierto por una mortaja de árboles muertos, algunos comenzaban a retoñar.

Pescao me puso la mano en el hombro y me sacudió un poco.

—Quítate esa peluca, cabrón. ¿No tienes calor?

—Sí, pero es parte de mí. Me gusta cómo me queda.

—Debe de sentirse como mierda sobre el pelo mojao.

—Ajá… pero no es tan malo, supongo.

—Como quieras, mano.

Seguimos esperando y parecía que todo se había congelado a nuestro alrededor. Me sentí inquieto y me levanté de la piedra de un salto. Me acerqué a la orilla del río y me eché un poco de agua en la cara, me quité la peluca y metí toda la cabeza en el río para limpiarme la mugre y la tierra del cuero cabelludo.

—¿Qué crees que le pasará a Morivivi? —pregunté.

—Ni idea. Yo no la provocaría.

—¿Crees que Ura le tiene miedo también?

—No, pero ella lo picaría en cantitos si intentara hacerle algo.

Nos quedamos cerca del río hasta que la luna desapareció del cielo nocturno. Pescao por fin se puso de pie y guió el camino de regreso a Memoria.

Cuando llegamos a la Puerta Roja reinaba un silencio aterrador. El fantasma de la fogata ceremonial seguía ahí, un humo grisáceo que ascendía de los rescoldos. Todo el mundo dormía en sus catres. Los rojos no estaban en su lugar habitual vigilando la entrada de Memoria y eso me preocupó. Quería ver cómo estaba Moriviví. Le hice una señal a Pescao y caminamos silenciosamente hasta su rincón. Vi la silueta de Damaris en su catre. Moriviví dormía al lado de Damaris. Estaban bien y eso me daba paz. Miré hacia el catre de Cami. Ese rincón estaba muy oscuro. Fuimos a ver si estaba bien.

—Coño, ¿a dónde se fue? —le pregunté a Pescao.

—¿Crees que huyó al bosque?

Buscamos entre los arbustos secos y las hojas que había detrás de su catre y ojeamos la hilera de árboles negros, pero no vimos nada.

—¿Y si nos siguió cuando salimos hace un rato por la Puerta Roja? —preguntó Pescao.

—Coño, mano. Coño. Acabamos de llegar, Pescao.

—Viremos. Volvamos sobre nuestros pasos —dijo.

Su optimismo no me convenció.

—Dale, Banto. Regresemos. La encontraremos.

—Okey.

Nos encaminamos hacia la Puerta Roja, pero noté una luz dentro de la Torre. Me dirigí hacia ella. Pescao se negó al principio, pero luego me siguió hasta que llegamos a la puerta destartalada. Metí la cabeza, pero no vi a Ura. Ni a ninguno de sus cachorros. Vi a alguien de pie en el tercer piso rebuscando entre los panfletos y pinturas de Ura. Luego pasó los dedos sobre los garabatos escritos en la pared.

—¿Cheo? —preguntó Pescao asomándose por encima de mi hombro—. ¡Cheo! ¡Cabrón!

—Oye, Pescao —dijo Cheo.

Cheo bajó los escalones y abrazó a Pescao. Creo que en ese instante nos sentimos aliviados, al menos por un rato. Volver a ver a Cheo, la cabeza calva, el pelo envejecido y descolorido. Nos pareció que una parte de Florencia regresaba a nosotros.

—Veo que Banto sigue aquí. Y que sigue usando esa peluca pendeja —dijo Cheo. Sonrió.

Le devolví una sonrisita tímida.

—¿Estás bien, mijo? —preguntó Cheo.

—Estamos buscando a alguien, Cheo. Es una nena súper trigueña. Gordita con la espalda ancha y los brazos fuertes y gordos. Tiene el pelo corto. Se llama Camila. Debe de haber salido corriendo después de la pelea entre Banto y Ura —dijo Pescao.

—¿Pelea? Loco, ¿qué está pasando aquí?

—Ura. Ura se está volviendo peligroso —interrumpí.

Le conté a Cheo sobre Ura y la ceremonia. Le conté de Cami, Moriviví y Damaris. Le conté del diésel, los intercambios, la normativa sobre la edad de los ciudadanos. Nada pareció sorprender a Cheo. Se limitó a rascarse la calva y suspirar. Mientras le contaba estas cosas, levantaba las cejas de vez en cuando, pero nada lo perturbó.

—¿Dónde está ahora? —preguntó Cheo.

—No sabemos. A veces desaparece por las noches con sus cachorros —dije.

—No sé, mijo. Sé que no te va a gustar lo que voy a decirte, pero creo que debemos dormir. Esperar a que amanezca y luego tratar de descifrar todo esto. Es tarde. Ustedes están cansaos. Yo estoy cansao.

—Pero Ura, Cheo, ¿Y si…?

—Vamos, Banto. Vamos a dormir y mañana bregamos —me echó el brazo sobre los hombros y me acercó a sí mientras salíamos juntos de la Torre—. Pescao, ¿dónde duermo?

—Duerme en mi catre esta noche. Mañana buscaremos a Ura a ver si tiene uno extra pa ti.

—Pero, Pescao. Las reglas de Ura. Su normativa... —dije.

—Mañana nos preocupamos por eso. Relájate, mijo —respondió Cheo. No le importaban Ura ni sus reglas. Pero tampoco sabía en lo que se estaba convirtiendo Ura, o lo que siempre había sido. Temía que Cheo hubiera caminado tantas millas sólo para que le dijeran que se fuera. Sin embargo, eso no parecía preocuparle. Mantuvo una actitud serena y eso me hizo creer, aunque sólo por un instante, que las cosas podían mejorar. Que todo estaría bien.

URAYOÁN

Nadie me ataca y se sale con la suya. Así lo veo yo. Eso incita a la violencia. Veo las caras de mis mascotas, sus expectativas, siento las miradas; los ciudadanos de Memoria necesitan que afirme mi voluntad. Pero encuentro que mi rabia es efectiva cuando la planifico, no cuando actúo en el momento. Cuando esa nueva, Moriviví, viene donde mí con la lengua afilada, decido esperar. Los rojos esperan ansiosos su castigo. Pero, como suelo decir, algunas cosas requieren paciencia. Después de que Hagseed y el gordo huyen juntos al bosque, les digo a mis rojos que tenemos que reunirnos en mi hermosa Torre de Babel. Voy y espero a que aparezcan las mascotas importantes. Llegan desanimados y molestos; se sienten derrotados porque no vieron sangre y les pito fuerte para que me atiendan. Se niegan a movilizarse en su disciplina habitual, así que les lanzo esa mirada que tanto temen y pito todavía más fuerte. Pero siguen arrastrando los pies y me miran como si fuera un fantasma perdido. Eso me encojona y doy un puño tan fuerte en la mesa encerada que se raja. Entonces me prestan atención. Les digo que lo primero que tenemos que recordar es que en Memoria no todo es violencia. Nuestra promesa a los nuevos ciudadanos es que los protegeremos de ese tipo de cosas. Vienen huyendo de los ladrones y los pillos, vienen en busca de algo parecido a la paz, encuentran seguridad aquí en Memoria. Les digo todas estas cosas y entonces a los rojos les pica la curiosidad y me presionan.

Me preguntan por qué dejé entrar a esa niña gorda de Utuado en mi preciosa Memoria, por qué la dejé entrar con la estúpida hermana muerta. Les digo que necesitamos los cuerpos: quiero ver crecer a Memoria. Entonces me preguntan para qué es la nevera y les digo que es importante guardar porque nadie va por ahí recogiendo a los muertos y meter los cuerpos en una nevera les permite a quienes los aman mantener el recuerdo; podemos buscar los cuerpos, exhibirlos para demostrarles que conservamos lo que es importante. Gracias a mis esfuerzos y mi bondad pueden aferrarse a lo que quieran, aunque algunas cosas es mejor olvidarlas, pero concedo favores y eso es razón de más para que los nuevos ciudadanos crean en Memoria. Vienen aquí sabiendo que sus hermosos muertos están bien guardados y seguros y que se conservan mejor que en una tumba. Esto satisface a los rojos, pero todavía están furiosos porque goldiflón no recibió su paliza. Les recuerdo que el gordo es importante para Hagseed y les prometo un degollamiento más adelante. Lo jodí bastante en la ceremonia y ahora sabe cuál es su lugar. Al fin entienden, pero me asusta tener que repetirlo hasta que se me irrita la garganta para que entiendan mi punto de vista. Después de mucho persuadirlos, se han calmado por el resto de la noche.

La ceremonia había terminado. Empecé a poner en efecto el toque de queda para los ciudadanos de mi preciosa Memoria. Así es más fácil mantenernos seguros. Algunos empiezan a cuestionarme diciendo que el viejo gobierno también decretó el toque de queda. Entonces me encojono de verdad, entonces empiezo a decirles todo lo que está mejorando en Memoria y todo lo que crea para sus espíritus. Al igual que los rojos, necesitan que les repita y les repita mi mensaje.

Les digo que todos reciben sus raciones de cabro y plátanos; que cuentan con la seguridad del bosque, que los protege de los bandidos y los pillos; les digo que tienen la luz eterna porque mi generador de Energía rinde y rinde. Les cuento del sistema de comercio que filtra a los de afuera, que mis hermosas mascotas controlan a la gente y que los que no viven en la preciosa Memoria pueden comerciar a cambio de Energía; y que así es como nos abastecemos. Por todo esto —y por mi ingenio— espero gratitud y, cuando lo repito lo suficiente, empiezan a cambiar, igual que los rojos, empiezan a creer nuevamente que Memoria es, como siempre ha sido, un lugar anexionado a la armonía por mi liderato.

Y ésa no es la peor de mis frustraciones. Recientemente, algunas mañanas he visto a Hagseed regresar de su luna de miel con el gordo y traer consigo la edad que desprecio. Hagseed viene a buscarme y me lleva aparte, cerca de los restos de la gran fogata de la noche anterior y dice:

—Cheo está aquí, Ura. Vino desde Florencia —dice esto enfatizando la distancia, como si eso pudiera convencerme.

—Veo que Banto también ha regresado. Traer más de lo necesario no funciona —le tiro eso para que sea sincero, no me gusta que la gente intente hacer trucos con el lenguaje. Y funciona porque ahora se está rascando el cuello de camarón, feo y lleno de cicatrices, mientras busca las palabras para responderme.

—Cheo puede ayudar aquí. Su experiencia es útil —vuelve con el tema del viejo y entonces me doy cuenta de que no es un truco.

—Nosotros tenemos reglas, y Cheo rompe esas reglas. No sé cómo más decírtelo, Pescao.

Digo esto y lo derroto. La neblina mañanera ahora también está asustada, como Hagseed, y trata de desaparecer porque ése es mi don: hasta las nubes piensan antes de actuar cuando entran en mi preciosa Memoria. Decido poner a Cheo un poco a prueba y lo hago venir donde mí y entonces Hagseed y el gordo empiezan a fastidiarme de verdad. Los rojos también lo perciben porque se reúnen y empiezan a saltar con la esperanza de que haya violencia. Me rasco la barba y observo al viejo desesperado, a ese Cheo que Hagseed quiere tanto y le digo:

—Entonces, ¿cuál es tu propósito aquí? Parece que a Goldiflón y a Hagseed se les olvidó mencionar que no encajas en nuestro perfil. Lo más que puedo hacer por ti es dejarte hacer negocios conmigo y mis rojos —digo esto sabiendo que voy a hacer una excepción, sólo por ver el resultado del experimento. Quiero probar a Cheo, así que espero su respuesta.

—No me meteré contigo. No me meteré con nadie. Puedo ayudar en lo que sea necesario y hacer cualquier otra cosa —dice esto y me complace la respuesta, pero para que mis mascotas se diviertan conmigo no basta, así que lo provoco un poquito más:

—Tal vez no te dejemos hacer negocios con nosotros. Tal vez te mandemos de vuelta a Utuado para que sobrevivas entre los locos, los violentos, los bandidos y ladrones —no he terminado. Quiero decirle un poco más para ver hasta dónde se atreve a llegar conmigo—. O quizás te deporte, tal vez regreses a Florencia. O tal vez nunca puedas volver a pisar esta isla o…

Quiero seguir un poco más, pero goldiflón no me deja; me doy cuenta de que lo estoy jodiendo a él antes que a Cheo.

—Por favor, Ura. Por favor. Lamento todo lo que pasó. Cheo es bueno.

Y yo lo interrumpo:

—No pregunté si es bueno. Lo que estoy diciendo es que quizás no sea bienvenido aquí.

Pondera en su estupidez antes de responder:

—Ayudará en lo que pueda. Pescao y yo compartiremos nuestras raciones y ayudaremos también. Por favor, Ura. Por favor.

Dice esto y me dan ganas de reír a carcajadas. El blanco era Cheo, pero el gordo es débil, como era de esperar. Miro a Cheo. Luego a Hagseed. Luego al goldiflón. Los miro como si contemplara los secretos de la vida sólo para mantener el suspenso. Cheo es una piedra. No demuestra ninguna emoción. Su confianza en sí mismo me molesta. Hagseed es cuidadoso en cómo mira. Y el goldiflón es patético, como siempre. Me pregunto qué pasará si le digo a Cheo que se vaya, cuántas lágrimas mojaran el suelo, incluso si habrá lágrimas. Pero nadie está mirando. Sólo los rojos quieren violencia. Y eso no es suficiente público porque las lágrimas y la violencia impresionan más cuando la gente puede verlas. Les hago un gesto para que se vayan. Le digo a Hagseed que Cheo se puede quedar de manera condicional. Sé que algún día haré que toda Memoria tema y llore. Hasta entonces, dejo que crean que todo está bien.

MORIVIVÍ

No me molestó confrontar a Urayoán. Damaris fue cuidadosa al principio, pero, después de la ceremonia, después de que lo miré directo a los ojos, no sentí nada. Esas ventanas marrones y desalmadas no me infundieron terror, sino que me mostraron un niño asustado. Era como cualquier otra persona. Como Damaris y yo y Banto y Pescao. Todos temíamos que el tiempo nos agotara y que no importaba cuántas Memorias tratáramos de erigir, todas fracasaran porque estábamos solos y abandonados, tal vez desde nuestro nacimiento. Estoy convencida de que la única que no le teme a nada es Camila. Cómo solía esperar y esperar y ni siquiera el tiempo la forzó a actuar.

Los rojos querían pelea y, cuando me enfrenté a Urayoán, por poco saco el cuchillo otra vez. Le dije que tuviera cuidado, porque uno nunca sabe las pesadillas que pueden acechar en una noche de insomnio. Miró hacia arriba como esperando algo. Debía de tranquilizarlo pensar que sus animalitos vendrían a socorrerlo si yo lo atacaba, pero no le di el gusto. Lo dejé ahí y regresé con Damaris a nuestro rincón sabiendo que los rojos estaban furiosos por eso.

Nos dormimos y fue la primera vez que sentí paz. Vi que Urayoán arrojó unos platos y cubiertos al suelo y les gritó a los espectadores que la cena y la ceremonia habían terminado. Envió a todo el mundo a la cama como hace un padre vencido con un hijo. Luego huyó con sus rojos a esa Torre.

MEMORIA PARECÍA DISTANTE, dividida entre los rojos de Urayoán y los que cumplían. Me pasaba casi todas las mañanas ayudando a los recién llegados a instalarse en sus rincones y sus catres. Cortábamos troncos caídos y los colocábamos como si fueran bases de cubículos en una oficina. Otras veces los ayudaba a recoger hojas de palma y amarrarlas alrededor los tubos de metal de los catres y eso les daba la sensación de hogar y bienestar.

Damaris tomó muchas notas e hizo muchos esbozos. Trabajaba en la libreta que encontramos en la pickup quemada hacía un tiempo. Desde la calamidad, el tiempo no importaba y las semanas y los meses parecían años. Tal vez pasaron meses y años; dejamos de llevar la cuenta. Damaris escribía los nombres de todas las personas que parecían agradables, hacía listas de los abastecimientos, del modo en que los candungos rojos de gasolina y diésel coloreaban el claro, hacía esbozos de las caras de la gente. Cuando le preguntaba por qué, simplemente respondía: «¿Quién más va a hacerlo?».

Urayoán pasaba casi todas las noches refugiado en su Torre. Desde afuera se podía ver su cara resplandeciente, la madera decrépita del marco hacía parecer que estaba dentro de un televisor. Se quedaba ahí de pie ojeando a Memoria y lucía satisfecho de saber que toda esa gente lo seguía por necesidad. Lucía contento de encontrar formas de mantener felices a sus rojos. Pero, con el tiempo, se volvieron más atrevidos y lo retaron.

Una tarde, un rojo inspeccionaba a dos hombres que querían diésel. Los hombres entraron por la Puerta Roja y en seguida apareció un enjambre de rojos con escobas de metal. Los hombres traían un saco de bacalao seco. Los rojos agarraron el bacalao y empezaron a gruñirles a los hombres. Los rodearon y hacían como si los fueran a atacar y morder. Urayoán los vio y corrió hacia ellos. Cuando los hombres le explicaron, miró a los rojos y les exigió el justo trueque, pero los rojos siguieron rodeándolos como una manada de perros callejeros. Urayoán pitó tanto que parecía que les estaba llevando una serenata a los pájaros. Nada funcionó, así que fue dando zancadas hasta los camiones de combustible, les dio a los dos hombres lo que les correspondía, agarró el saco de bacalao y regresó a la Torre. Los rojos se reían disimuladamente y aullaban. Yo no fui la única que lo vio. Otros que estaban arreglando sus catres y sus rincones para que parecieran más un hogar, lo vieron todo también. Algunos negaban con la cabeza, otros se reían por lo bajo.

HABÍAN PASADO VARIAS noches y Camila no regresaba. Banto se nos acercó a Damaris y a mí y nos preguntó qué debíamos hacer.

—Cheo y Pescao dicen que debemos esperar. Pero no confío. No ha regresado y es peligroso andar por ahí —dijo Banto.

—¿Dónde buscamos? —le preguntó Damaris.

—No sé. No sé.

Se paseaba de un lado a otro con las manos en la cabeza. Llevaba la peluca rubia y sucia de medio lado.

—¿Ella es de Utuado? —pregunté.

—No lo sé. No lo sé…

—Banto, mírame. Cógelo con calma. Piensa. ¿Es de Utuado? —volví a preguntarle. Le puse las manos sobre los hombros. Tenía los cachetes sudados. Se restregaba lo ojos mientras pensaba en la pregunta.

—Voy a preguntar —interrumpió Damaris.

Se puso de pie y fue de catre en catre, de rincón en rincón, preguntando si alguien sabía algo de Camila. Banto y yo esperamos hasta que Damaris regresó. Estaba frustrada y se dejó caer sobre su catre.

—No saben nada, ¿verdad? —dije.

—Nadie sabe.

Me alejé de Banto y fui a mi catre.

—¿Entonces no vamos a hacer nada?

—¡Dame un minuto, Banto! —grité.

Intenté recordar a Camila. Sus ojos, sus manos. Traté de recordar su manera de caminar, pero nada. Sólo la veía en su rincón traumatizada porque se habían llevado a su hermana. Entonces comprendí.

—Los fóquin rojos —dije.

Damaris y Banto entendieron lo que me proponía hacer. Me puse de pie, me saqué el cuchillo del bolsillo del mahón y me dirigí hacia los rojos. Busqué a ver si Urayoán seguía refugiado en su Torre y vi movimientos desde la puerta abierta. Intenté buscar algún rojo solo y vulnerable, pero todos andaban en manadas revoltosas, correteando, saltando y aullando.

—Las plantas eléctricas —dijo Damaris.

—¡Sí! Siempre dejan a uno vigilando.

Banto se opuso a la idea de confrontar a los rojos.

—Se van a enfogonar, Moriviví. Van a pedir ayuda —dijo.

—No me importa, Banto. Ya no me importa nada —respondí. Damaris y yo nos dirigimos al extremo de

Memoria opuesto a la Puerta Roja, hacia la izquierda de los camiones de combustible. Urayoán tenía un pequeño abastecimiento de plantas eléctricas que había ido robando durante los meses anteriores. Decía que había encontrado algunos en Utuado. Otros los había tomado prestados de unas casas abandonadas cerca de Arecibo.

El bosque estaba rodeado de hierba alta y juncos. Los árboles también volvían a tener enredaderas. Damaris y yo abrimos un camino con los brazos y nos metimos a la fuerza entre las hileras enmarañadas de eucaliptos, muchos de los cuales comenzaban a renacer, los retoños crecían en cualquier dirección. Casi todo el verde brotaba en las partes más altas porque muchas ramas aún no habían vuelto a crecer. Me recordaba a un bosque de *The Lorax*.

Caminamos entre las hileras de eucaliptos hasta que vimos las plantas eléctricas. Algunos estaban cubiertos con toldos azules de FEMA y otros tenían ramas y hojas secas por encima, como para esconderlos. Sólo había un rojo vigilando las plantas. Estaba sentado en una sillita de playa y llevaba puesta una gorra de béisbol que le quedaba grande. Estaba medio dormido, la gorra le cubría los ojos y tenía las manos colocadas sobre la barriga. Damaris y yo le saltamos encima. Lo agarré por la chaqueta y Damaris le cubrió la boca. Pateó y se retorció hasta que le mostré el cuchillo. Se lo puse en la cara y le pregunté por Camila. Hizo un esfuerzo por encontrar las palabras, pero no hacía más que sacudir la cabeza. Me enfurecí. Hice ademán de rajarle la cara y soltó un chillido agudo.

—¡Utuado! —dijo—. ¡Vino de Utuado! La encontramos allá después de recoger suministros y a Ura se le ocurrió traerla a Memoria. Ya está. Eso es to lo que sé.

—¿Dónde? —le respondí.

—¡La iglesia! ¡La iglesia! —repitió—. Eso es to lo que sé. Ya está. Ahí fue que la encontramos. No sé nada más, te lo juro.

Esperamos a que cayera la noche porque la oscuridad nos permitiría movernos con mayor libertad. Banto dijo que quería unírsenos y estuvimos de acuerdo. Pescao estaba con su viejo amigo Cheo. Habían ido al río a ver si pescaban algo para Memoria. Yo me pasé casi todo el día pensando en el rojo, en cómo lloraba, en lo frágil que lucía, tan desvalido y patético. Damaris pasó el día garabateando palabras en su libreta. Me dijo que esa tarde había escuchado a los rojos hablar con Urayoán en la Torre. Hablaban en voz baja y decían que había muy poca comida; que se les había acabado el cabro y que los agricultores del área habían desaparecido. Habían dejado todo su ganado enfermo y moribundo, así que no era seguro matar a ningún animal de los alrededores. Nada de eso me sorprendió. Pensé en Pescao y en Cheo y me pregunté si sus destrezas de pesca resultarían útiles. Pero sólo estaba el río, que no tenía suficiente pescado para alimentar a toda Memoria. Me puse a pensar otra vez en el rojo llorando en el bosque entre todos esos árboles desamparados hasta que Damaris me sacudió. Sonrió.

—Todo esto se va a acabar, Mori.

—Lo que me asusta es lo que viene después.

—Es lo que viene después —repitió.

CAMILA

Regresé al bosque porque ahí es donde hay paz. Regresé a ese silencio porque ahí podía escuchar a Mari cantar. Di unos cuantos tropezones, pero me dejé guiar por los árboles marcados con pintura y fue así como llegué a una carretera familiar. Aunque estaba llena de basura y escombros, sabía que me llevaría de vuelta a Utuado. Le pasé por el lado a la pickup quemada y trepé por una pila de basura. Parecía algo que sólo esos monstruos rojos podían haber hecho: colocar basura a propósito para bloquear los caminos.

Moriviví me inspiró. Le cayó encima a ese Ura e iba a cortarlo. Sé que lo que tenía en el bolsillo era un cuchillo, sé lo que pensó. Después de que Banto y el camarón salieron corriendo, pensé que era hora de moverme, y por eso regresé al lugar donde el movimiento de agua y fango me robó a Mari.

Estaba oscuro y seguí la carretera desierta y solitaria. Cuando llegué al puentecito que conecta con la plaza central noté que el agua se lo había comido en algunas partes; había agujeros en el cemento y la brea. Vi la iglesia abandonada. Su campanario pequeño y silencioso vigilaba la plaza. Todas las tiendas permanecían cerradas y sólo se escuchaba el eco de mis pisadas. Me pregunté a dónde habría ido todo el mundo. Me imaginé que todos se habían ido en un arrebato tan pronto se llevaron a Mari. Tal vez Mari los ayudó a subir al cielo.

Las estrechas calles bloqueaban la brisa; el río parecía menos bravo y había vuelto a su tamaño original. El sedimento y la tierra eran evidencia de su crecida. La imagen del paisaje roto y destruido es un recuerdo que guardaré por siempre.

Llegué a la estación de Energía Shell, que también estaba desierta. Me vi junto a mami hacer fila bajo el sol caliente y despiadado. Vi a Don Papo y a Ezekiel asustados por ser tan estúpidos y por sentirse solos. Quería que todo volviera a ser como antes, pero sabía que era demasiado tarde y eso me hizo llorar de nuevo. Caminé por las calles empinadas que bordean estas montañas gruesas, que parecen ríos negros con tantas curvas. Entré en mi barrio, lo que antes era mi hogar. Había algunos gallos y gallinas en la calle. Picoteaban la tierra al borde de la carretera. Seguro que habían vuelto a encontrar lombrices y eso me alegró porque era la primera vez que veía algo vivo actuar casi con normalidad. Las verjas de alambre que dividen algunas casas en la colina estaban cubiertas de juncos, esas cosas altas que parecen cañas, y escuché a los grillos otra vez. Escuché el canto de los pájaros en los árboles, y los bambúes también bailaban y chocaban unos contra otros y todo eso me recordó un pasado.

Llegar a mi vieja casa fue muy triste también. El pequeño portón de la entrada estaba cerrado con una cadena y la marquesina estaba sucia y llena de basura y candungos vacíos. La pintura todavía tenía el color de las hojas, una gran mancha amarilla sobre las paredes azul claro. Las ventanas estaban tapiadas y alguna gente que sentía la necesidad de dejar una huella en este mundo había escrito en la pared. Supongo que es lo que todos intentamos hacer, así que no me molestó tanto.

La puerta de la entrada estaba abierta, pero no de par en par como dando la bienvenida. Sólo se notaba bien de cerca. Entré y sentí un ruido como de motor de avión, el sonido de la noche que llegó María rugiendo y chillando mientras todas las paredes temblaban y hasta el techo quería salirse.

Las fotos son bonitas. Si las agarras por el marco sientes todas las huellas digitales que alguna vez tocaron su superficie. Es como tocar el pasado. Agarré algunas fotos familiares y me tiré en el sofá donde mami pasó tantas noches; donde lloraba en silencio creyendo que no la escuchaba; donde se obsesionó con el radio transistor y la voz de Ojeda, que la calmaba porque le recordaba que había otros que también sufrían.

Me quedé mirando la foto en blanco y negro de nosotras tres que mami había puesto en un marco. Ahí estaba Mari echándome el brazo sobre los hombros, el pelo negro y rizado le caía por la espalda. En la foto la miro ausente, pero con una sonrisita. Pienso en ella y en lo buena que era conmigo y cómo siempre estaba ahí para mí y en lo linda que era, y sé que ella soy yo, así que debo crecer y convertirme en algo como ella. Era una escultura en el porte y en la forma en que la ropa le caía en las curvas. Yo soy cuadrada. Mami es fuerte también, pero tiene como una fuerza frágil. En la foto, su cara está borrosa, pero, aunque no lo estuviera, jamás se le vería sonreír. Le avergonzaba tener los dientes virados y yo saqué los dientes de ella. Estamos de pie frente a la casa; ese día mami había conseguido un buen trabajo de maestra en el pueblo. Esa mañana hacía mucho viento y el cielo estaba muy nublado, pero nada de eso se nota en una foto en blanco y negro. Ése es el efecto de mami. Le gustan las fotos en blanco y negro. Dice que

aguantan mejor el paso del tiempo, que son eternas. Puse la
foto en la mesa al lado del radio transistor abandonado. Me
pregunté si todavía tendría vida. No lo quise averiguar.

El pasillo era más corto de lo que recordaba. Quizás por
el fango petrificado que venía del cuarto de Mari. Ahí debí
de dejarla. Ahí debí de dejar a mi Marisol. Pasé por el baño y
escuché el llanto de la noche que nos metimos ahí corriendo
porque temíamos salir volando con todo y casa hasta el
cielo, y entonces mami y yo nos pusimos a rezar cuando el
río se metió por la ventana y sepultó a Marisol. Fue la negación de mami lo que le permitió seguir hablando con Dios.
Y creo que por eso mami terminó dándose por vencida y
luego desapareció.

Fui al cuarto de Mari y la vi ahí con los ojos cerrados y
cubiertos de tierra, las manos elevadas a la espera del fango
endurecido. Volví a rebuscar por sus gavetas. Repasé los
ganchos en el clóset y olí su ropa, pero ya no olía a ella. No
olía a nada. De vez en cuando, le gustaba ponerse vestidos
con estampados de flores, pero casi siempre andaba en mahones negros.

Quería regresar a esa noche, a nuestro baño y agarrar a
Mari en el momento en que decidió irse a su cuarto. Quería
obligarla a regresar a las losetas mugrosas, meterla debajo
del gabinete de madera y decirle que lo único que teníamos
que hacer era esperar juntas a que pasara la tormenta.

Regresé a la cocina, busqué en las gavetas y saqué un
cuchillo pequeño. No estaba muy afilado, mami no afilaba
los cuchillos. Y como nunca los afilaba, cuando cocinaba los
golpeaba contra la tabla de picar y la tabla tenía heridas. Extrañaba a Mari. Empezaba a extrañar a mami. Quería verme
a mí misma furiosa, abierta, respirando. Agarré el cuchillo

y me corté la piel, mi piel gruesa. No me hice una herida mala ni profunda. Fue pequeña, pero suficiente como para que me saliera sangre. Me corté en el brazo, cada cortadura me quemaba como picadura de abeja y sangraba un poco. Hice esto y volví a sentir y cuando el viento me golpeó la piel abierta me acordé de Mari, de los moretones y de lo verde que se puso al cabo de unos días. Quise llorar, pero lo que sentía era rabia. Seguí cortándome, medio histérica, hasta que me cansé y el brazo entero me ardía y la sangre me corría por el brazo en rayas perfectas.

Regresé al sofá y me desplomé, la sangre del brazo manchó la tela. Pensé que nada cambiaría, no importaba cuánto tiempo pasara. Me quedé profundamente dormida. Tuve uno de esos sueños en los que caminas por el aire y ves la isla a tus pies, las montañas verdes que cortan el cielo y los árboles de un color verde profundo uniforme, las enredaderas salvajes que trepan por sus enormes troncos y los helechos que crecen altos, la humedad en el aire, la tierra siempre mojada, pero nunca ahogada. Caminas por el aire y ves cómo cambian los tonos de verde a medida que te acercas a la costa; mientras más te acercas a la inmensidad azul del océano, que se extiende imponente y hermoso, ves cómo el cemento se apodera de todo, las casas apiñadas, que se amontonan en el paisaje hasta congestionarlo. De noche, las luces crean un suave contraste con la oscuridad de las montañas, caminas por el aire suspendida, hasta que ves lo más parecido a Dios: las estrellas. Dormí cómodamente sabiendo que la vieja casa aún conservaba el olor de mi pasado. Cuando me desperté había llovido. Vi el agua acumulada en las grietas de la acera, algunas gotas todavía golpeaban el metal, los charquitos reflejaban el cielo nocturno y las estrellas brillaban como de costumbre. Pensé en salir y caminar descalza sobre el agua para volver a sentir el frío, para patear el agua y verla saltar y desaparecer en la oscuridad.

Regresé a donde me encontraron; el último lugar en que estuvimos Marisol y yo: el techo de esa iglesia desde donde veía a Utuado derretirse sin importar que fuera de día o de noche porque, de todas formas, Dios lo veía todo. Esperaría ahí hasta que el horizonte terminara para mí. Si alguien encuentra mi cuerpo, verá las cortaduras en algunas partes, verá las heridas con la sangre seca, pero verán que estaba viva, abierta, esperando, soñando.

PESCAO

Memoria estaba en un estado de desesperación. Las cosas que conseguíamos se dañaban y el combustible perdía valor si no había nadie de afuera con quien comerciar. Ura confrontó a una pareja de agricultores viejos que trataron de entrar en Memoria. Les preguntó por su ganado. El viejo llevaba un sombrero de paja, una pava, que parecía sacada de uno de esos libros malos de historia de los clichés puertorriqueños. Era flaco y llevaba una camisa blanca manchada de tierra que le quedaba grande. Su esposa llevaba una camiseta azul claro que también le quedaba grande y un mahón manchado. Lucían demasiado débiles para continuar más allá de Memoria; parecían listos para morir aquí.

—Hombre, sólo te daremos el diésel si nos das las vacas —dijo Ura.

—No podemos dárselas porque…

—¡Basta! Dime dónde están. Dime y te doy dos candungos llenos de diésel. Dos. Eso es el doble de lo que solemos dar.

—No necesitamos diésel. Necesitamos un lugar donde quedarnos. No hay comida y nuestro ganado está muy enfermo. No pueden matarlas pa comérselas. Si ustedes…

—Dinos dónde están, viejo. Nosotros decidiremos.

—Te digo que están enfermas. Si tratan de comérselas, envenenarás a to el mundo.

Ura volvió a enfurecerse y los rojos perdían la paciencia

por la inusitada gentileza con que Ura bregaba con el conflicto. Empezaron a cantar de nuevo: «Ura, Ura, Ura», y eso lo puso nervioso. Se pasó las manos por la frente para limpiarse el sudor. El pelo le había crecido hasta los hombros y la cara se le veía larga con los pelos de la barba, que formaban un parcho disparejo. Parecía necesitar una ducha desesperadamente. Los rojos siguieron provocándolo y Ura empezó a pasearse de un lado a otro.

—Dinos dónde está tu finca, maricón. Si nos dices ahora, mis mascotas no te harán daño —agarró al viejo por la camiseta, pero el hombre no se asustó, como si se hubiera enfrentado a muchachos como Ura toda la vida, que usan el puño y la rabia como primera medida de comunicación, y eso pareció reconfortarlo.

—Ura, Ura, Ura —cantaban los rojos. Alzaron las manos y las mecían de un lado a otro en el aire.

Ura finalmente saltó y le dio un puño en la quijada al viejo. El hombre cayó al suelo y su esposa se arrojó a su lado para protegerlo de un segundo golpe.

—¡Ura! —Corrí y me interpuse entre ellos—. Si el tipo te dice que los animales están enfermos, déjalo. ¿De qué te sirven? ¿Qué sacas de to esto?

Los rojos empezaron a saltar y a cantar y a aullar y Ura giró como preparándose para lanzar otro puño.

—Ura, ya —repetí—. Déjalo —le di un empujón y por poco cae al suelo, pero los rojos lo agarraron por la cintura y lo enderezaron.

Me arrodillé y miré al viejo y a su esposa. Les susurré que se fueran, que siguieran los árboles pintados y bajaran la montaña; que por ahí llegarían a la autopista principal llena de basura y pickups quemadas. Les dije que caminaran hasta

Arecibo. Les dije que probablemente habría asentamientos en la costa. Que era más seguro ahí. Pero parecían huecos; sabían que mi consejo sólo significaba una cosa. Sus ojos reflejaban tristeza. Un desamparo que no hacía más que crecer mientras más me esforzaba por consolarlos.

Ura me dejó terminar. Me callé y le cogí las manos suavemente a la pareja de viejos. Ura les pitó a los rojos, que se pusieron muy contentos. Se arremolinaron y empezaron a cantar su habitual: «Ura, Ura, Ura». Los espectadores de Memoria decidieron ignorarlo, estaban demasiado débiles como para meterse. Los rojos se juntaban y saltaban, sus chaquetas rojas y sus mascarillas quirúrgicas negras saltaban con ellos. Me agarraron y me apartaron de la pareja de viejos. Luego se los echaron al hombro y se adentraron marchando en el bosque silencioso. Los cantos se alejaron y se alejaron hasta que ya no oí nada.

Cayó un aguacero sobre la montaña y Memoria perdió su mística. Los ciudadanos estaban cansados de empaparse, los catres se mojaban mientras la lluvia repiqueteaba sobre el techo de zinc de la Torre, sobre los platos que habían quedado encima de los troncos alrededor de la fogata ceremonial. Ura tenía sus favoritos y ésos estaban con él en la Torre. Ura observaba desde su refugio cómo se empapaba la gente. De vez en cuando mirábamos hacia la Torre y lo veíamos otear el horizonte a través del hueco de la ventana.

Ayudé a tejer unas hojas de palma real sobre algunos catres para mantenerlos secos. Pero los recién llegados o los que nunca habían construido nada se mojaron y tenían un aspecto miserable. Temíamos que la tierra pronto se convirtiera en fango e hiciera más difícil caminar. Había charcos por todas partes y el agua corría por el claro en arroyos rojizos.

Unos días antes, dos camiones de combustible se habían quedado vacíos. A los rojos los mandaron a desenterrarlos y sustituirlos por los dos camiones que quedaban; empezaron a cavar los hoyos, pero la lluvia deshacía todos sus esfuerzos; el agua se acumulaba más y más, y el fango volvía a cubrir los camiones enterrados. Todo empezaba a parecer una piscina llana tallada en la tierra.

Banto tenía la certeza de que Moriviví y Damaris sabían dónde estaba Cami y eso le dio algo de esperanza. Lo animé a que fuera con ellas; yo quería quedarme y vigilar a Ura. La ceremonia se estaba convirtiendo en algo más que testimonios de gratitud. Con el toque de queda, se las arregló para encontrar formas creativas de herir a otros y, a aquellos cuyos testimonios no le satisfacían, los rojos les tiraban bolas de fango. Eso obligaba a la gente a trabajar más en sus testimonios, algunos incluso practicaban todo el día. A Ura le complacía escuchar desde su Torre el eco de las voces que practicaban y decían su nombre.

Memoria estaba en un estado de desesperación. Entonces vino la plaga de ratas. Los roedores se metieron donde se almacenaba el bacalao seco y Ura se enfureció cuando vio las bolsas de pescado cubiertas de bolitas de mierda. Cheo se rió cuando Ura tiró las bolsas de bacalao en el fuego de la ceremonia. Se rió tan fuerte que estaba seguro de que Ura lo había oído.

UNA TARDE, UN grupo de muchachitos formó una algarabía de gritos y protestas frente a la Torre. Gritaban porque no había papel de inodoro para limpiarse el culo. Ura los ignoró. Solía escuchar las propuestas y preocupaciones de los ciudadanos de Memoria en la Torre, pero con el tiempo, se encerró ahí y dejó que los rojos se ocuparan de las quejas y peticiones. Los muchachitos eran huérfanos, como los rojos, como todos nosotros. Por alguna razón, a Ura no le interesaba que formaran parte de sus mascotas rojas y los había dejado a su suerte.

Caminaron hacia la puerta de la Torre, apestaban a rayo y los rojos hicieron muecas antes de echarles tierra con los pies hasta dejarlos cubiertos de polvo rojo y marrón. No obstante, los niños siguieron suplicándole a Ura. Uno incluso le mostró las manchas en su ropa interior, pero no consiguió nada. Ura hizo un gesto con la mano para que se fueran y los rojos los obligaron a regresar a sus catres a escobazos. Moriviví, Damaris y Banto negaron con la cabeza al unísono, no por incredulidad, sino por resignación.

ESA NOCHE, los tres se metieron en el bosque oscuro a buscar a Camila. Banto estaba entusiasmado e iba delante con su peluca rubia y su chaqueta negra. Yo quería creer que regresaría contento y decidido; quizás todos acordaríamos abandonar Memoria e ir a otra parte, a la playa de Arecibo, a Florencia. Los vi marcharse y eso me llenó de tristeza.

Al día siguiente, Cheo y yo nos levantamos con el sonido de la bocina de un carro. Debían de ser las ocho o las nueve. Banto, Moriviví y Damaris aún no habían regresado. Eran Ura y sus rojos. Entró por la Puerta Roja de Memoria conduciendo un Camry robado. Tenía la pintura roja descolorida, las puertas y el bonete abollados en algunas partes y el parabrisas rajado por el medio. El Camry tenía un sunroof y Ura había sacado su cuerpo largo y delgado por el hueco mientras los rojos controlaban el guía. Ura les pitó a los ciudadanos para que se acercaran. Cuando la gente se aglomeró, el Camry se detuvo. Ura buscó debajo del sunroof y empezó a sacar rollos de Bounty y papel de inodoro, que lanzaba como jugador de baloncesto haciendo tiros libres. Todos se arremolinaron para agarrar alguno, todos sonrieron agradecidos porque ahora podían limpiarse el culo.

—Armonía gracias a mi liderato. Gracias a mi liderato —gritaba Ura. Los rojos tocaban la bocina y el Camry reverberaba; los bocinazos retumbaban en el claro.

—Qué charlatán —dijo Cheo moviendo la cabeza de un lado a otro—. Me pregunto si ya habrá pensado en cómo resolver el problema de la comida. ¿Vendrá a caballo regalando T-shirts la próxima vez?

Reí y le di la razón. Nos resignamos a nuestro rol de espectadores y observamos a Ura inyectarle un nuevo falso sentido de esperanza a Memoria. Esperé a ver si los muchachitos que habían pedido el papel de inodoro estaban entre la multitud, pero no los vi. Estaban en su esquina, sentados en sus catres, observando. Ni siquiera hicieron ademán de levantarse. Yo sabía que apestaban. Me preocupaba que, si se quedaban así, ¿los rojos los harían desaparecer del mismo modo que hicieron desaparecer a Marisol, del mismo modo que hicieron desaparecer a la pareja de viejos agricultores?

Fue un impulso natural. Busqué deprisa entre mis raciones. Guardaba casi todos mis artículos de baño y mis papeles en una caja negra. Metí todo lo que pensé que necesitarían en una bolsa de tela y fui a donde estaban. Abrí la bolsa delante de ellos e intenté entregarles algunas de mis raciones:

jabón, tubitos de Old Spice, una botellita de champú Suave, un paquete de cuatro rollos de papel de inodoro. Intenté entregarles esas cosas, pero estaban pasmados. Se quedaron pegados mirando el Camry, se quedaron pegados mirando a Ura, que había hecho a los rojos guiar despacio por Memoria mientras la gente se arremolinaba alrededor del carro para ver qué les lanzaba. Lo siguieron hasta que se le acabaron los abastecimientos y se metió en el carro, dio una vuelta y salió por la Puerta Roja. Ojalá hubieran sido sólo los rojos los que empezaron el chistecito, ojalá hubieran sido sólo los rojos los que participaron en el jueguito de agarrar y reír mientras Ura les tiraba rollos de papel toalla. Pero era Memoria, gente de Utuado, gente de Florencia y todos corrieron detrás del Camry hasta que aceleró en la Puerta Roja. Les dejé a los muchachitos la bolsa de tela y regresé a mi catre.

EL TRÍO AÚN no había regresado de buscar a Camila en Utuado. Me preocupaba que regresaran de noche y que los rojos los pillaran y los reportaran a Ura por violar el toque de queda. A Cheo se le estaba acabando la paciencia con Memoria y con Ura. Pasábamos casi todo el día cerca de Caonillas, a veces pescando, a veces lavando la ropa sucia, casi siempre matando el tiempo para no tener que regresar.

—¿Por qué no nos vamos y ya, Pescao? Vámonos. Aquí no hay nada que valga la pena.

Nos sentamos en un peñón a mirar una escuela de chopas nadar alrededor del anzuelo de Cheo.

—Me quiero quedar, mano. Sé que no parece gran cosa…

—No lo es —movió la caña y ajustó el ángulo—. Y la cosa se va a poner bien fea pronto.

—¿Y tú qué sabes?

—Mijo, cualquiera que pase cinco minutos ahí lo sabe.

—¿Y a dónde vamos, ah? Dime dónde y le caigo.

—A casa. A Florencia. Regresemos a Florencia.

—Hablas de casa, que patatín que patatán. Empiezas a sonar como Banto, mano. Florencia ya no es nuestro hogar. Ya no lo es.

—El hogar es siempre el hogar.

—No para mí.

—Se parezca o no a lo que era antes, ésa es la que hay. Las cosas por su nombre.

—Yo lo llamo vertedero.

Hizo una pausa.

—Eso es bien triste, mijo. Es triste que te sientas así. Construimos nuestros hogares donde nos da la gana. Como los pescadores. Como tú y tu choza. ¿No extrañas tu choza? Nosotros construimos ese rincón, el barrio, las relaciones. Me tomó mucho tiempo verlo. La vida entera. Me tomó mucho tiempo darme cuenta.

—Okey, Cheo. Okey —dije sarcásticamente—. No estoy listo para irme todavía.

—¿Qué te retiene aquí, Pescao?

—Na.

—¿Por qué tienes tanta fe en esto?

—No sé.

—¿Qué pasa? ¿Por qué tienes tanto miedo?

—¡No sé!

Rió. Sólo para sí, no quiso compartir sus pensamientos.

—Estoy pensando en regresar, mijo. Creo que he visto suficiente aquí. Extraño el mar. Extraño estar cerca del mar.

Lo miré por un instante. No quería que me mirara a

los ojos, que viera mi dolor. Llevaba muy poco tiempo en Memoria y ya quería irse y dejarnos aquí abandonados.

—El camino es largo, mijo. Preferiría que me acompañaras. Preferiría que Banto y tú vinieran conmigo. Coño, trae al grupito: buscamos a Moriviví, Damaris y Camila. Regresamos todos y reconstruimos. No necesitamos toda esta mierda...

—¿Cómo? ¿Cómo lo hacemos? ¿Con qué recursos?

—Pescao, no siempre se trata de eso.

—Pues sí. Qué mierda, suenas como Ura...

—¿Me estás diciendo que sueno como ese cabrón? Porque no te has oído a ti mismo. Lo único que haces es hablar de los recursos y los recursos. Para Urayoán es la gasolina y el diésel. Para ti son los recursos.

—Cheo, necesitamos algo pa empezar. Las cosas no caen del cielo, no pasan y ya.

—Chico, no estás escuchando...

—¡Pues dímelo entonces!

Me puse de pie y lo miré desde arriba. Se veía pequeño y, de pie sobre él, me parecía un niño.

—¿Ya se te olvidó cómo empezaste? ¿Ya se te olvidó cómo Florencia se convirtió en un hogar?

—Ura fue el que me encontró en Río. Ura fue el que me dio un lugar donde vivir que no fuera la calle. Ura...

—Urayoán usa a la gente, Pescao. La recoge y la usa y, cuando ya no le sirve, se deshace de ella.

Me sentí un poco avergonzado.

—Nosotros. Los pescadores. Banto. Nosotros... Oye, con el tiempo nos las arreglaremos. Será un proceso lento. No necesitamos nada fancy. Iremos y reconstruiremos calle por calle. Y la gente regresará poco a poco.

—Mucha gente murió con eso de que las cosas mejoran

con el tiempo. Y lo sabes. ¿Sueno como Ura? Pues tú suenas como el viejo gobierno.

—Okey, Pescao. Okey. Obviamente no lo estás viendo.

Sabía que se había dado por vencido, pero algo dentro de mí no quería que dejara de intentarlo. Quizás eso era lo que yo necesitaba. Alguien a quien le importara y lo intentara. Para dejar de sentirme abandonado. Veía el deseo apagarse en la mirada de Cheo y eso me entristeció.

—Ahí afuera es peligroso, Cheo. Si por casualidad lo lográramos, no estaríamos seguros. Hay cosas peores que Ura y los rojos. Incluso pasear por Utuado es peligroso —dije casi como una forma de consuelo para que siguiera hablando. Para que no perdiera el interés.

—¿Pa quién? ¿Pa quién es peligroso? Yo caminé muchas millas solo. Y sobreviví.

—Tuviste suerte, Cheo. Mira, Ura y esos rojos ofrecen un refugio. Seguridad. Lo conozco. Conozco a los rojos. Mejor malo conocido que bueno por conocer.

—Entonces nunca te sorprenderás. Ni para bien ni para mal. El refugio y la seguridad a base de miedo no hacen un hogar, Pescao. Eso no es un hogar.

—Bregaremos. Tenemos que hacerlo.

—Porque no tienen alternativa...

—Porque tenemos que... como dijiste, sobrevivir.

—Okey, Pescao. Okey.

Cheo no dijo nada más. Siguió jugando con la caña y miró el agua, que se movía suavemente, y se quedó mirándola para tranquilizarse. No hablamos más hasta que Cheo sintió que algo picó. Sacó una chopa bien grande.

—¡Mira! ¡Supervivencia! ¡Ésta la vamos a freír! —dijo. Señaló el pez gris y lo metió en la neverita plástica.

—¡Cabrón! —respondí y sonreí.

Logramos sacar una buena cantidad de chopas, tucunares y diablos rojos. Bromeé con Cheo sobre los fastidiosos diablos rojos color anaranjado brillante que saltaban sobre el resto de la pesca. Por un momento todo pareció mejorar. El sol se había escondido detrás de la montaña y el cielo ardía en colores. Era la primera vez que veía semejante luz iluminarlo todo. Era la primera vez en mucho tiempo y eso me hizo recordar la vez que Banto y yo contemplamos Florencia desde La Diabla. La única diferencia era que no había cucubanos que brillaran a nuestro alrededor cuando regresamos a Memoria. Comoquiera, sentí que nos acercábamos a algo familiar.

Pero regresar a Memoria fue como un jamaqueón. Entramos por la Puerta Roja y todos nos miraron. Los rojos, los ciudadanos. Vimos tantos nenes hambrientos. Miraban la neverita y las cañas. Era como si olieran el pescado. Cheo y yo no lo dudamos y, cuando regresamos a nuestros catres, asamos las chopas y los tucunares; los cuerpos color verde brillante se doraron hasta quedar cocinados. Los cortamos en cubitos y los repartimos. Incluso freímos los diablos rojos y los espetamos en ramas como pinchos. Las agallas y las aletas estaban tostaditas. Después de repartir hasta el último pedazo, Cheo me miró.

—Oye, Pescao. Estoy pensando regresar al río y tratar de pescar más para el resto.

Yo estaba cansado y la noche empezaba a caer lentamente. Me preocupaba el toque de queda.

—Dale, Pescao —insistió.

—Dale, Cheo. Dale —respondí.

Buscamos un poco de carnada de la que Cheo tenía guardada. Nos cambiamos de ropa. Cheo se puso una camisa negra de hilo de manga larga y unos shorts. Yo me lavé el cuello y el pecho con una toalla húmeda y, cuando nos disponíamos a ir a Caonillas, Ura apareció frente a la Puerta Roja. Estaba rodeado de sus rojos, que llevaban puestas mascarillas quirúrgicas negras. Noté que llevaba una red de pescar enrollada bajo el brazo. A medida que nos acercamos a él y sus marionetas, Ura levantó el dedo y apuntó a Cheo. Y Cheo lo sintió. Sabía lo que Ura iba a pedirle y yo temí que tuviera razón. Pasamos muy juntos bajo esa horrorosa Puerta Roja y Ura sonrió con su sonrisita y se me empezaron a aguar los ojos porque sabía lo que vendría después.

URAYOÁN

Crean en los espíritus y yo les haré creer en la muerte. Son ellos los que me escogieron para dirigir y por eso lo hago. Me llega en parte de los cuerpos que guardo a salvo en la nevera, pero, sobre todo, del espíritu de Dios. Oigo las voces en la noche y me dicen que el desorden vendrá si no uso la fuerza. Primero pensé en la violencia, pero hay mejores formas de lograrlo. Mis mascotas se enfurecen, se enfurecen porque las ratas y las cucarachas se han comido el saco de bacalao y los alimentos perecederos. Solía verlas en Santurce. Son gordas, con el rabo grueso y caminan sobre las pilas para abastecerse. Me recuerdan a los rojos, su astucia es feroz. Admiro esas cosas.

Mis rojos juran que las ratas necesitan proteína, aunque estoy seguro de que preferirían comer algo vivo en vez de muerto. Se ven a sí mismos como los tiburones de la tierra y eso está bien porque los convierte en una amenaza. Vi que el anciano Cheo andaba siempre con Hagseed y entonces se me ocurrió —siempre por mi ingenio— que tenía que pescar para nosotros. Es una solución tan simple que me molesta no haberlo pensado antes.

Espero a que termine su luna de miel con Hagseed. A Hagseed le gusta mucho estar de luna de miel y me río de pensar qué diría el gordo si descubriera que lo han desplazado y relegado al segundo lugar. Cheo y Hagseed regresan temprano en la noche de su expedición de luna de miel

pesquera y preparan un festín para todos los pequeños de
Memoria. Están felices y agradecidos y mis rojos ven todo
esto y se impacientan. Les digo que hay que tener paciencia. Veo a mis pequeños ciudadanos más felices que cuando
yo les arrojo oro a los pies, cuando proveo, como siempre.
Cosas como la Energía, los catres, el papel para limpiarse la
mierda, pero no es suficiente. Ni la Energía, ni el refugio, ni
la ceremonia o las raciones de cabro. Veo estas cosas y empiezo a pensar, aunque sea por un instante, en los espíritus.
Me dieron el lenguaje del terror y la persuasión y ahora me
dicen que este Hagseed y el anciano Cheo se ganan su afecto
con generosidad. ¿Y mi generosidad? Pienso en mi preciosa
Memoria y me pongo existencial y eso nunca me satisface,
lo confieso. Todos esos espíritus malvados se burlan de mí.
Veo a los rojos, aún leales y obedientes, que anhelan la
violencia. Fue así como se me ocurrió enviar al anciano en
su misión.

Ambos son traidores de mi ingenio. ¡Traidores! Salen por
la Puerta Roja para proveer a los ciudadanos, y mis ciudadanos los siguen y se ponen a sus pies. Como si fueran Dios o
Jesús o Moisés proclamando los mandamientos. Se acercan
y entonces les hago una señal y le doy un ultimátum al
anciano Cheo.

—Vamos a pescar al Río Caonillas para alimentar a más
niños —me dice. Dice esto y yo suelto una carcajada como
un trueno y mis mascotas se unen a coro. Reímos y sonreímos
porque él no sabe.

—Vas a pescar al mar, viejo. Con esta red vas a traer
un banquete para Memoria. Harás esto porque te alojamos.
Harás esto porque yo lo digo —le digo esto con rabia y
con seguridad porque sé que los rojos están mirando junto

al resto de Memoria. Ahora endulzo la orden porque sé que sólo los dioses dan y quitan y quiero ser un instrumento de ellos. Le digo que toda Memoria va a bajar al Faro de Arecibo y que ahí celebraremos la ceremonia, el faro será testigo y una gran fogata lo verá partir para seguir mi noble mandato. Hagseed, molesto, intenta interrumpirme:

—Ura, ya. Es tarde. No hay necesidad de hacer esto. Deja que vayamos al río a pescar. Así mañana… —intenta continuar, pero no puede. No necesito sus excusas ni su deseo de cambiar el rumbo de las cosas. Le digo que se calle y a los rojos les gusta eso y empiezan a aullar y a dar mordiscos en el aire y lucen malvados y amenazadores, listos para atacar.

Mis rojos son bellos. Organizaron una caravana de pickups generosamente donadas por el abandono. Pero no van al centro de Utuado a buscar la caravana de pickups. No. Encuentran todas las pickups apaciblemente parqueadas en el muelle del lago Dos Bocas. Es un hermoso lago situado en medio de las montañas cerca de mi Memoria; las colinas empinadas suelen estar cubiertas de vegetación salvaje. Siempre llueve en ese lago. Había restaurantes a los que se llegaba en ferry. Me dicen incluso que hay casas sumergidas en el lago, no por la monstrua y su furia, sino porque siempre han estado ahí, desde que el viejo gobierno optó por crear reservorios.

Les ordeno a los rojos que reúnan a los ciudadanos de Memoria y que los preparen para la gran noticia. Subo a mi Torre y hablo para que todos me escuchen. Les hablo sobre el anciano Cheo y su generosidad. Les digo que los peces llegarán cuando él regrese del mar. Les digo que tenemos que construir la ceremonia y que así lo despediremos con buenos augurios. Y vitorean. Gritan con más alegría que con el pequeño bufé de pescado con el que Hagseed y el anciano intentaron comprarlos antes, y eso me satisface. Toda mi gente y mis mascotas salen de Memoria por la carretera y marchamos y marchamos. Una marcha sin ritmo es sólo caminar, así que algunos rojos traen consigo calderos y cucharas de madera y las golpean a un ritmo suave y cadencioso. Todos bailan excepto Hagseed y el anciano, que caminan como si estuvieran de luto.

Me monto en la última pickup de nuestra ilustre caravana. Mis ciudadanos se apiñan en la parte de atrás y los rojos conducen y las estrellas brillan porque ya nada más brilla. Me gusta la noche con esa luz —una caverna oscura con puntos que acentúan el techo—, que permite ver el cielo, claro como las lágrimas. No voy en el asiento delantero. No, voy de pie en la parte de atrás para poder ver el camino hacia delante y la huella que dejamos a nuestro paso; es agradable ver las cosas con una nitidez serena. Observo mientras la caravana desciende y los campos se abren donde solía haber fincas; al fondo, la sombra de las montañas. Observo todo esto mientras guiamos y todo me parece necesario: todas las fogatas y la ceremonia, todos los rojos y la disciplina, pero no tenemos que vivir así siempre; así se construye. Pasamos tanto tiempo agonizando por nuestra mortalidad trivial; el final nos asusta, siempre ha sido así. El final provoca desesperación, pero eso ya no me preocupa porque creamos un nuevo comienzo con una nueva memoria.

Todo está oscuro excepto por la luz de la luna. Los rojos entran en el estacionamiento frente a la bahía de Arecibo. Frente a nosotros, escucho las olas, un latigazo suave contra la arena. Un canal de cemento sirve de muelle para uso exclusivo de la marina, aunque la marina ahora no es más que madera en el fondo del mar. Es una bahía pequeña, no como la de la vieja capital de San Juan, sino media bahía y un faro en una cuesta sin nada a la derecha. Veo a los rojos correr entre las sombras de la noche buscando leña para preparar una nueva ceremonia. Salto de mi pickup y Hagseed tiene el rostro maquillado de tristeza. Su ceño fruncido me pone nervioso, así que le doy unas palmaditas suaves en el cachete cuando le paso por delante; sin intención de ser malo o de amenazarlo, sólo unos toquecitos para liberarlo. El anciano Cheo ya está entrando en el agua y yo le pito y le digo: «Paciencia». Mis ciudadanos corretean por la playa sucia y patean la arena hacia las estrellas, algunos se meten en el agua fría mientras mis mascotas colocan los troncos en el lugar correcto para la ceremonia. Rocían la madera con Energía y yo pito para que hagan un círculo alrededor y sean testigos. Comienzo con una señal y los rojos corren hasta la pila y encienden el fuego, que cruje y cruje cada vez más fuerte hasta que toda la playa se ilumina. Entonces silbo una canción especial en la noche y mis rojos saben que deben construir la cosa que llevará al anciano al mar.

De tan juntos que están, Hagseed y el anciano casi parecen estar sentados uno en la falda del otro y me río pensando en la balsa que están construyendo mis rojos. La ceremonia empieza con los cacerolazos y los rojos comienzan su tributo y su danza. Rugen como han hecho en los pasados meses y dan breves testimonios de gratitud. Jamás he visto tantos testimonios en espera de ser escuchados; es como si todos mis ciudadanos quisieran escuchar su propia voz flotar en el aire. Proclaman la gracia de Memoria y luego proclaman la gracia del anciano Cheo, quien va a zarpar valientemente en la oscuridad para pescar todo el pescado que haga falta para satisfacer nuestras barrigas. La idea me hace reír. Sé que la balsa y la red que le daremos al anciano no aguantan la furia del Atlántico. Creo que él también lo sabe y, sin embargo, no protesta, sino que acepta su destino de ese modo extraño en que lo hace la gente que ha vivido suficiente. Los rojos forman una cadena humana hasta la balsa, que es una plancha de madera con algunos troncos bastante ligeros como para que flote. Está amarrada con alambre y soga y los rojos dejan un remo para que el anciano reme desamparado en medio del Atlántico. La pequeña bahía está en calma, pero sé lo voraz que se vuelve el agua una vez se abre a la inmensidad.

La gran pira arde y veo a Hagseed acercárseme con cierta agresividad.

—Ura, podemos pescar en Caonillas, no hay necesidad de enviar a Cheo al mar. Está oscuro. Esa balsa no va a aguantar las olas —dice esto como si algo fuera a cambiar, como si no hubiera decidido que eso es lo que quiero: que flote a la deriva hasta que el mar se lo lleve tan lejos que desaparezca y nadie recuerde que existió—. Ura, por favor. Por favor. Por favor, déjalo quedarse y te prometo que trabajaremos para que Memoria viva —continúa y yo lo interrumpo:

—¡Memoria ya está viva!

Y él sigue suplicando, pero no tiene ningún efecto en mí. Soy una roca sólida de determinación y certeza. Veo al anciano de pie en la fila y sus ojos reflejan una tristeza brillante que me asquea un poco, pero lo dejo porque sé que no regresará con vida a esta orilla.

—Piensa en Florencia, Pescao. Piensa en tu hogar. Piensa en todo por lo que luchamos y recuerda que ésa es la que hay. La arena bajo tus pies, el islote más allá de estas costas, los bosques salvajes que nunca se callan en su inmovilidad. Piensa en esas cosas, Pescao, y recordarás tu hogar —dice el anciano como la profecía de un mártir o un apóstol, o como un credo moribundo que me hace preguntarme cómo lo recordarán.

Pero no lo pienso mucho porque el mar se hará cargo de él. Pito y mis rojos lo escoltan en fila pasando por la fogata. Cheo llega a la balsa y la música resuena y los ciudadanos vitorean felices y cantan y bromean. Los rojos le entregan la red a la fuerza al anciano y él la agarra y la mira como si fuera una hogaza de pan amada. La acaricia, pensativo; la calva le brilla con el resplandor del fuego. Ahora todos los ciudadanos se toman las manos y se mecen de lado a lado como las olas que besan la orilla. El anciano sube a la balsa y coloca la red a sus pies. Agarra el remo porque ése será el timón que lo llevará a la muerte y yo camino contento hasta él. Le doy la mano y le hago esa mueca que me gusta hacer y que le dice exactamente cómo termina esto. Trata de penetrarme, de presionarme sin hablar, con el ceño fruncido a propósito creyendo que eso tendrá un efecto a largo plazo en mi descanso reparador. Pero yo —siempre el más listo— nunca dejo que esas pendejadas de las miradas me trabajen; las dejo atrás y las pisoteo porque sé que los espíritus que me regalaron la vida esperan mucho de mí.

Hagseed corre hacia las pickups, lo que me parece extraño. Los rojos empujan la balsa mar adentro y el anciano prepara su remo. Entonces Hagseed aparece y se mete en la playa corriendo y salpicando agua, y la arena lo detiene como si fuera arena movediza a medida que se mete en lo hondo y se acerca a la balsa. Al principio creo que va a subirse a la balsa y que ambos desaparecerán en la oscuridad. Eso sería algo inesperado y triste para mí porque Hagseed no me molesta. Lo encontré y lo traje de vuelta a la vida. Siempre guardo un lugar especial en el corazón para las cosas que cuido, como un padre orgulloso, supongo. Hagseed lleva consigo un saco y se acerca a la balsa, que ya está bastante lejos de la orilla, pero donde todavía da pie. Hagseed es un camarón alto así que puede caminar eternamente sobre las olas si hace falta. El anciano se inclina hacia delante y agarra el saco que Hagseed le entrega. Luce agradecido y yo pienso que lo que hay en el saco es comida o quizás una pistola que lo ayude a dar el paso cuando el agua se ponga brava. Pero no es ninguna de las dos cosas. El anciano saca unas libretas del saco y yo no puedo evitar reírme porque me parece un gesto desesperado: esperar que el pobre Cheo lleve un diario. ¿Qué historias puede contar de su vida? ¿Qué horrores consignará para que otros los descubran? Eso nunca tiene sentido, así que pienso que se trata de alguna liberación espiritual, algo que piensa que Dios le ha dado, el don de consignarlo todo, pero no se me ocurre ninguna historia que pueda contar que capture los gritos que siente esta isla.

El anciano se aleja y yo juro que veo sus lágrimas. Hagseed le entrega unas libretas y un lighter, un fuego portátil para que pueda ver. Y yo, desde la orilla iluminada por la gran fogata de nuestra Memoria, leo las olas, los ritos antiguos en su vaivén, en el movimiento del agua, su balsa es una velita que se aleja. Es un pequeño resplandor que contrasta con el manto negro, un cucubano que parpadea hasta que se le consume la llama, y el anciano rema y rema cada vez más lejos hasta que ya no se puede ver desde la orilla.

Hagseed, con su cuello largo, feo y lleno de cicatrices, se ha desplomado en la arena. Se sienta y observa con la esperanza de poder leer las olas como yo. Observa con la esperanza de que el anciano regrese pronto e incluso que traiga una pesca grande: atún o marlín o un tiburón tigre para que toda Memoria pueda comer. Los rojos bailan y patean la arena y las cacerolas suenan y repiquetean en un ritmo suave. Mis ciudadanos siguen bailando, tal vez para garantizar que el anciano regrese. Vuelvo a pitarles con fuerza y mis rojos comienzan a escoltar a mis ciudadanos hacia las pickups. No apagan la gran fogata. Dejaré que se extinga naturalmente con el amanecer. Todo está listo para que regresemos a Memoria, a casa. Pero Hagseed no se mueve. Se queda sentado en la arena y observa, exhausto, la oscuridad. Le pito para que venga, pero ahora se ha puesto desafiante y eso no es bueno cuando hay espectadores. Pito hasta que los rojos se impacientan y empiezan a tocar bocina y ahora todos tocan bocina desesperados, algunos incluso furiosos. Lanzo mi pitido más feroz y envío a mis rojos a buscar a Hagseed, que sigue sin moverse, y tres de ellos saltan y se arrastran hasta él y empiezan a halarlo y él lucha al principio como la gorda cuando nos llevamos el cadáver descompuesto; pelea y patea a los rojos, así que van más a atender el problema hasta que Hagseed se tira en la arena blanca y llora como un bebé, un llanto que nunca había oído y que no me esperaba. Llora y da puños en la arena y los rojos lo arrastran por los pies y él se aferra a la arena repitiendo: «Déjenme aquí, déjenme».

No digo nada más, sólo hago una señal para que nos movamos cuando Hagseed ya está seguro en una pickup. Sigue llorando a lágrima viva mientras la fogata arde en la playa y sigue llorando mientras lo amarran en la parte de atrás de la pickup y durante todo el viaje en caravana rumbo a Memoria, a nuestro hogar.

CHEO

Me preparan y me montan en esta embarcación que se mece continuamente, las olas golpean los troncos, el remo corta el agua salada. La isla luce extraña y ajena cuando se mira desde el mar, al nivel de los ojos; esa silueta oscura contra la noche. Aquí hay silencio, excepto por las olas. Un silencio más sonoro que la muerte después de María. Sólo mis pensamientos me acompañan. Y estas notas que escribo. Procuro no usar demasiado el lighter porque no sé cuántas noches me dará el Atlántico. Quiero ahorrar todo lo que pueda en caso de que la inspiración me surja en un sueño inquieto. La fogata aún arde y la veo pequeñita; una estrella fugaz en una playa desierta.

Remo hacia el norte, pero no tengo que esforzarme mucho porque la corriente me arrastra. Siento la extrañeza crecer mientras más tiempo paso a la deriva. No es la extrañeza lo que me incomoda. No. Casi me gusta. Cuando finalmente decido soñar, siento la balsa temblar a medida que el mar se pone bravo; la sal me salpica los cachetes y la calva, y recuerdo Florencia y los pescadores y el muelle sobre el río y cómo salíamos temprano en la mañana para los canales donde la basura se amontonaba en remolinos pequeños y cómo nos acercábamos más y más a la boca del río hasta que se unía al origen y enfilábamos los botes hacia la mañana aterciopelada para tirar las redes y esperar mientras conversábamos sobre el ron y el dominó de la noche anterior, sobre

Verónica y cómo por poco Jorge le besaba los labios resecos, sobre el estreñimiento y el dolor. Me dejo llevar profundo por estos pensamientos hasta que me voy y la luz aumenta lentamente y me da la bienvenida a la mañana.

ESTÁ NUBLADO, DEMASIADO nublado esta mañana. Desde donde estoy, aún veo el horizonte marrón y verde de mi isla. Está más lejos de mí; o más bien, yo de ella. Pienso en una lista, tal vez la última que haga.

- El azul del agua sólo es azul de verdad cuando brilla el sol.
- Noto que los parchos de algas se vuelven más profundos.
- Las olas sostienen, pero no prometen consuelo.
- La piel es frágil y las ampollas rápidas.
- El sol aún quema, incluso tras las nubes grises.
- Las nubes grises significan lluvia y tormenta y...
- El mar abierto te recuerda lo que no eres.

Estoy bregando. Aunque dudo que alguien lea estas páginas o líneas o versos, quiero dejar mi huella en tinta. Sigo tachando las frases que me molestan. Dicen:

Deseo dar nombre a los océanos que aún sufren.
Como las madres, piensan en el llanto de sus hijos.
Deseo describir lo hermoso que sería sufrir de nuevo.
Deseo ser sincero para que el retorno al hogar no
    reaparezca
en un infomercial a medianoche entre la estática.
Juego a las adivinanzas con las estrellas en la noche
    porque hay tantas

y nadie lleva la cuenta. No aquí.
Siempre pierdo porque no puedo ser bestia
y rosa a la vez.

No. Eso no está bien. Tal vez hay demasiado deseo en esta versión. Y todavía pienso en la rosa y la bestia. ¿Qué tal si trabajo más la rosa y veo cómo resuena?

La bestia y la rosa a la vez.
Y la bestia es... la rosa

No, todavía no cuadra. «¿Me rindo con la rosa?» me parece una mierda forzada y no añade nada. Tal vez lo que le falta es una verdad mayor. O, más bien, una declaración a toda mi gente que se ha alejado demasiado. Que se ha alejado a otros entornos y piensa en su hogar. Pensaron en esta isla y se preguntaron cómo habría sido la vida si se hubieran quedado.

He visto a mi gente volar en aves plateadas. Tienen la
    costumbre
de partir, porque deben hacerlo o porque no pueden,
a lugares donde el agua no es clara ni tibia,
a lugares donde la mar no es espontánea,
es decir, que no recoge sus movimientos
en el rizo de cada ola como lo hace cerca de
Ocean Park o Crash Boat o Flamenco.

Ella escoge el sargazo para flotar en la sal, entre el
    plástico, la basura.
No necesita cruceros ni carabelas

de luces exhaustas por el viaje.
Ella pinta nuevas corrientes y eso es la memoria.

Quiero dar nombre a las cosas que sufren,
a cada cosa muerta o moribunda, algunas están en
    camiones refrigerados
después de la calamidad porque la tierra no da abasto,
o no hay suficientes empleados en ciencias forenses,
muchos se fueron en esos pájaros plateados.

Quiero dar nombre a las gaviotas y los pelícanos
    cansados,
a las garzas y los ruiseñores, a cada cuerpo hinchado
    después
de que el agua persistió en su furia y los ahogó, los
    ahogó,
los ahogó a todos.

Por las muchas sílabas que se pasean en el beso de una
    trompeta.
Por la luz que brilla en las cabezas de las linternas que
    buscan
en la maleza crecida, abandonada a su suerte.
Lo que guardo son sonidos y es sólo desierto.
Deseo que me llame, que escriba y diga mi nombre.
Cheo. Cheo de Florencia. De Memoria. De la isla. De la
    nación.

No me gusta esto. La cadencia no fluye en algunas partes, las imágenes están forzadas a abrirse o han sido usadas
quizás ya demasiadas veces. Sólo soy un marinero sin mucha

historia. Pero puede que sea mi mejor trabajo… No, no. Hay más. Paso las páginas de mi libreta. Las olas golpean la balsa con más fuerza y oigo la soga aflojarse lentamente. Dejo que la red caiga como una tela de araña en el mar profundo y oscuro. Paso las páginas y veo las listas que escribí. Veo el verso que dejé para doña Julia y me alegro de no haber tomado agua o comida porque habría llorado al releer y reconstruir su belleza, su historia. Tengo la cara llena de ampollas y pienso en mis pescadores, en Florencia, en Pescao. Escribo algunos versos con las listas y veo cómo suenan.

Partir es una forma de sufrir,
al menos así lo siento
mientras me veo partir
hasta que no haya mi isla
ante el horizonte.

Recuerdo a Cristóbal Colón,
todo lo que nos han enseñado sobre él,
cómo hemos elegido erigir
estatuas y nombrar esa plaza de Colón
en el Viejo San Juan. Ahí, un facsimilar de cemento
con el gesto congelado, casi como si estuviera vivo, agarra
una bandera ondulante con un crucifijo en la punta de
  la asta,
el blasón bordado en piedra es indistinguible.
Pero sé que ese blasón dice imperio.
¡Oh, un Cristo Redentor barato!
¡Oh, debe hablar como Lázaro en Betania!

Su pedestal mira hacia el Teatro Tapia
con sus patios de madera oscura, los arcos
como muchas lunas crecientes,
sirven de compuerta prismática hacia ningún lugar.

Señor, no puedo olvidar la otra
réplica de cobre espantosa, un gigante obsceno
plantado como un pulgar herido
cerca de la costa de Arecibo.
¡Pienso en él y pienso en nosotros
y me dan ganas de llorar!

Son mi padre y los líderes,
viejos y nuevos, los que crean
el dolor fantasma.
Todos motivos para llorar
y no me avergüenzo.

¿Somos culpables de nuestro destino
y de nuestro nombre?
Y eso es el imperio.
Y eso es la violencia.

Urayoán creía, y supongo
que eso tendrá algún valor,
no es noble o hermoso,
pero vale algo. Su amor por el fuego oscuro es el del
    olvido,
el de nuestro abandono.
Me preocupa el significado de «nuevo»
y qué reglas grabamos en la ley,

si el sacrificio es la única forma de dar a luz.
¿Acaso todo debe nacer del llanto?

El fuego, tal como piensa Urayoán, lo quema todo,
el papel, el dinero, la piel, todo es perecedero.
Vivo en los días en que las rosas caen
en mares de fango, las tumbas bajo
las montañas inalcanzables de Utuado,
de las que no se puede escribir nada, como Memoria.
Una bestia rabiosa crece en nuestros corazones,
contamina los cuerpos dentro y fuera de las tumbas,
una nueva parte del día a día.

¡Dios mío! ¡Toda esta jodida isla!
La veo llorar por la conectividad.
Si sobrevivimos, nos aferramos a la esperanza
alrededor de las torres telefónicas como cardúmenes de
*   peces*
envueltos en una órbita, encaramados en los carros
tratando de conectarnos a algo,
tratando de hablar contigo.

No eras sólo tú quien intentaba conectarse con nosotros.
Nosotros también intentábamos conectarnos contigo.
Pero llevamos sufriendo
generaciones de abandono.

Ahora vivo en el tiempo en que las rosas caen al mar.
Las rosas caen y se mecen en las olas
por los miles de personas que murieron.

Sueño a la deriva en este mar,
pero sólo me lleva de vuelta a mí,
de vuelta a casa. Vivo en la rosa
y en la mar. Las corrientes se mueven
en diferentes patrones. No hay azules
en el reflejo de la espuma,
no sobresalen las puntas verdes de las casuarinas,
no se ve un horizonte familiar.

Todo parece lodo,
una isla encallada en arena y sedimento.
Aun meses después.
Aun cuando los robles, los palos de tamarindo, de
    guanábana,
los eucaliptos, los flamboyanes, los higüeros,
todos intentan volver a inyectarle verde
a la línea del sol.

Quiero un Palo Viejo
o un Bacardí ahora…
ron que quema,
pero calma,
y entrecierro los ojos para mirar atrás,
justo antes de que una nueva tormenta se forme delante
    de mí,
y veo mi isla; te veo ahí
en esa orilla, mirándome,

un marinero sin patria, un pescador, una sirena,
un niño a la deriva en esta inmensidad.
Te llevo con la fuerza con que llevo mi hogar,

con la fuerza con que esta pluma intenta marcar
en el papel todo lo que soy, todo mi amor.
Sé que la sal y los peces se comerán esto,
que tal vez nunca leas estas líneas,
tengo la cabeza fría y desnuda, la piel...

llena de ampollas, veré las rosas
que dejes caer en estas aguas,
como recuerdo, como memoria.
Canta de nuevo, en señal de duelo, de celebración,
aun si ellos permanecen estancados
en lo oscuro y lo profundo.
Agujereo estas hojas de papel,
pequeños actos de desesperación
porque yo también canto Borikén.
Yo, Cheo, escribo versos, poesía...

Esto es todo lo que se me ocurre por ahora. El mar se ha puesto bravo. Y llueve y llueve. No puedo ver mucho, así que meto la libreta y la pluma en el saco. Luego decido que es hora y me siento en el borde de la balsa; la soga y el alambre apenas la sujetan. Agarro el saco con todo lo que soy dentro y lo dejo caer en su boca; desciende lentamente y desaparece.

Detrás de la balsa salta una nube de peces voladores como cuchillas de plata. Pienso, asustado, por lo menos al principio, en qué le pasará a mi cuerpo. Los tiburones tigre, los martillos, ¿estarán esperando por mí allá abajo? ¿O mis pulmones se llenarán de agua y así me llevarán? Luego, algo extraño, algo desconocido me cubre como una manta. No importa. De todos modos, me iré y todo lo que quedará de mí serán palabras, ritmo y rima.

Me acuesto y espero. Vuelvo a sentir todo a mi alrededor, la madera bajo mi camisa delgada, las astillas, los golpecitos de la lluvia que cae. Ojalá pudiera verlo todo desde un tiempo anterior. Ver tu isla dibujada en el horizonte te cura, desde un avión, desde el mar. Es esa bahía de San Juan la que cura porque es una señal de que has regresado.

Me llevaré la disfunción, la corrupción y el dolor. Me llevaré todo eso porque era parte de mí, como lo eran la celebración y la risa. Nunca fui de ésos que piensan mucho en regresar a casa porque siempre viví aquí. Es sólo ahora cuando lo veo todo gris, las nubes como grandes sábanas que se extienden en lo alto, cuando sueño con los colores de nuevo, el tapiz tornasolado que transmite la naturaleza. No sé si alguien leerá esto. Pero espero que sí. Sepan que amé. Sepan esto. Es inquebrantable, mi poesía. Nuestra elegía.

TRES

BANTO

Utuado era uno de esos pueblos a los que uno iba para alejarse de todo. No había nada más que naturaleza en el tope de la montaña, y por eso Memoria llegó tan oportunamente. Dos aislamientos que dependían uno de otro. Parecía un «por si acaso», como la mayoría de los pueblos del centro. Incluso los que vivíamos en la isla llegábamos a este lugar por tradición, por una conexión a la idea de las raíces, que el visitante olvidaba tan pronto como regresaba a la costa.

Utuado era hermoso antes de María. Será hermoso después. Las calles eran estrechas y sinuosas y empinadas en pendientes que parecerían imposibles. Sin embargo, cuando no había nadie que caminara por las calles, se sentían frías. Me gustaba ver cómo las nubes bajas se asentaban en las montañas, cómo se situaban entre los edificios, la humedad fresca de la neblina mañanera, todo mojado al tacto. La noche ocultaba el terreno, pero en la luz de la mañana, estos lugares eran impresionantes.

Memoria intentó lograr ese efecto, pero, en su lugar, impuso una maldad que no disminuyó con el tiempo; brotó del claro y se vistió entre las enredaderas. Los árboles se ahogaban porque no podían competir con el crecimiento rampante. Las nubes temían quedarse; la Torre, la Puerta Roja, los huecos en las calles, la fogata y el trono designado de Ura. La maldad.

La noche estaba más oscura. Recorrimos Utuado, sólo nosotros tres caminábamos por las calles, dejándonos guiar por la luz de las linternas. Aunque los grillos y los coquíes cantaban, no se oía ningún murmullo de gente, ni las explosiones de motores de carro. Ninguna planta eléctrica. Nada. La intranquilidad se nos metió entre las costillas. Yo quería creer que todos dormían plácidamente en la oscuridad, a salvo en las laderas de esas montañas, quería creer que nuestra isla no estaba desierta. Empecé a sentir que Memoria era lo único que vivía y respiraba.

Examiné ambos lados de las calles con la linterna y apunté hacia las casas de cemento y las tiendas que íbamos pasando. Todas lucían viejas y descuidadas. La montaña se imponía sobre los edificios. Les besaba los bordes de forma tal que era un milagro que un derrumbe no se lo hubiera tragado todo como pasó en el barrio Mameyes de Ponce décadas atrás. Había muchos carros abandonados y parqueados a lo loco, algunos tenían las puertas abiertas. Eso me asustó. Que la gente hubiera desaparecido como en un arrebato o la hubieran secuestrado. ¿Por qué huirían con tanta desesperación? ¿Por qué dejarían sus casas y sus carros en esa locura? De vez en cuando veía algún candungo de plástico rojo tirado por ahí, como si el diésel y la gasolina hubieran dejado de importar. Intenté llamar su atención a todo esto con la luz, intenté hablar, pero se me quebró la voz y todos seguimos caminando.

El olor de las hojas podridas y el agua estancada persistía. Caminamos hasta llegar a un puente destrozado por el río. Se notaba que habían tratado de conectar ambos lados, había una escalera destartalada al pie del puente roto sobre los desperdicios plásticos, los árboles caídos, las ramas atacuñadas por la fuerza del agua y los peñones. Algunos troncos colocados a propósito sobre el río crecido ayudaban a crear una conexión. Una soga gruesa conectaba ambos lados. Si uno caminaba sobre los troncos, podía sujetarse de ella para mantener el equilibrio.

—¿Vamos a cruzar por ahí? —les pregunté a Damaris y a Moriviví. No respondieron y caminaron hasta el borde del puente y luego bajaron por la escalera sin titubear.

—Esperen. Espérenme —les grité. Me arreglé la peluca y la chaqueta y sujeté la linterna con la boca. Ellas no redujeron la velocidad, se impulsaban sobre los troncos usando la soga para ir más deprisa. Empecé a bajar y por poco me caigo de la escalera. La linterna se me quería salir de la boca, así que apreté los dientes con la esperanza de que no cayera en el desastre que había a mis pies. Mordí con más fuerza y mi respiración agitada hizo que el plástico se volviera resbaloso y la linterna se me cayó de la boca, me rebotó en la barriga y rodó hasta el agua y las ramas. La corriente suave se llevó la luz río abajo, la lucecita brilló bajo el agua hasta desaparecer.

—¡Esperen, coño! —repetí. No podía ver dónde terminaba la escalera, así que me quedé en los peldaños y me agarré de la madera. Me dieron ganas de llorar, me sentí muy solo. Miré hacia donde estaban Damaris y Moriviví.

—Chico, dale —gritó Damaris. Había cruzado más de la mitad y tuvo que regresar a ayudarme a bajar y caminar por los troncos.

—Tienes que tener más cuidado, Banto. Ahora tenemos una luz menos.

—Perdón.

Crucé con dificultad delante de ella, que me alumbraba el

camino hacia el otro lado. La chaqueta se me subió junto con la camiseta y tenía toda la panza al aire, me dio vergüenza; la peluca estaba hecha una porquería y probablemente apestaba también. Moriviví estaba encima de nosotros en el borde del puente roto. Nos alumbró y nos hizo señas para que pudiéramos verla.

—¿A dónde habrá ido todo el mundo? —pregunté. Pero tampoco contestaron esta vez. Damaris y yo llegamos hasta Moriviví y todos nos detuvimos un momento para mirar el puente roto antes de seguir nuestro camino.

—¿Creen que les llegó ayuda a tiempo? —pregunté.

—No. A nadie le llegó ayuda a tiempo. Algunos todavía están esperando —respondió Damaris.

—¿Cómo lo sabes?

—No se puede ser tan estúpido, Banto.

—Quiero decir, que ahí hay una soga por alguna razón. Alguien lo pensó. Alguien trató de ayudar.

—Es una soga pa salir, Banto —dijo Moriviví.

—No to el mundo se fue, ¿sabes? Los viejitos no pueden andar o cruzar el río. ¿Y ellos? ¿Y los enfermos? Probablemente están en sus casas ahora mismo. Ura tiene a sus cachorros intercambiando bienes, así que alguien debe vivir ahí todavía —hice una pausa para coger aire. Damaris y Moriviví caminaban rápido y yo estaba sofocado—. No pueden haberse… muerto… todos, sabes.

—Es una forma de salir. De una forma u otra, salieron —dijo Damaris. Apretó aún más el paso y tuve que empezar a trotar para alcanzarla.

—Vamos, chica.

—Apúrate, Banto.

—¡Voy!

Seguimos caminando hasta que escuchamos un ruido de zafacones de metal y una música que resonaba en la oscuridad a nuestras espaldas. Damaris miró a Moriviví instintivamente y ambas se escondieron a un lado de la carretera. Me dieron un halón y nos agachamos detrás de un muro de cemento; la hierba crecida me hacía cosquillas en la barbilla. Había botellas plásticas tiradas por el suelo y sin querer pisé una, que crujió. Damaris se enfogonó y me dio un cocotazo y se puso un dedo frente a los labios. Apagaron las linternas.

Si mirábamos por encima del muro, podíamos ver el centro del pueblo a nuestra derecha. La carretera estaba oscura. Una luz brillaba en la dirección de donde habíamos venido. Sentimos el zumbido del motor de un carro. En las bocinas sonaba un reguetón a todo volumen y la carrocería de metal vibraba. El sonido se fue acercando y acercando hasta que el carro apareció por la cuesta y pudimos verlo. Era un Camry lleno de abolladuras con sunroof. Seguimos mirando y vimos a uno de los cachorros de Ura al volante. Dos de ellos iban con medio cuerpo por fuera del sunroof y gritaban a la noche, aullaban y ladraban. Moriviví meneó la cabeza y frunció el ceño. Sacó el cuchillo del bolsillo y lo agarró con fuerza.

El Camry se detuvo justo antes de llegar a nosotros, tenía el motor en neutro y la música a todo volumen, la carrocería temblaba cada vez que sonaba el bajo mientras el dembow aumentaba y aumentaba. La vibración me ponía nervioso. Un rojo, que iba en el asiento del pasajero, salió y caminó hasta el baúl y se recostó contra el carro. Era alto y tenía los brazos flacos. Cruzó los brazos y se echó hacia atrás y esperó hasta que aparecieron más luces por la pequeña cuesta detrás de ellos. Las luces alumbraron la carretera y todo el tramo se iluminó. Vi a Damaris pegar la cabeza contra el muro, los ojos cerrados, la piel oscura sucia de sudor y mugre, los pelitos del brazo erizados. Moriviví estaba en guardia y se agachó como para poder saltar rápidamente, cuchillo en mano, de ser necesario. Ahora podía fijarme en todos los detalles de ese muro y me puse a estudiarlo para distraerme, vi los bloques de cemento sin empañetar, casi todos los bordes estaban descascarados. En algunas partes estaba pintado con espray negro: firmas y mensajes ilegibles. Trataba de leerlos siguiendo la curva de la pintura y, aunque pude descifrar las letras, no logré entender el mensaje. La hierba había crecido descuidadamente, había tallos altos que brotaban en varias direcciones, una barba de musgo cubría los bordes del muro sobre el que había montones de margaritas silvestres esparcidas; las florecitas amarillas y blancas le daban color al paisaje hueco. Se me hizo un nudo en el estómago; las tripas me sonaron. Moriviví me miró y levantó las cejas.

—Estate quieto —susurró.

No supe qué contestarle, así que me quedé callado. La música continuaba. Moriviví se asomó por encima del muro para ver mejor. Yo lo hice también. Me arrepentí. Más me hubiera convenido cerrar los ojos y esperar a ver qué pasaba, pero no pude resistir la tentación y me asomé mientras los rojos se reunían.

Las luces del carro que llegó se apagaron. Era una pickup Ford vieja y oxidada. La parte de atrás estaba llena de jaulas de metal. Traté de inclinarme justo lo suficiente como para ver qué llevaban dentro. Sonaron unos quejidos, luego unos ladridos suaves. Todas las jaulas estaban llenas de perros callejeros que debieron de recoger de las calles y las casas. El rojo del Camry agarró un tubo de metal que parecía una lanza y lo pasó por las barras de las jaulas y, cuando los perros empezaron a ladrar con más fuerza, se puso a ladrarles, a gruñir y a gritar y los demás se rieron a carcajadas.

Me sentí inquieto y empecé a sudar; tenía la frente empapada, la peluca me daba calor, tenía las manos agarrotadas.

—Tenemos que irnos —le susurré a Moriviví.

—Estate quieto.

—Tenemos que irnos. Si nos encuentran…

—Ya, Banto. Ya.

Me moví y la hierba a mi alrededor se movió también. Quería salir huyendo de ahí y correr rápido y lejos. Damaris abrió los ojos y trató de tocarme el brazo levemente, pero seguía moviéndome. Entonces, Mori me agarró por el cuello y me acercó a ella, el cuchillo casi me rozó la cabeza. No intentaba cortarme. Se me acercó al oído; me hizo cosquillas al hablar.

—Respira, Banto. Inhala y exhala lentamente. Nos iremos cuando se vayan.

La escuché. Inhalé profundo unas cuantas veces y eso me calmó por un instante. Esperamos y observamos. Los rojos hablaban entre sí y apuntaban hacia los perros en las jaulas. Se reían y gritaban por encima de la música hasta que, al parecer, acabaron. Se montaron en el Camry y la pickup. Empezaron a moverse. La pickup nos pasó muy cerca. No tenía puerta en la caja, así pudimos ver todo lo que transportaba. En las jaulas había muchos perros amontonados. Y al lado de las jaulas había un montón de pieles de perro y cuchillos de carnicero que chocaban entre sí con el movimiento de la pickup. Las pieles tenían manchas de sangre seca que formaba distintos patrones en el pelaje blanco, marrón, negro, gris. Quise pensar que todo era de mentira, que eran pieles de animal plásticas de ésas que venden en las tiendas de chucherías, juguetes que se compran en Capri o algo así. Miré fijamente a los perros, sus ojos llenos de tristeza. Me miraban y yo los miraba a ellos; algunos ladraron, otros bajaron la cabeza. Sentí un buche de vómito subirme por la garganta y me lo tragué porque sabía que haría mucho ruido.

El Camry y la pickup bajaron al pueblo con el revolú y la música y debieron de desaparecer en un barrio en la ladera de la montaña. Me desplomé en el suelo. Me quité la peluca y me agarré la cabeza con las manos.

—Tenemos que seguir, Banto —dijo Damaris—. La iglesia está justo al final de la carretera…

—Los están matando. Los rojos los están matando a todos —dije.

—Sí… los están matando.

—No entiendo. No entiendo.

Empecé a llorar de nuevo. Extrañaba Florencia. Extrañaba nuestra plaza, los cruces y el canal donde estaba la choza de Pescao, y extrañaba a los pescadores. No entendía este lugar.

—Levántate, Banto. Levántate —dijo Moriviví. Se inclinó y me quitó la peluca de las manos y la sostuvo. Se me acercó e hizo fuerza para ayudarme a ponerme de pie—. No resuelves nada con llorar…

—¡Los están matando! —grité. Se me tupió la nariz. Lloré porque no se me ocurría nada, no había palabras para justificarlo.

Moriviví me tiró la peluca en los pies y se alejó calle abajo hasta que se detuvo. Damaris se quedó esperando a que me calmara. Esperó hasta que lloré y me lo saqué todo. Fueron como veinte minutos. O una hora. Da igual. Me cansé y paré de llorar. Nada iba a cambiar. Teníamos que encontrar a Cami y regresar. Estaba decidido a enfrentarme a Ura. Tenía que saber por qué hacía eso. Me sequé los ojos enrojecidos e hinchados. Me puse de pie y caminé frente a Damaris y Moriviví en la oscuridad de la noche. Ellas tampoco dijeron nada, ni siquiera encendieron las linternas para que la oscuridad reconfortante nos guiara a la plaza central donde la iglesia se erigía en silencio.

A lo largo de las estrechas calles, había casas y tiendas muy pegadas entre sí; los balcones del edificio de la alcaldía del viejo gobierno lucían silenciosamente tristes. Las viejas puertas de madera del edificio histórico estaban manchadas de fango. Todas las tiendas tenían las ventanas y las puertas tapadas con planchas de madera; había montañas de bolsas blancas de basura regadas por todas partes, algunas estaban rotas, lo que permitía ver su contenido: latas de galletas de soda, cajas de cartón dobladas para que cupieran mejor, latas de habichuelas abiertas y bolsas de arroz vacías. Recorrimos las calles con la esperanza de ver algo vivo que se moviera, pero todo estaba abandonado.

En el centro de la plaza principal había una gran estatua de acero del cacique taíno Don Alonso. El acero estaba viejo y oscurecido. La columna vertebral de Don Alonso estaba arqueada hacia atrás, el pelo le colgaba inmóvil mientras elevaba al cielo algo parecido a una cruz: la cabeza en alabanza resistente. Conmemoraba la evangelización de los indígenas; conmemoración y bautismo de un cuerpo renacido de una vieja tradición a una religión impuesta. Estaba inmóvil y no pude evitar pensar que él éramos nosotros, esta isla, mi pueblo, lo que hemos sido todos a lo largo de los siglos, y me entristeció pensar que hasta los caciques fracasaban. Al pie de la estatua había una placa explicativa y, al lado de la placa de metal grabada, un pedazo de madera en forma de cubo con letras escritas en tinta negra. Leía: «URAYOÁN ES CACIQUE, EL VERDADERO Y SAGRADO, EN LIBERTAD Y ARMONÍA GRACIAS A SU LIDERATO». De seguro los rojos lo pusieron ahí a modo de conmemoración. Reí para mis adentros pensando en que Ura también había fracasado, que Memoria no era muy diferente de todo lo que había venido antes.

Damaris y yo nos quedamos mirando la estatua.

—Qué chistoso, ¿verdá? —dijo Damaris.

—¿Qué?

—Las cosas a las que les construimos estatuas.

—¿Ídolos o dioses?

—¿Qué importa? —Se echó el pelo hacia atrás y se inclinó para ver la placa improvisada—. La fe es algo poderoso. Y puede volverte loco. Si estás lo suficientemente desesperado, cualquier cosa puede parecerte hermosa.

—¿Por qué vinieron ustedes entonces a Memoria? ¿No es lo mismo? Debieron de pensar lo mismo. Si no, Moriviví y tú no estarían aquí.

—Nunca he dicho que pensáramos diferente, Banto. Nunca he dicho que fuéramos diferentes.

Moriviví ignoró la estatua y caminó hacia la escalinata de la iglesia. Se detuvo arriba y lo observó todo. Era una vieja iglesia colonial española que miraba hacia la plaza central y tenía una puerta ancha de madera en el medio. Los dos campanarios estaban rematados con pequeñas cúpulas.

Damaris y yo nos unimos a Moriviví en la escalinata y abrimos la puerta. Estaba oscuro como boca de lobo; los bancos estaban en filas desorganizadas. Me quedé quieto y callado y juraría haber escuchado el eco de los himnos eclesiásticos, los padrenuestros, los pasos leves de los monaguillos; iban vestidos de blanco y rojo, iban delante en la santa procesión. El cura iba al final, listo para ubicarse frente al altar y dar la bienvenida. Sentí el calor de los fantasmas sobre mí, una paz callada que me recordaba que la sensación de vulnerabilidad puede quebrar incluso al loco más resistente; aunque no creas en nada, aunque no tengas fe, en ese espacio, la fe te arrastra.

Damaris y Moriviví apuntaron al techo con las linternas, la pintura rosa pálido estaba descascarada en distintos lugares, los arcos uniformes guiaban nuestra vista hacia el altar. Moriviví fijó la luz en las columnas cerca del altar; enfrente, la imagen de Jesucristo con la herida sangrante en el costado. Caminó despacio por el pasillo principal y notó una vela encendida cerca de los escalones que llevaban al portón del altar. Seguimos a Moriviví hasta que salió corriendo de pronto. Detrás de la columna se veía la silueta de una persona tirada en el suelo. Era Camila.

Corrimos hacia ella. Damaris se arrojó a su lado, le levantó la cabeza del suelo y la colocó suavemente en su falda.

—Cami. Cami. Vamos, Cami —dijo Damaris. Me incliné y le pasé los dedos por el brazo. Tenía cortaduras desde la muñeca hasta el hombro. Se las había hecho ella misma. La sangre estaba seca desde hacía ya mucho. Tenía tantas cortaduras repartidas por los brazos.

—Mori, mira —dijo Damaris al ver las cortaduras.

—Camila. Camila, somos Mori y Damaris. Banto también está aquí. Camila —dijo Moriviví. Se sentó al lado de Damaris y le acarició la cabeza a Cami. Las tres juntas parecían hermanas protegiéndose y cuidándose. Y yo me quedé ahí de pie sobre ellas, gordo y estúpido, con mi peluca rubia y mi chaqueta, incapaz de decir palabra.

—¿Está...? —finalmente pregunté. Estaba asustado.

—Está respirando. Está respirando.

Damaris la sacudió con delicadeza hasta que abrió los ojos. Parecía agotada. Probablemente no había comido en varios días.

SALÍ DE LA iglesia a buscar agua y comida, cualquier cosa que ayudara. Corrí en la oscuridad de esas calles estrechas y no oí nada, no vi nada. Lo único que se movía era mi cuerpo tembloroso con la linterna. Las dejé en la iglesia con la esperanza de regresar con algo. Cualquier cosa que ayudara. Vi una panadería a la salida del pueblo y corrí hacia ella. Me faltaba el aire y tuve que detenerme a descansar. Agarré un pedazo de cemento y se lo tiré a la ventana, que se rompió. Despejé el resto del cristal con el pie y me metí dentro. Me corté el codo con el cristal. Busqué en los escaparates con la esperanza de encontrar algo, pero todo estaba viejo, expirado o comido por las cucarachas y el hongo. Grité de rabia y frustración y pateé uno de los taburetes de metal de la tienda, que rodó haciendo ruido sobre el suelo de losa. No podía hacer nada, no podía ayudar en nada. Salí y regresé a las calles oscuras y silenciosas y seguí corriendo hasta que se terminó la calle y llegué al borde del bosque, los árboles huecos me miraron igual que miraban en Memoria. Las enredaderas habían regresado: algunas se movían suavemente con la brisa nocturna, los árboles parecían filas de esqueletos abrazados entre sí. Apreté los dientes y pateé la brea de la carretera porque me sentía inútil, no era capaz de encontrar nada que pudiera ayudar, la barriga me temblequeaba, tenía la chaqueta empapada de sudor, la peluca enchumbada y apestosa a perro mojado. Examiné el bosque muerto con la linterna hasta que me di cuenta de lo obvio: no había de otra. Teníamos que regresar donde Ura y sus cachorros y Pescao y Cheo y todos los que formaban Memoria. Volver a ver la Puerta Roja con su fachada dilapidada y la Torre justo delante vigilando el claro, las fogatas de la ceremonia al ritmo del dembow y los tributos y testimonios y los rojos cantando y aullando. Quería correr y correr y olvidarme de esta jodida isla, irme como había hecho el resto de la gente, pero sabía que no lo haría. Sabía que éste era mi hogar y tenía que recordar a Florencia, recordar a Camila, a Damaris, a Moriviví, a Cheo, a Pescao. Si yo no lo hacía, ¿quién iba a hacerlo? ¿Quién recordaría nuestros nombres?

PESCAO

Me tenían atado a la caja de la pickup y podía ver a Ura de pie con las piernas apartadas, oloroso a salitre. Examinaba el área girando la cabeza de lado a lado como la luz de un faro. Como si regresara victorioso de una batalla a un lugar que me parecía feo hasta la médula. Yo pensaba en Cheo. En los pescadores y en Florencia y en Banto. Trataba de aflojar los nudos con que me habían atado las muñecas, la soga apretada me sacaba sangre, sentía pequeños pinchazos en la punta de los dedos. Quería taparme los ojos con las manos para no ver la nada en que se había convertido esta isla. Para no ver cómo Ura la había tomado y doblegado hasta partirla. Necesitaba mis manos como los ríos necesitan los océanos.

El cielo nocturno estaba opaco. Quise maldecir.

Perdimos a Cheo: el fuego de Ura consumió su pequeña balsa mar adentro. Prendía el lighter que le di con las libretas y todas sus frases, cartas y dibujos. Me golpeé la cabeza contra el metal de la caja de la pickup hasta que dejé de verlo. Hasta que el mundo empezó a dar vueltas y se quebró y ya no estábamos en el tiempo después de que ella azotó, sino en un tiempo que no existía.

Ahí, Banto y yo reconstruíamos Florencia; habíamos limpiado toda la basura y los escombros de las paredes y los postes caídos y los puentes rotos. Estábamos sentados uno frente al otro meneando los dominós un jueves mientras bebíamos Don Q a pico de jarro. La noche estaba muerta y opaca. Había electricidad para todos sin importar que hubiéramos pagado la factura o no, la luz no se iría, ni el agua. Memoria había prosperado y los rojos tenían nombres y aprendían sobre Carlos Romero Barceló y el engaño, la renuncia de Rosselló y una nación independiente, la historia de los gobernadores fallidos. Moriviví y Camila dirigían la legislatura en el Capitolio o habían decidido pasar el resto de su vida en la playa de Crash Boat en Aguadilla. La Cordillera había dejado de ser un caparazón, un fantasma en el centro de esta isla. Porque Memoria era el centro y habíamos logrado la paz.

Todo eso tenía fisuras y yo movía las muñecas desesperadamente y me sacudía en la parte trasera de la pickup hasta que Ura giró y me dio una patada fuerte justo en el estómago; sentí una quemazón y ganas de toser.

—Estate quieto, Pescao.

No escuché y dejé que la rabia me subiera por el cuello hasta que lo único que pude hacer fue gritar. El horror de mi voz rompía la noche a la vez que la pickup avanzaba. Me sacudí y me retorcí en la caja de la pickup y seguí gritando hasta que la cara se me calentó con la sangre, hasta que la voz se me quebró y se tornó desentonada y desigual. Pero no me detuve; sabía que eso enfogonaba más a Ura. Me miraba y miraba a su alrededor sin saber qué hacer. Las pickups redujeron la velocidad y yo seguí gritando hasta que Ura me dio una patada debajo de la barbilla y sentí que la quijada se me dislocó.

Se agachó a mi lado y empezó a susurrar. Sentí que me brotaba sangre por la boca.

—Si no te callas, mis mascotas te van a llevar a los tráileres que están en el Parque. A la nevera. Te dejaremos ahí amarrado con los demás, bien chévere. Y ahí te pudrirás bien despacito porque está frío. Una muerte lenta que te dará tiempo de pensar en lo insignificante que eres en este mundo.

Traté de decir algo, pero me dolía la boca; se me hinchó tanto que se me cerró. Ura se levantó y volvió a ponerse en posición.

—Eso mismo, Pescao. Vamos a llevarte a donde hemos llevado a tos los que desaparecen. Y nadie te echará de menos.

Gemí con fuerza, tenía la cara hinchada y vi que eso le molestaba, pero de pronto sentí que la tristeza se apoderaba de mí. Empecé a llorar con tanta fuerza que no pudo volver a golpearme y vi su sombra observarme, desesperado y llorando.

MORIVIVÍ

Íbamos dando tumbos con Cami. Era alta y gruesa, pero entre los tres, turnándonos cada cinco minutos, pudimos moverla. Las estrellas apenas brillaban porque el sol comenzaba a salir y teñía la montaña de violeta.

—No te preocupes, Cami. Vamos bien —le dije. Seguía ausente, tenía los ojos amarillos de puro agotamiento.

Banto nos guiaba con la linterna, con su peluca apestosa y la chaqueta que le quedaba demasiado ajustada. Pero estaba ahí ayudándonos, así que a Damaris y a mí no nos molestaba. Cuando alcé a Cami en peso para ayudarla a caminar, sentí en la palma de las manos las cortaduras que se había hecho. Sentí la sangre seca crujir en las pequeñas postillas y tuve cuidado de no apretarle mucho el brazo que me había echado sobre el hombro. Damaris y yo nos mirábamos de vez en cuando; me reconfortaba saber que estaba ahí conmigo. Banto hacía lo mismo. Bajamos por la carretera hasta llegar al sendero lleno de rocas y cráteres que conducía a la Puerta Roja.

No queríamos regresar a Memoria, pero sabíamos que, a veces, para encontrar el camino, hay que retroceder, aunque sea brevemente. Sabíamos que no íbamos a quedarnos y sólo queríamos que Cami descansara, bebiera agua y comiera algo antes de partir por el sendero marcado con pintura roja hasta las motos que habíamos escondido hacía tiempo.

—Mari. Mari. Extraño a Mari —murmuró Camila cuando llegamos cerca de la Puerta Roja.

—¡Banto! —grité—. Llévala con Damaris. Yo voy a adelantarme.

—Mori —dijo Damaris. Se detuvo y esperó a que Banto me reemplazara—. Los rojos de Urayoán.

—Lo sé, Damaris. Voy.

Banto y Damaris levantaron a Camila del suelo y continuaron caminando despacio. Yo corrí hasta la Puerta Roja, cuchillo en mano. El aire estaba en calma. No había rojos patrullando la entrada de Memoria. Una fina capa de niebla se había posado sobre el claro. Crucé corriendo la Puerta a ver si había alguna trampa o emboscada, cualquier cosa que pudiera asustarnos. Pero no había nadie.

Corrí hacia Banto y Damaris.

—¿Dónde están todos? —preguntó Banto.

—Dale. Vamos a llevarla a mi catre —dijo Damaris. Dudó en ir sola con Cami. Estaba cansada de cargarla.

—¡Banto! —repitió.

—Okey, okey. Perdón.

Llevaron a Cami al catre. Se dejó caer boca arriba con los ojos cerrados. Busqué en mi bulto y saqué una botella plástica llena de agua y traté de que bebiera. Al principio se resistió y la escupió entre los labios carnosos y resecos. Le acaricié la cara e hizo un esfuerzo por beber pequeños sorbos. Damaris sacó una latita de sardinas. Levantó la anilla y haló la tapa hasta abrirla. Pescó una y se la pasó a Cami por los labios. De nuevo se resistió, pero después de que le susurramos palabras de aliento, le dio un mordisquito a la sardina y comió.

Estuvimos atendiéndola hasta que se comió dos latas y

se bebió casi dos botellas de agua. Entonces se acostó de lado y se quedó dormida. Observé a Banto recorrer todo el claro buscando a los rojos, buscando a Urayoán, buscando a Pescao. Buscó entre los juncos cerca de los camiones de combustible, incluso buscó entre los troncos quemados en la fogata de la ceremonia por si Urayoán ascendía de las cenizas y levitaba como un pequeño semidiós. Fue dando tumbos hasta la Torre y oteó desde el hueco de la ventana. Visto así de pasada, casi podía confundirse con la sombra de Urayoán.

—Este lugar está vacío, Moriviví —dijo Banto al regresar a nuestro rincón y sentarse junto a Cami.

—Ya volverán —dije.

—¿Y si se fueron? Tal vez todos se cansaron y regresaron al lugar de donde vinieron. Tú sabes, regresaron a su casa.

—Ya volverán —repetí—. Deberíamos dormir.

La caravana apareció cuando el sol llegaba a su cénit. Debía de ser mediodía. Una hilera de pickups se parqueó justo frente la Puerta Roja. Los ciudadanos de Memoria bajaron. Cantaban. Algunos golpeaban sus cacerolas y gritaban al aire. Los rojos hicieron sus bailes y brincos habituales con sus desgastadas mascarillas quirúrgicas negras y esos horrorosos pantalones rojos de hacer ejercicios. Me levanté, me quité el polvo del pelo y agarré el cuchillo para sentirme segura. Cami todavía dormía, pero Damaris se sentó en su catre. Banto fue el primero que sintió llegar a la multitud. Se reunieron en el centro para iniciar la ceremonia. Pensamos que Urayoán había sido el último en entrar por la Puerta, pero detrás de él entraron uno rojos arrastrando a Pescao. Tenía los tobillos y las muñecas atados con una soga gruesa.

Lo arrastraron sobre la tierra y la hierba como si fuera un saco de papas.

Banto corrió hacia ellos, pero los rojos lo vieron acercarse y lo rodearon.

—¡Ura! ¡Cabrón! ¡Qué carajo es esto? —gritó Banto. Damaris y yo corrimos hacia ellos—. ¡Ura! —repitió Banto. Pero Urayoán siguió caminando hasta su asiento en el medio de la ceremonia—. Váyanse pal carajo. Cabrones. Mamabichos —les dijo a los rojos.

Los empujó hacia un lado para intentar llegar a Pescao, pero no se lo permitieron. Arrinconaron a Banto lejos de Pescao mientras otros dos arrastraron a Pescao hasta la Torre y lo dejaron ahí. Algunos rojos se metieron en la Torre y los demás se unieron al gentío en la ceremonia. Urayoán saludaba a la multitud con los brazos extendidos. Le dio la mano a su gente como si fuera un político haciendo campaña. Y su gente le dio la bienvenida. Estaban trepados unos encima de otros y clamaban en un canto uniforme: «Ura, Ura, Ura»; un canto iniciado por los rojos, que los demás siguieron.

Banto no se dio por vencido y empujó a los rojos que estaban a su alrededor. Pero no lo dejaron pasar. Uno de ellos le arrancó la peluca de la cabeza, se la puso y empezó a burlarse de Banto, imitando la barriga con las manos y contoneando el cuerpo. Los demás se rieron a carcajadas. Luego todos empezaron a contonearse y Banto se quedó quieto. Se dio por vencido. Los rojos siguieron hasta que uno escupió a Banto. Comenzaron a aullar y otros se unieron y empezaron a escupir al pobre Banto, que ni intentó defenderse. Cuando le atinaban a la cara, se encogía. Cerró los ojos con la esperanza de que no apuntaran bien.

Creí que Banto se enfurecería, pero no fue así. Se encogió. Yo sabía que tenía ganas de llorar; dejó caer los hombros mientras los rojos lo rodeaban en una danza cruel.

Saqué el cuchillo queriendo enterrárselo en las costillas a cuantos pudiera. Entonces sonó el silbido famoso de Urayoán. Los rojos se detuvieron, tiraron la peluca de Banto al suelo y salieron corriendo hacia la ceremonia.

—Banto —le dije. Recogí la peluca y la sacudí antes de entregársela. Traté de darle unos golpecitos en el hombro, pero se encogió y se apartó de mí. Inhaló profundamente y se encaminó a la Torre donde estaba Pescao. Lo seguimos.

Pescao estaba sucio, enroscado en el suelo como un camarón cocido. Tenía las cicatrices del cuello rojas e inflamadas, cubiertas de arena y sudor. Tenía el pelo desflecado, las puntas llenas de nudos. La cara golpeada e hinchada. Noté que tenía la piel de las muñecas cortada de luchar por liberarse. Banto se esforzaba por soltarle la soga, así que me incliné y la corté con el cuchillo y Pescao cayó en el suelo con las piernas y los brazos abiertos mirando a las nubes en el cielo azul, con los ojos apenas abiertos.

—Oye, Pescao. Háblame. Dime qué pasó —dijo Banto. Se arrodilló sobre él como si estuviera orando. Pero no lo tocó. Creo que temía tocarle alguna herida y lastimarlo—. Pescao, ¿qué pasó? —preguntó otra vez.

—Voy a volver donde Cami. Si me necesitan, llámenme —dijo Damaris. Le hice un gesto y se fue. No estaba siendo brusca. Yo sabía que temía por la seguridad de Cami.

Pescao quería hablar. Movía los labios, pero no le salían las palabras. Fui donde él y le palpé la cara y la quijada; le apreté suavemente con el dedo la herida de la barbilla y el chichón cerca de la oreja. Tenía la piel tensa y dura.

Fue entonces que me acordé de Cheo. Me acordé del viejo. Banto me miró a los ojos y comprendimos.

—¿Dónde está Cheo, Pescao? ¿Dónde está?

Pescao seguía mirando las nubes, se le aguaron los ojos y comenzaron a correrle las lágrimas por la cara fea hasta que rompió a sollozar y supe que se había pasado la noche entera llorando porque la voz que salió de sus labios era de resentimiento desesperado; una voz demasiado débil como para producir algún sonido y, sin embargo, tan llena de dolor. Nos quedamos ahí un rato mientras las risas y la celebración continuaban en el centro de Memoria. Pescao sollozó y sollozó hasta que por fin dijo:

—Se fue —y lo repitió del mismo modo que hizo Cami con «Marisol». Era el mismo llanto.

Banto se enfogonó. Observaba y esperaba y, mientras más gemía y lloraba Pescao, más luchaba él. Parecía diferente sin la peluca, más suave en cierto sentido, pero sincero en su rabia.

No había nada que pudiera haber hecho para evitar lo que pasó después porque sabía que Banto estaba decidido. Sabía que no había forma de convencerlo. Yo quería hacer lo mismo, al menos en ese momento. Banto se levantó con dificultad. Se puso la peluca y le arregló las puntas con unos golpecitos. Se arremangó la chaqueta negra. Se subió los cargo shorts; la barriga y la camiseta abultadas por encima de la cintura. Y fue hacia la ceremonia. Era la primera vez que se movía con certeza y confianza, con la cabeza en alto, los hombros echados hacia atrás.

Los rojos lo vieron venir. Vieron cómo se movía y se calmaron un poco. El ruido se fue apagando hasta que no hubo más que silencio. Los ciudadanos parecían darse cuenta de lo que iba a pasar, así que hicieron lo mismo que los rojos y se apartaron del camino que conducía a Urayoán. Banto tan valiente. Banto con más convicción que nunca en su vida. Urayoán se quedó sentado esperando el reto como si se tratara de un viejo asunto tribal, una guerra por el poder, una batalla contra un falso cacique.

Banto se detuvo frente a Urayoán y dejó que la rabia y el valor crecieran dentro de él. Apretó los puños. Yo me abrí paso entre la multitud expectante. Noté que Damaris miraba desde nuestro rincón y le acariciaba la frente a Cami, tal vez para calmarla y darle paz. Traté de escurrirme entre la gente para estar más cerca de Banto y Urayoán, pero la multitud, hombro con hombro, había formado un círculo natural alrededor de ellos y no pude más que ser un mero testigo. Banto soltó un alarido bárbaro y los rojos se excitaron. Brincaron y patearon calderos y cajas vacías y despejaron el área de basura. Formaron un círculo humano pequeño pero resistente alrededor de Banto y Urayoán. Rugieron un poco al viento. Algunos comenzaron a aullar. Al principio sólo eran los rojos. Pero a medida que transcurría el tiempo, a medida que crecía el suspenso, y Urayoán se vio por fin obligado a levantarse de su trono, más ciudadanos se les unieron. Pronto todo el mundo estaba brincando y aullando y yo misma me vi saltando para poder ver mejor.

Urayoán se levantó de su trono y se estiró. Se tronó el cuello, se rascó la barba y se pasó los dedos por el pelo largo y húmedo. Era mucho más alto que Banto, casi el doble. Sin embargo, Banto lucía más alto por su convicción. Banto tan valiente. Se acercaron a zancadas, los rojos mecían las manos en el aire y todo el mundo los imitó hasta que las manos, cerradas en puños, parecían un cañaveral en una pradera abierta.

Banto se colocó en posición, apartó las piernas cortas y rechonchas y levantó los puños justo a la altura de los ojos. Urayoán dejó caer los brazos a los lados y empezó a provocar a Banto para que diera el primer puño. Se mecía alrededor del pobre Banto, pero Banto no cedió. Esperó mientras Urayoán orbitó a su alrededor, dio un salto en el aire y le asestó el primer golpe. Banto aguantó los golpes cubriéndose las orejas. Urayoán le pegó y le pegó sin tregua, le asestó varios puños en la cabeza, en la barriga, incluso intentó golpearle las piernas para hacerle perder el equilibrio. Pero nada de esto afectó a Banto, que esperó y absorbió cada golpe, jadeando suavemente al recibirlos.

—Pelea, maricón. Muévete, pedazo de mierda —dijo Urayoán. Se echó hacia atrás un momento para recuperar el aliento. Todos alrededor experimentaban el tipo de éxtasis que sólo se experimenta cuando se observa un acto de violencia. La emoción vicaria de saber que no es a ti a quien le están estampando en la cara toda suerte de patrones, que no es a ti a quien le están poniendo los ojos como ciruelas majadas.

Fue un golpe rápido. Banto lanzó el primer puño, pero falló y entonces Urayoán lo empujó y lo tiró al suelo. Banto esperó a que Urayoán se preparara para seguir golpeándolo y entonces le agarró la cara y le dio con la frente en la nariz. El golpe resonó en todo el claro como el sonido de una pelota de béisbol contra un bate de metal. Y Urayoán cayó al suelo y rodó cubriéndose la nariz llena de sangre. Fue un golpe inesperado que dejó a Urayoán sin sentido. En ese momento pensé que Banto podía ganar. Se puso encima de Urayoán y le pateó las costillas y la cintura con sus piernas gordas, luego le golpeó la cabeza y el cuello con el talón, y Urayoán se retorció en el suelo intentando detener el chorro de sangre roja que le brotaba de la nariz. Animé a Banto, que me miró y sonrió como si no pudiera creer que le había hecho tanto daño a Urayoán, y tan pronto. Se volvió hacia Urayoán y empezó a dar vueltas a su alrededor como él había hecho al inicio. Debió de verse a sí mismo como un Ali bajito y gordo mientras movía las piernas en patrones cruzados; me pareció tan seguro de sí en su victoria. Siguió burlándose de Urayoán hasta que un rojo que estaba en la multitud le puso una zancadilla, que Banto no vio. Tropezó, se cayó y fue a dar con los cachetes a uno de los troncos. Rodó por el suelo sujetándose la cara como antes lo había hecho Urayoán. Ambos se retorcían en el suelo como peces fuera del agua esperando a que alguien los salvara de morir asfixiados.

Los rojos, fieles a su cacique hasta el fin, rompieron la cadena de cuerpos y ayudaron a Urayoán a levantarse. Con unas toallas sucias le limpiaron las manchas de sangre de la nariz rota. Urayoán se recompuso y empezó a reírse de la torpeza con que Banto se frotaba la cara. Embistió contra Banto, se le sentó en la barriga y se desató. Cada puño resonaba, hueso contra hueso, y Banto parecía desamparado y moribundo; le cambió el color de la cara, que se convirtió en una ensalada de carne roja y desbaratada. Urayoán siguió y siguió y comenzó a aullar de un modo que asustó a la multitud y provocó un gran silencio. Traté por todos los medios de cruzar la línea, pero los rojos no lo permitieron. Estaba segura de que lo iba a matar. El cuerpo de Banto dejó de moverse, dejó de esquivar los puños.

Entonces apareció Pescao. Le arrojó a Urayoán un caldero de metal, que apenas le rozó la cara. Pescao encontró su voz y gritó un «¡ya!» que lo estremeció todo y creo que hasta Dios lo escuchó. Pescao se abalanzó sobre Urayoán y se lo quitó de encima a Banto. Agarró a Banto por los brazos e intentó sacarlo a rastras de ahí, pero los rojos se mantuvieron firmes y le bloquearon el paso hasta que Urayoán les hizo un gesto con la mano.

El sol se ocultó un rato tras una densa nube y las sombras cubrieron a Memoria. Luego los rayos cortaron la nube y en el suelo se dibujaron las siluetas puntiagudas de los árboles que bordeaban el claro. El contraste del dolor y el miedo con el día soleado me enajenó de mí misma, como si flotara sobre Memoria y pudiera observar desde arriba lo satisfecho que parecía o se sentía todo el mundo tras el espectáculo. Me preguntaba cómo se recuperaría Banto. No tenía cara. Por más que Pescao le aplicaba toallas húmedas, la sangre seguía brotando de la piel abierta. Soltó unos suspiros agudos y eso me entristeció.

Le quitamos la chaqueta negra y la peluca ensangrentada, estaba tan manchada que había perdido todo rastro de su color rubio. Le corté la camiseta con el cuchillo para airear las heridas que tenía en la barriga. La piel alrededor de las costillas estaba amoratada en diferentes patrones, con hematomas por todo el costado.

—Necesita un médico —dije.

—No hay ninguno —respondió Pescao. Siguió limpiándole la sangre.

—Es interno. Si tiene algo perforado, puede…

—¿Morir? —Me miró y sacudió la cabeza—. Todos vamos a morir aquí.

Me levanté y fui donde Damaris y Camila.

ESA NOCHE NO hubo ceremonia. Todo el mundo durmió en la oscuridad total. La aguja maltrecha de la Torre crecía a medida que la luna se movía, los fantasmas de los gritos que se escucharon esa tarde aún rondaban por todas partes. De vez en cuando, se escuchaba alguna conversación, los rojos cerca de la Puerta, Urayoán bebiendo agua en la Torre, el zumbido de los insectos en el bosque. Bajo esa luna llena, bajo su resplandor blanco, Memoria irradiaba y yo me sentía cada vez más inquieta.

Damaris dormía tranquilamente al lado de Cami. Yo no podía dormir, así que me senté en mi catre a mirar el claro perdida en mis pensamientos como cuando se reconstruye el pasado una vez que todo ha terminado y nos quedamos suspendidos intentando verles el sentido a nuestros pasos, a las decisiones fallidas. Nadé por los arroyos de mi mente tratando de pescar alguna respuesta. Pero lo único que podía ver era una gran fogata que ardía en el medio del océano; lo único que podía ver era a nuestra isla doblegada bajo la suave luz de la luna; todo temblaba bajo su resplandor. Y no encontré respuestas, sólo pensamientos.

Nos esforzamos por alimentar a Cami y se puso mejor. Se sentó para comer e incluso sonreía mientras masticaba. Pescao y Banto dormían en su rincón, pero Pescao también estaba inquieto. Desde nuestro rincón podía verlo sentado mientras transcurría la noche. Miró fijamente a Banto y se levantó. Caminó unos pasos acariciándose suavemente las cicatrices del cuello. Entonces se dirigió a la Puerta. Yo no era capaz de saber lo que se proponía. Su sombra alargada bajo los rayos de la luna llegó hasta mí. Luego me miró y nos quedamos observándonos en medio de la oscuridad. Imaginé una sensación de culpa tan pesada que te hiere los pies y te hace tropezar; cada paso te recuerda que fallaste. Yo no quería esa culpa. No estaba dispuesta a cargar con ella. Damaris y yo sabíamos que queríamos irnos de ahí e hicimos planes para abandonar Memoria tan pronto como Cami estuviera lo suficientemente fuerte como para andar sola. Me debatía y me debatía si debíamos esperar hasta que Banto se recuperara, pero sabía que para él no había vuelta atrás. Lo único que me importaba era Cami. Con Banto débil y con Pescao frágil, vendrían por ella y le harían daño. Me prometí que no permitiría que eso sucediera.

Pescao continuó. Aunque los rojos que estaban en la Puerta lo vieron, decidieron ignorarlo y seguir hablando. Pescao salió y desapareció, y ésa fue la última vez que él vería a Banto, dormido y olvidando, soñando y peleando, una mente divagando en el amor por un pasado que ya no existía.

URAYOÁN

Goldiflón está durmiendo, todavía bañado en la sangre que le arranqué de la piel. Parece especial y quiero hacerle una estatua sobre un pedestal: una figura erecta como Jesucristo. Luce bien bajo esa luz; la luna lo decora todo de blanco y azul, así que sé que ha llegado el momento de elevarlo y darle poder, y los espíritus estarán de acuerdo porque me hablan en sueños.

Lo veo en toda su gloria mientras Hagseed camina en la oscuridad y les habla a los árboles en algún lugar. Mis mascotas y yo caminamos sigilosamente, flotamos sobre la hierba y la tierra; nadie se da cuenta de que recorremos esos senderos. Les prometo un destripamiento, y recibirán —por mi ingenio— el regalo. Y marchamos en silencio; sólo la luna ilumina el camino, todas las criaturas duermen en paz porque eso es lo que construyo. Silbo suave y delicadamente y mis mascotas me siguen, y nos quedamos mirando al goldiflón, que está roto justo en los lugares que me propuse. Los rojos bufan excitados y yo les hago esa señal con la cabeza que llevan esperando por meses y le meten una media sucia en el hueco al goldiflón porque, después de que se la desbaraté, ya no es una boca.

Se mueven como estrellas fugaces, flotan sobre la hierba; nadie puede ver ni sentir nuestra existencia. Goldiflón está solo, Hagseed no está para cuidarlo o protegerlo. Nadie puede detener a mis criaturas en la noche. Lo agarran y desaparecen entre esos árboles embrujados, y lo llevamos bosque adentro, lejos de los espectadores. No habrá ningún ruido. Nadie oirá nada. Goldiflón intenta zafarse de nosotros lo mejor que puede, pero está roto, en cuerpo y espíritu. Se rinde como un pez en tierra y eso me satisface.

Los rojos están hambrientos, hambrientos de verme ejecutar. A menudo sacrifican perros, incluso deambulantes, cuando no pueden calmar su apetito. Pero no esta noche: esta noche es del cacique. Me encanta la belleza de un bosque caído, nada parece recordar el sonido: las apariciones son la única compañía de los árboles; cómo se ven los troncos cortados y muertos y las hojas dispersas que retoñan al azar. Esas hojas han olvidado cómo se siente el viento, cómo crecer y pintarse del verde apropiado.

Nos adentramos más y más hasta llegar a donde los árboles están congelados y el agua de Caonillas nos da la bienvenida, y yo le hago una reverencia porque ella es memoria, siempre conoce su origen, como yo, el cacique de Memoria. A los rojos les gusta amontonar los huesos de los perros que despellejan y se comen, cosa que nunca hago yo porque un buen cacique no come restos, sino que guarda su paladar sólo para el postre. Como ahora. Como goldiflón.

Murmura de nuevo y es sólo una vibración en la noche; de sus dientes rojos no sale una palabra. Sacude esa masa que tiene sobre el cuello, esa cosa que solía ser una cabeza. Adivino una súplica de libertad. No entiendo por qué lucha si ya pronto le daremos su libertad. Le digo que hice una promesa hace años y nada es más importante en este mundo que la palabra. «Es hora de que regreses con Dios, goldiflón. Es hora de que te despidamos porque eres un muñeco relleno y sólo sirves de guardia, ése es tu propósito». Le digo esto y lo único que escucho son gemidos, el pobre goldiflón no tiene palabras. Mis mascotas se impacientan mientras esperamos a que la luna brille en todo su esplendor. Mis mascotas están listas para ejecutar y empiezo a pensar en lo tierna que es la piel porque la sangre brota con la facilidad con que un papel corta un pulgar o las aves vuelan montadas en las corrientes de viento. Mis rojos están listos para ver a su cacique culminar por fin la labor. En esta ocasión, será madera afilada en la punta, y no las pistolas que impiden ver cuando el brillo abandona el cuerpo. Me alcanzan una estaca de madera afilada, fina pero resistente como un tronco. Significa que tendré que valerme de la fuerza y no del corte. Veo a goldiflón, veo cómo se rinde, sabe que se acerca el final.

Les digo a los rojos: «Preparen la peluca y la chaqueta del gordo, que se merece estar bien vestido». Traen la chaqueta y se la pongo con dificultad, la barriga desnuda brilla, no lleva camisa, sólo la chaqueta. Corren hacia el río y sumergen y exprimen la peluca asquerosa varias veces y, chorreando agua, se la ponen a la fuerza en esa masa que tiene sobre el cuello; parece un espantapájaros, así es como lo veo. Observo apagarse el brillo de sus ojos, al menos en la estrecha abertura que me mira. Mis mascotas empiezan a ladrar y a ladrar y agarro la estaca y miro a las estrellas y las veo envueltas en nubes; veo los cuerpos celestiales flotar en patrones que no se podían ver cuando este maldito lugar estaba constantemente iluminado. Pienso en mi viejo hogar, mi hermosa central azucarera y en cómo la chimenea brotaba de la tierra. Pienso en el barrio, Florencia, en los pescadores y su pesca, y pienso que así debe pensar la gente antes de partir, así debe de estar pensando goldiflón en este instante: una memoria compuesta, collages entremezclados para declarar una existencia. Y eso me entristece, por primera vez en mucho tiempo siento algo. De qué manera desesperada la mente se aferra a lo que tiene a su alcance para hacerte recordar que tuviste algún valor, pero pronto estarás muerto; serás una ráfaga errante, una monstrua como María, capaz de ejecutar, de matar, pero también dejarás de vagar. Me digo que soy **Urayoán**, nombre aguerrido y hermoso que perdurará en la memoria eterna.

Los rojos comienzan a aullar y yo sujeto la estaca, que tiembla en mis manos; eso me sorprende. Qué fácil es tallar un rostro, pero atravesar un corazón: ya se sabe cómo termina. Ladran y aúllan y gruñen y la noche no guarda silencio; el río corre con fuerza a su origen, los grillos cantan en un coro malvado, los coquíes olvidan el ritmo, la luna reta a la acción y yo rujo con los rojos y agarro la estaca afilada y goldiflón es un hermoso lechón: el pellejo se siente duro cuando la punta lo toca por primera vez, pero a medida que se la entierro en la barriga, se sacude y grita y escucho su voz por fin y es una nota triste. Meneo la estaca mientras se la entierro más profundo y siento cómo atraviesa los órganos, cómo entra sin ninguna gracia y la muevo hacia arriba hasta que le abro a goldiflón un gran hueco; los rojos celebran. Lo enderezan mientras sigo buscando el corazón con la estaca, el agujero de la barriga se abre y se abre hasta que las serpientes salen y se derraman como un hermoso embrión sobre la tierra, un natimuerto que sale de una madre agonizante; el calor de los órganos humea y brilla bajo la luz blanca de la luna. Y goldiflón lo siente salir y deja de resistirse y pelear y siento tristeza, incluso siento que se me sale una lágrima y agradezco la oscuridad que esconde esas cosas. Dejo la estaca dentro del cuerpo como si fuera un lechón a la vara. Me marcho y los rojos celebran y se ponen en cuatro patas y huelen las serpientes color melocotón sobre la tierra y tocan el fluido que las envuelve; más que sangre es una especie de mucosidad que sólo un cuerpo puede producir.

Me voy a lavar en Caonillas; el agua fría me penetra los pelos: siento los guijarros bajo los pies, los muevo con los dedos de los pies y me hacen cosquillas. Estoy desnudo y la luna soy yo y yo, ella, pues no hay nadie más con nosotros, estamos casados y somos uno. Los rojos ríen y se maravillan de que las cosas se puedan destripar con una estaca; dicen chistes de lo que queda de goldiflón sobre la hierba y la tierra, esperan a que me lave y eso hago: me lavo el pelo y dejo que todo fluya a través de mí, la gruesa capa de mugre flota detrás y debajo de mi cabeza y mis orejas. Empiezo a temblar al recordar los sonidos de la naturaleza después de que la monstrua realizó la violenta transformación de esta isla. Tiemblo porque es natural que el cuerpo y las cosas que nacen llorando tiemblen. Pienso que es el espíritu que recuerda y ahora empiezo a llorar en el río, como si me cayeran escamas de los ojos; floto y miro las estrellas que brillan en la bruma con la luna. Me arrimo y me anclo a un peñón: sé que mis mascotas cacarean a poca distancia y siento las lágrimas mezclarse con el agua del río; sé que Dios es madre y me enseñó el lenguaje y las lágrimas. Me parece escucharla: madre, espíritus, Dios, en la corriente, en la cascada que cae sobre la piedra y cuyo propósito es tranquilizar porque por esto el agua es el origen: porque todos salimos envueltos en ella de nuestra madre y su vientre. La escucho. Me enseña a llorar y con mis lágrimas ahogo la tierra.

Ellos saben cómo se olvidan los cuerpos. Saben cómo

cuidamos de los muertos después de que ella vino. Sólo tengo que silbar mis notas tristes y listo: los rojos cargan a goldiflón. Primero arrastran los órganos, pero les digo que los arranquen y los dejen ahí y eso hacen, con dificultad porque luchan por permanecer conectados al cuerpo del mismo modo que la mente lucha por permanecer conectada a la vida; quizás eso sean los espíritus y los fantasmas, una energía mental demasiado testaruda para morir. Mis mascotas perfectas lo cargan en alto a modo de procesión y se lo llevan. Primero pienso que goldiflón es como la hermana de la gorda, la que metimos en la gran nevera, y que debemos conservarlo a él también como parte de la colección. Pero goldiflón es un espantapájaros y recuerdo mi rabia, que me sube por el estómago y me sigue subiendo y me enfado porque me recuerda cuánto detestaba a goldiflón en vida, así que no se merece que lo conservemos. ¿Y qué cuerpos se merecen que los conserven? Pienso en esto y empiezo a ponerme existencial y eso me frustra, así que pienso en lo hermoso que luce goldiflón con la estaca enterrada para mantenerlo recto, y eso es lo que hacen mis mascotas: dejarlo cerca del sendero perfecto; los que anden por ahí buscando cosas se encontrarán con el famoso espantapájaros y lo verán descomponerse, llenarse de gusanos, moscas, cucarachas y hormigas, y huirán, aunque sólo sea por el olor. Ése es el retrato que pinto y es perfecto en su naturaleza; ahora cambio y transformo el paisaje, como es Memoria, como somos todos. Y qué importa todo ello. No se trata de mis sentimientos o mi voz, sino de mi capacidad de gritar y, si me escuchan, aprenderán de nuestros errores.

CUATRO

MORIVIVÍ

Soy fuego y flama. Cuando desperté, Pescao gritaba solo.
Tiró su catre contra el tronco del árbol próximo a su
rincón. Rebuscó en su baúl y lo viró al revés. Damaris nos
despertó a Cami y a mí.

—Pescao se tostó, Mori. Lleva gritando toda la mañana
—dijo.

—¿Y los rojos? ¿Y Urayoán? —pregunté.

—No están por ninguna parte. Todo el mundo está
preguntándose lo mismo.

Los ciudadanos de Memoria se rascaban la cabeza, con-
fundidos. La mañana estaba nublada. Había unas nubes
gruesas y hacía fresco. El viento nos erizaba la piel.

—¿Dónde está? ¿Dónde? —gritó Pescao. Corrí hacia él
y Damaris me siguió.

—¿Banto?

—¿Dónde está? ¿No se pudo haber levantado? ¡Si no
podía caminar!

Empecé a reunir las palabras, pero no lo hice porque
pensé que él lo sabía. Lo único que podía ofrecerle eran
palabras que le sirvieran de apoyo temporal.

—Pues vamos a buscarlo entonces. Vamos todos a buscarlo.

—¿Dónde? ¿Dónde está?

Cayó al suelo; tenía la cara hinchada de la noche anterior,
los ojos entrecerrados y el cuello caído, y empezó a arrancar

la hierba. La desbarataba desesperado, las hojas le caían sobre los muslos y la tierra le manchaba las manos.

—Se lo llevaron. Sé que se lo llevaron. No podía caminar. Esos hijos de puta se lo llevaron. Esos cabrones.

CRUZAMOS EL BOSQUE, con los inmensos árboles que se erguían sobre nosotros, las ramas delgadas y las hojitas que revelaban un cielo desigual. El sol hacía esfuerzos por brillar a través de las nubes; por momentos, nos iluminaba el camino. Pero la mayor parte del tiempo estaba nublado. Cami iba con cautela y Damaris iba cerca de ella para asegurarse de que no se fatigara demasiado. Pescao estaba diferente. Aceleraba el paso y examinaba el camino y luego regresaba sólo para volver a correr delante de nosotras y regresar. Buscó entre las hileras de eucaliptos, cortó algunas enredaderas, incluso miró debajo de los troncos caídos y rotos. A veces se encaramaba en un peñón de granito con la esperanza de ver a Banto en la distancia, enroscado y dormido sobre una cama de musgo o escondido bajo una pared de helechos. Lo observé sabiendo que quería controlar la situación, aunque no valiera de nada.

Seguimos a Pescao hasta que Damaris notó que Cami iba más despacio y se molestó.

—¿Vamos a seguir caminando? —gritó desde atrás. Pescao no le hizo caso. Siguió andando hasta que se perdió de vista. Y yo lo dejé seguir delante. Me detuve y esperé a que Cami y Damaris me alcanzaran.

—Se adelantó —dije.

—Sí, claro —me chocó el hombro con el suyo y me

dio un empujón al pasar por mi lado. Me volví hacia ella, molesta.

—Damaris...

—No, Mori —me interrumpió—. Dijiste que nos iríamos de este lugar. Dijiste que nos iríamos todos hoy.

—Banto desapareció.

—Está muerto y lo sabes. Sabes que deben habérselo llevado mientras todos dormíamos.

Levantó los brazos y los apoyó sobre la cabeza, frustrada. Se echó el pelo hacia atrás y se lo amarró en un nudo.

—Mori, vámonos. Vámonos ahora. Cami está enferma. Está cansada. Vámonos...

—¿A dónde? —Pausé—. ¿A dónde nos vamos?

—A donde sea.

—¿A donde sea? —me burlé de ella.

—Quiero ir a casa. Quiero ver a Mari. Quiero ver a mi Marisol —dijo Cami de repente. Agarró una rama del suelo y la dobló hasta partirla. La sujetó entre los dedos y empezó a pinchar con ella las hojas podridas en la tierra.

Suspiré y seguí dejándolas atrás hasta que, al cabo de un rato, me siguieron. La hilera de árboles frente a nosotras menguó hasta que se abrió frente al Río Caonillas. Pescao estaba al borde del río y lo miraba correr entre las piedras y los troncos. El río tenía grandes peñones pálidos y barrancos de piedra que lo hacían brillar con la luz del sol. Si uno seguía su curso, el río formaba un pequeño cañón blanco bautizado así mismo, Cañón Blanco. En algunas de las piedras blancas había petroglifos antiguos.

Cuando lo alcancé, vi el rastro de sangre que llevaba al agua: un charco seco, una cama de piedras manchada de color oscuro. Cerca de la cresta, algunos peñones tenían huellas de manos ensangrentadas, manchas sobre la superficie de piedra.

Pescao bajó el largo cuello, luego se inclinó sobre el río, se llenó las manos de agua y se la echó en la cara. Rió. Eso me asustó un poco. Ambos sabíamos de quién era la sangre.

—Estuvo aquí —dijo Pescao.

—Eso no lo sabes —mentí, como por reflejo. Pero yo sabía.

Pescao se enderezó y dejó que el agua le corriera entre los dedos y comenzó a andar río arriba, trepó sobre las piedras blancas y sacó las ramas y troncos caídos del camino. Damaris y Cami no dijeron ni media palabra y todas seguimos a Pescao río arriba sin saber qué esperar.

Los peñones, algunos cubiertos de musgo y otros, de barro seco, eran muy difíciles de escalar. El río serpenteaba montaña arriba en una ladera muy empinada. Pescao no estaba cansado por la caminata, pero Damaris empezó a sentirse débil a medida que las rocas se hacían más altas y el ángulo de la pendiente se acentuaba. Aunque sentía la obligación de cuidar de Cami, fue Cami quien la cargó y la ayudó a subir las piedras más grandes, incluso se la echó a la espalda y la cargó como una mochila hasta que terminó el ascenso. Pescao se detuvo y divisó un corredor de árboles que conducía de regreso al bosque reverdeciente. Los árboles inclinados formaban un arco perfecto: las copas se entrelazaban a medida que las enredaderas comenzaban a recordar su forma. Aunque los rayos del sol intentaban brillar a través del cielo nublado, las enredaderas en las copas de los árboles formaban una especie de toldo y sentí que una energía negativa emanaba de ese corredor. A la entrada del camino alguien había dejado unas bolsas negras de basura llenas de plástico y envolturas de comida. Quise regresar. Damaris me agarró la mano.

—Mori, esto no se siente bien. Deberíamos regresar.

Pescao nos escuchó, pero no dijo nada. Se echó la melena hacia atrás y entró. Esperamos unos segundos antes de seguirlo.

Empezó a llegarnos un olor. Un olor a podrido, como a ratón muerto. Caminamos muy juntas, las tres con la nariz tapada. Pescao seguía delante. La tierra se sentía húmeda bajo nuestros pies. Pisábamos las hojas podridas y el peso de nuestros cuerpos partía las ramas caídas. Las copas de los árboles se rozaban unas con otras y crujían suavemente cuando el viento las mecía. Las enredaderas trepaban por los troncos como serpientes delgadas. Una nube de mimes volaba sobre el camino húmedo. Caminamos entre ellos y se nos pegaban en la frente con el sudor; algunos se nos pegaban en los labios. Seguimos avanzando, sacudiéndolos con la mano y moviendo la cabeza. Pescao se movía deprisa sin titubear.

Seguimos por el sendero lleno de ramas caídas hasta llegar a una especie de refugio de piedra lleno de moscas que zumbaban y chocaban unas con otras; sus cuerpecitos bloqueaban la entrada oscura. A Pescao no le importaron las moscas; no le importó que lo cubrieran todo ante nosotros. Justo sobre el refugio de piedra, una silueta, la silueta de una cruz, coronaba la entrada. Las moscas cubrían una masa extendida sobre la piedra, pero todos sabíamos lo que se ocultaba tras sus cuerpecitos negros. A Cami, al igual que a Pescao, no le molestó la plaga de moscas. Caminó hacia Pescao y juntos treparon por las pequeñas paredes del refugio; Damaris y yo nos quedamos abajo observándolos encima de nosotras, observándolos apartar las moscas con su presencia y revelar a Banto. Sus pequeñas manos estaban atadas a un simulacro de cruz hecha con dos troncos amarrados. Su cara resultaba irreconocible excepto por la peluca. La barriga del pobre Banto estaba abierta y destrozada, y sobre la piel colgante había cosas que reptaban de un lado a otro.

Pescao cayó a los pies de Banto, espantando las moscas por unos breves segundos. Alzó la mirada hacia él como si le rezara a un Jesucristo de porcelana en una iglesia vacía. No dijo nada. No dijimos nada. Cami acarició la cara de Banto y las moscas los envolvieron a ambos.

FUE CAMI LA que desamarró los restos de Banto de la cruz. Movió el grueso cuerpo; al principio las extremidades opusieron resistencia, hasta que finalmente lo liberó. Se lo echó a la espalda sin hacer la más mínima mueca; el olor se intensificó con el movimiento. Sentí un vuelco en el estómago y me aguanté el vómito. La nube de moscas siguió a Cami por el corredor que llevaba de vuelta a Caonillas. Pescao se quedó inmóvil sobre el refugio de piedra.

—Vámonos, Pescao. Regresemos. Vámonos de aquí, de todo esto, los cuatro —le dijo Damaris. Le puso la mano en la espalda; él no dijo nada. Sentí cómo la furia le crecía por dentro. Sentí cómo crecía también dentro de mí.

—Vámonos, Pescao. Ven —dije.

—No quiero ir. No quiero ir a ninguna parte.

—Vamos. No podemos quedarnos aquí. Va a oscurecer y…

—¡Que no quiero!

Se puso de pie y saltó del borde del refugio. Las hojas mojadas lo hicieron resbalar y cayó de espaldas, y se quedó ahí. Se le acercaron algunas moscas. Empezó a respirar con dificultad. Salté y caí a su lado. Damaris bajó.

Lo abracé y lo mecí un rato mientras él jadeaba contra mi pecho. No lloró. Estaba demasiado agotado como para llorar. Su rabia rebalsó. Lo mecí y esperé a que se calmara para que pudiéramos regresar a Memoria.

Regresamos a la entrada donde Caonillas corría. Cami colocó el cuerpo de Banto cerca de la orilla. Le recostó la cabeza sobre una piedra. Agarró unas pencas de palma y se las colocó por encima; le cubrió el hueco en la barriga, le cubrió las piernas hinchadas. Luego agarró más piedras y las colocó alrededor de la silueta de Banto. Empezaba a parecer una tumba y eso nos reconfortó. Banto descansaría cerca del murmullo del agua y esas piedras representarían una marca, un lugar identificable, que, independientemente de lo que le pasara a su cuerpo, serviría de prueba de que existió alguna vez. Yo sabía que ésa era la intención de Cami.

Después de terminar el arreglo, se puso de pie a su lado y se hizo la señal de la cruz sobre el pecho como se hace los domingos en misa. Entonces juntó las manos en oración. Fue ahí que me di cuenta de que lloraba, las lágrimas le corrían suavemente por las mejillas. Damaris, Pescao y yo nos acercamos a ella. Le puse la mano en la cintura a Cami. Nos quedamos mirándolo en silencio, recordando a Banto, ofreciéndole su último ritual.

—Encontraremos a tu hermana, Cami. La enterraremos como merece —dije rompiendo el silencio. Cami se recostó contra mí y apoyó la cabeza sobre mi hombro; se permitió sentir de nuevo, se permitió sufrir.

Cuando regresamos a Memoria, las nubes aún estaban preñadas de lluvia, pero no estaban dispuestas a soltarla. El cielo se oscureció y comenzó a caer la noche. Memoria estaba tranquila, aunque los rojos habían regresado y estaban muy ocupados moviendo a la gente de un lado a otro y ladrándose como hacen las manadas de perros callejeros que se pelean por cualquier sobra. Le dije a Pescao y a Damaris que esperaríamos a que oscureciera para irnos y estuvieron de acuerdo.

De repente, Urayoán lanzó un silbido largo y agudo desde la Torre y los ciudadanos comenzaron a reunirse para la ceremonia. Esperamos hasta que casi todo el mundo se sentó en los troncos alrededor de la estiba de madera que luego se prendería en fuego. Nos sentamos cerca del borde de la ceremonia para que los rojos no nos obligaran a participar.

Los rojos agarraron la gasolina y rociaron la madera. Prendieron los troncos y el fuego rugió a la vida y empezó a soltar chispas. El viento lo hacía crujir; las llamas anaranjadas se movían en un baile errático hasta que encontraron su ritmo. Urayoán soltó algunas carcajadas sonoras cuando se reunió con los rojos.

Estaba de pie frente a su trono y lucía contento y satisfecho de sí mismo. Yo sentí que la rabia me recorría la piel. Metí la mano en el bolsillo y toqué el filo del cuchillo para calmarme.

—Mis queridos amigos, mi gente de Memoria —dijo Urayoán—. Esperamos buenos presagios del marinero que busca pescado. Hasta entonces, continuemos con la ceremonia.

Le hizo una señal a la multitud para que se pusiera de pie mientras un grupo de rojos ocupaba su lugar frente al fuego y comenzaba a golpear los calderos con cucharas de madera. Saltaban y rugían. Se preparaban para realizar su acto. Mi mente divagó. Vi que Pescao, Damaris y Cami miraban al suelo. Éramos los únicos que permanecíamos sentados. Pensé que era un buen momento para irnos ya que todos estaban distraídos. Le di un toquecito a Damaris y asintió con la cabeza. Cuando ya estábamos de pie listos para regresar a nuestros catres y empacar, los rojos comenzaron a cantar. Miré hacia el centro y frente a la fogata vi a un rojo con una larga peluca metálica de los ochenta. Se metía rollos de ropa debajo de la camisa para lucir más gordo y supe lo que iba a hacer.

El rojo imitaba a Banto. Se balanceó de un lado a otro con los brazos extendidos y comenzó a llorar. Se tiró al suelo llorando y todo el mundo se echó a reír. Gritó: «¡Mami, mami, mami!» entre sollozos. Algunos rojos lo inspeccionaron como si fuera un perro perdido. Lo pincharon con ramas, le acariciaron los cachetes y el rojo que imitaba a Banto lloró aún con más fuerza. Algunos se le acercaron al que lloraba e hicieron como si le tiraran peos en la cara; los rojos que estaban en el público se movían al unísono y hacían sonidos de peos y vi a toda Memoria clamar con una alegría inusitada.

Esto duró un rato hasta que un rojo con una capa blanca y una corona de Burger King salió de detrás de la fogata. Era alto y delgado. Bajo la capa llevaba la ropa habitual de hacer ejercicios. Caminó hacia el que lloraba y sacó de debajo de la capa un palito afilado que parecía una estaca. Los rojos que fingían tirarse peos levantaron al Banto rojo del suelo y lo enderezaron y el rojo con la capa y la corona hizo como si le enterrara la estaca en la barriga al Banto rojo. Exageraba el movimiento y el Banto rojo chillaba y dejaba que los bollos de ropa que tenía debajo de la camisa se desenrollaran y cayeran al suelo. «La mejor forma de perder peso», dijo el rojo de la corona a la multitud, que comenzó a gritar y reír. Saludó con una reverencia y todos aplaudieron. Urayoán saltó de su trono, aplaudió, luego levantó el puño y todos lo saludaron mientras se paseaba entre las filas. Les dio la mano a los actores y a los ciudadanos de Memoria como un político victorioso.

Pescao se inclinó hacia delante y sentí su agotamiento. Toqué a Damaris y a Cami y agarré a Pescao por el brazo.

—Vámonos —le susurré—. Vamos a los catres.

LLEGAMOS A NUESTRO rincón; mientras, la ceremonia se enardecía en el centro. El claro estaba todo iluminado, excepto por el lugar donde estaban enterrados los camiones de diésel y gasolina.

—Vamos, Mori —dijo Damaris. Empezó a meter ropa en un bulto, pero yo me quedé mirando los camiones. Le pasé el dedo al filo del cuchillo otra vez. Pescao no se movía. Me preocupaba que se hubiera dado por vencido.

—¡Mori! —repitió Damaris.

Pero no le hice caso. Di media vuelta y corrí hasta el borde del bosque y seguí alrededor de todo el perímetro; la oscuridad me protegía, la oscuridad cubría mis pasos. Vi a toda Memoria celebrar a su cacique, alabar su maldad; fui enfureciéndome cada vez más y corrí más deprisa saltando los troncos caídos y las piedras.

Corrí rápido hasta llegar al rincón donde se guardaba el combustible. Agarré una manguera de gasolina y llené dos candungos rojos. Después de llenarlos, dejé caer la manguera y vi cómo la gasolina corría sobre la hierba e impregnaba la tierra. Siguió fluyendo y se formó un charquito que comenzó a crecer. Giré las tapas de los candungos y las cerré bien. Agarré los candungos y regresé al borde del bosque. Vacié uno de los candungos de gasolina cerca de los árboles.

Damaris se dio cuenta de lo que planeaba hacer. Corrió hacia mí y Cami la siguió.

—¿Qué estás haciendo? —preguntó.

—Agarra tus cosas, que nos vamos.

—Mori…

—¡Ahora!

Vio mi determinación y resolución. Corrió hacia los catres, empacó lo que faltaba y luego intentó que Pescao se moviera y viniera con nosotras, pero no se inmutó. Fui hasta él, Cami hizo lo mismo.

—Nos vamos ahora. Dale, Pescao, levántate —le dije.

—Déjenme aquí. Váyanse y déjeme aquí —dijo.

—¡Vamos! —Empecé a enfurecerme—. No es momento para esto. Tenemos que irnos. Es ahora o nunca.

—Déjenme aquí —repitió. Me puse a caminar de un lado a otro y entonces Cami le puso sus manos enormes sobre los hombros. Lo miró directo a los ojos y él le sostuvo la mirada. Cami sonrió, fue la primera vez que la vi hacerlo. Lucía hermosa en toda su gracia. Entonces le extendió la mano a Pescao y él se la tomó, la escuchó.

Caminamos hasta el borde del bosque donde corría la gasolina que quedaba.

—¿Tienes fuego, Damaris? —pregunté. Tenía la esperanza de que tuviera. Pero negó con la cabeza. Me entraron ganas de gritar en la noche hasta que Pescao se metió la mano en el bolsillo y extrajo un lighter Zippo.

Desde ahí miramos hacia Memoria, vimos a todos sus ciudadanos bailar alrededor de la fogata, sonar los calderos con las cucharas en alto, patear la tierra, zigzaguear entre sí mientras las llamas ardían en el centro. Parecían felices todos juntos. Libres. Sí, libres. Me pregunté si Urayoán habría triunfado. En ese momento, sí. Les proporcionaba una levedad que no habían sentido en mucho tiempo; les proporcionaba esperanza y se la ponía ante los ojos, la comían de la palma de su mano. Si se congelaran ahí todos juntos, siempre recordarían que fue él. Pero a mí no me importaba. No cambiaba el dolor de Cami, el recuerdo de Banto, a Pescao y los pescadores, a Damaris y a mí.

Prendí el lighter y me agaché lentamente y todos sonreímos al ver el fuego hacer contacto con la gasolina. El halo azul se tornó naranja claro, el azul y el naranja entremezclados como una ola que seguía el rastro de la gasolina e iba a romper contra los camiones. Decidimos no salir corriendo inmediatamente. Queríamos ver todo en llamas. Queríamos ver el cielo nocturno iluminado.

El sendero del fuego corrió paralelo al claro hasta la base de un árbol hueco y siguió hasta llegar al charco de gasolina. Sonó una detonación como un trueno, un «bum» tan alto y fuerte como la turbina de un avión en movimiento. Me recordó la noche en que sobrevino la calamidad: la forma en que sacudía los árboles maduros, arrancaba otros más grandes y pesados dislocándoles las raíces obstinadas y los estrellaba contra las paredes de cemento, contra el asfalto.

El fuego chilló en el rincón hasta que las llamas llegaron a la manguera y los camiones enterrados rugieron y explotaron. La tierra y los escombros volaron por el aire de la noche. Memoria se convirtió en el punto más luminoso de nuestra isla. Todo cambió. La línea de árboles parecía doblegarse y ayudar a que el fuego llegara al claro quemando todo a su paso, derrumbándolo todo. Memoria gritó y se dispersó. Los ciudadanos gritaban desesperados. Nos alegró ver que una ráfaga llegó a la Torre y la hizo arder como una linterna brillante sobre Memoria.

Nos quedamos ahí hasta que Damaris nos hizo una señal para que bajáramos la cuesta, la misma en la que Urayoán nos dio la bienvenida. Agarró el candungo lleno de gasolina y corrimos cuesta abajo. Cami se tambaleaba detrás de Damaris, que iba en la delantera. Me quedé detrás para asegurarme de que Pescao no se cayera o se quedara atrás.

Corrimos y corrimos en la oscuridad, los gritos se atenuaban a medida que transcurría el tiempo. Corrimos y corrimos hasta llegar al pie de la montaña. Y empezamos a recordarlo todo: las imágenes de nuestro viaje en moto, los árboles marcados de rojo, Puerto Rico transformado en la quietud de la luz nocturna.

Cuando llegamos a las motos, los cuatro giramos y miramos hacia la montaña. Una columna de humo se elevaba hacia el cielo.

—¿Qué crees que les pasará? —preguntó Damaris. No se refería a nadie en particular. Nadie le contestó.

Seguimos bordeando el pie de la montaña en busca de las motos hasta que Pescao se detuvo.

—Camila —dijo Pescao —, tu hermana. Tu hermana está en el Parque Ceremonial. En Utuado.

Camila frunció el ceño. No sabía cómo procesar lo que Pescao le estaba diciendo.

—¿Qué quieres decir con eso? —preguntó Damaris.

—Urayoán. Él me lo dijo. Los rojos recogen los cuerpos y los guardan en un tráiler refrigerado. Debe de estar ahí —hizo una pausa—. Con los demás.

Pescao se puso delante de nosotras.

—Pensé que debías saberlo —dijo.

Siguió caminando y lo seguimos hasta llegar a las motos. Pero no se detuvo.

—¿No te vienes con nosotras? —pregunté.

—No.

—¿A dónde te irás entonces?

—A casa.

—Pues toma —dijo Damaris. Sacó la libreta que llevaba consigo y en la que había estado escribiendo: esbozos de Memoria, esbozos de la gente y sus caras—. Llévatela.

Se la entregó a Pescao y él la aceptó.

Yo quería seguir presionándolo para que viniera con nosotras, pero no había manera de convencerlo. Comprendí cómo se sentía; tenía que estar solo, aunque eso significara deambular en la oscuridad como un fantasma. Quería decirle que lo extrañaríamos y que siempre tendría un lugar entre nosotras. Pero no lo hice. Pescao desapareció en la oscuridad y no volvimos a verlo.

Destapamos las motos. Damaris les echó gasolina. Se ató el bulto a la espalda. Arrancó la moto, que resucitó. Le dije a Cami que viniera conmigo y nos montamos en la otra. El motor tosió con fuerza y estremeció los árboles huecos a nuestro alrededor. Las luces cortas parpadearon hasta que prendieron. Y nos fuimos. Esquivamos troncos caídos, peñones y tierra suelta que salía volando bajo las ruedas. Descendimos hasta el final del bosque y llegamos a la PR-10. Fuimos en dirección sur hacia el centro de Utuado por última vez.

Íbamos por el carril de emergencia y pasamos por las pickups quemadas que los rojos habían abandonado hacía mucho tiempo. Saltamos por encima de la basura, las motos temblaban. Cuando la carretera tomó un leve giro y cambiamos de dirección, vimos a Memoria iluminada, ardiendo en el gran fuego, la línea de los árboles chamuscados en tonos de amarillo y naranja. El cielo nocturno emitía un resplandor tal que parecía que las estrellas y la luna bailaban en una coreografía y conspiraban para mostrar un espectáculo. Toda la luz convergía en ese centro, toda la memoria transformada por las hermosas llamas.

PESCAO

Soy un niño como tú. Alto y extraño. Dicen que casi toda la vida he tenido estas escamas sobre mi cuerpo peludo. Es la forma en que el pelo crece sobre la piel: se enrosca tanto que forma capas. Me ayudaba a mantenerme caliente y es por eso por lo que no me gusta ponerme camisas. Me dan calor. Solía nadar mucho. Eso me reconfortaba. Así fue cómo nos conocimos de verdad. No por Ura, sino porque tú venías a mi choza bajo el puente en Florencia. Insistías en que fuéramos a Ocean Park o a La Posita. Nos agarraba la tarde observando a la gente jugar con Frisbees en la playa; había algunos que jugaban con bolas de soccer, otros corrían con sus perros por la orilla salpicando la espuma. Esto es la memoria.

Después de que ella vino, intentamos reconstruir un pasado. Viniste a mí y me contaste del plan de Ura. Te sentaste en una caja de leche y repartiste las barajas sobre la vieja mesa de madera listo para echar una partida rápida. Hicimos eso tantas veces que se convirtió en rutina. Se convirtió en un ritual.

—Imagínate ese lugar, Pescao. Imagínate lo libres que seremos.

—No habrá razón pa irse. Haremos de ese lugar lo que queramos. Un nuevo comienzo.

—Quiero una piscina. Una bonita. De las infinity.

—Sí. ¿Conoces a algún arquitecto que transporte los materiales hasta el bosque?

—No... pero uno nunca sabe.

Nos reíamos porque nada sería así y lo sabíamos, pero eso no impedía que soñáramos con las posibilidades.

Todavía pienso en ti. La peluca que te pusiste en esa cabeza gorda. La chaqueta que insistías en ponerte, aunque estuviera empapada, aunque apestara a rayo.

—¿Crees que Ura nos hará generales de Memoria?

—¿Y eso qué importa? Los títulos son una mierda. Coño, yo me conformo con un catre y un rincón. Como nos prometió.

—No siempre, Pescao. A veces significan mucho. A veces son prueba de que uno vale algo.

—Uno vale lo que vale. No lo que dice el nombre. Uno es lo que es.

—A veces no tenemos mucho. En especial si venimos de cero, Pescao. Tú lo entiendes mejor que cualquiera.

—Exacto. Al final te lo llevas a la tumba, pero ¿quién dice que cuando estés muerto y flotando valdrá de algo?

—Estás cambiando el tema. Lo que quiero decir es...

—Que tiene importancia. Okey, mano. Pero no siempre.

—Bueno... pues yo quisiera un título.

—¿Ah sí? Cabrón, ¿y cuál sería tu título?

—No sé. Algo fino.

—¿Míster Infinity Pool? ¿Te gusta ése?

—Fuck you, Pescao.

Vimos las noticias de la tarde en el muelle con los pescadores. Conectaron un televisor a unas bocinas baratas y todos nos reunimos a ver Noticentro: la vimos crecer de la noche a la mañana. De pronto ella entraría por Humacao o

Yabucoa o quizás daría un giro a última hora y pasaría entre Fajardo y Culebra. Pero no fue así. Yukiyú no ahuyentó al huracán desde la cima de El Yunque.

Deborah Martorell nos explicó lo fuerte que se había puesto. Señaló en su pantalla la ruta. E hizo una pausa. Como si se contuviera porque parecía saber algo que no le permitían decir. Pero lo veíamos, por más que tratara de disimular.

—No va a pasar na. Eso es una tormenta platanera —bromeó Jorge.

Bebió un sorbo de su Medalla y se quedó callado. No dijimos nada porque todos sabíamos. Todos sabíamos que ése era su modo de bregar. Cada uno tenía que encontrar el suyo. Jorge tiró la lata de cerveza en el zafacón y se fue y nos dejó ahí obsesionados con lo enorme que se estaba volviendo; el ojo penetrante y la rotación perfecta. Ésa fue la última vez que vi a Jorge.

Los extraño. Los extraño a los dos. Caminé por el bosque manteniéndome cerca de la autopista. En la oscuridad, bajo las constelaciones. Caminé mucho sabiendo que quería regresar a Florencia. Estaba seguro de que regresaría a mi choza y volvería a poner cada bloque de cemento en su lugar, que reinstalaría todos los cables de electricidad y recogería toda la basura. Todo en su justo lugar. Y esperaría a que el viejo gobierno enviara recursos y nos ayudara a todos a volver a la normalidad. Estaba tan seguro. Pero no lo hice.

Me acerqué más. Y más. Hacia el norte. Seguí la autopista; las montañas a mis espaldas fueron borrándose hasta que el sol lo iluminó todo. Los campos de fincas abandonadas se revelaron bajo la luz de la mañana. Donde la autopista se conecta con la intersección, todo estaba desolado. El verdor regresaba lentamente.

Seguí hasta que me encontré frente a la playa en Arecibo. La bahía de la que partió Cheo. El faro permanecía silencioso y apagado. Quedaban los restos quemados de la gran fogata. Caminé hasta la orilla y me quité los zapatos. Me metí en el agua y sentí la corriente fría entre los pelos y en los pies y todo se transformó: el cielo ensangrentado, el reflejo de las nubes sobre el agua, las ondas que cambiaban de tamaño con el movimiento del mar. En un principio no pensé en nada porque nada cambiaría. Me limité a sentir.

Entonces todo regresó.

Me saqué del bolsillo trasero la libreta que Damaris me dio. Me tiré al suelo y la arena se amoldó bajo mi cuerpo; las olas suaves me mojaban los pantalones y la ropa interior. El agua se sentía bien.

Soy un niño, pensé. Pasé las páginas y vi lo bellamente que Damaris había dibujado a los rojos, la forma en que les había sombreado los ojos con manchas negras, que había contrastado sus mascarillas quirúrgicas negras y su ropa de hacer ejercicios. Frotó la Torre con los dedos y dejó la marca de sus huellas digitales en el borde del papel. Por la manera en que la dibujó, la Torre lucía imponente contra el claro. También anotó nombres, tantos nombres, de cada una de las personas que pasaron por Memoria; todo un récord de ciudadanos, y resultaba admirable que los hubiese recopilado a todos, la prueba de una existencia. José Gabriel Hernández, Yarizel Guzmán, Adien Medina, Carlos López López, Ninoshka Díaz. Todos ellos fantasmas en la niebla de una mañana. Todos iguales a los demás, iguales a mí. Éramos todos iguales de tantas maneras, eran mi gente. Son mi gente.

Dibujó a Cheo. La cabeza redonda con pelos blancos a ambos lados, los cachetes amables, las arrugas de la frente. Sonreía en ese retrato. Seguí pasando las páginas hasta la última en la que había un dibujo de todos nosotros. Una fantasía extraordinaria: nosotros seis reunidos en una caricatura. No recuerdo que todos estuviéramos juntos alguna vez. Pero, de una forma u otra, Damaris nos unió y nos construyó con curvas y rasgos, ojos y sonrisas. Parecíamos felices.

Escribió unas líneas en verso. Poesía quizás. O notas. Era evidente que les había dedicado mucho tiempo; sentí el titubeo en sus palabras, las líneas de tinta tartamudeaban por momentos: al final de algunas palabras escritas, el punto se extendía por toda la página. Algo me llamó la atención. Estoy seguro de que Cheo habría estado de acuerdo. Las palabras estaban tachadas, pero vi más allá del intento, aun cuando pretendían borrarse porque todos somos poesía en desarrollo.

> ~~Si llamáramos a la guanábana de otro modo,~~
> ~~la fruta verde, fea y~~ llena de puntas en su belleza,
> ~~La podredumbre acumulada con el tiempo no es más que~~
> ~~memoria.~~

No tengo un lenguaje como ellos y no entiendo la poesía. Pero diré que el intento me recuerda a Memoria. Todo su esfuerzo por lograr algo nuevo. Y eso es hermoso. Espero que vean lo hermoso que fue todo. O es. Nos daré un título, amigos míos.
Soy un niño. Como ustedes,
soy
soy
soy.

URAYOÁN

Soy cacique. No importa que los fuegos y las llamas repten por este lugar, está escrito como mi nombre, **Urayoán**, en letras gruesas y oscuras y hermosas para la memoria eterna. Soy el guardián de esta isla y el creador de la armonía en mi preciosa Memoria. Algunos tratarán de restarme importancia con sus grandes mentiras, pero conozco las mentiras como conozco el bugalú. Sé cómo esta isla se partió en dos y nos dividió de norte a sur. Tal vez soy un océano y eso me hace complejo. Mi madre fue asesinada por el Estado y yo fui asesinado por el abandono. Pero no caeré en el olvido; no endrogaré a mis mascotas hasta que crean que el suyo es también paraíso. Mis mascotas, mi gente, mi Memoria. Compleja en la belleza en que se ha creado. Mis hermosos rojos desesperan porque no ven el fuego y las llamas como yo. Tratan de refugiarse en los árboles, pero el fuego los alcanza y chillan como cuando uno se corta. Los observo: las llamas lo consumen todo, el fuego de mis pesadillas es grande y malvado y ya no significa nada para mí, así que corro hacia la Torre y veo todo lo que es hermoso en la vida. Veo el gran resplandor, me veo a mí mismo, pero soy más que el cacique; quiero ser más porque algunas heridas son más profundas que la superficie. El fuego es un reflejo de la isla, que ya no está condenada a la incertidumbre, sino que se muestra clara como el cielo después de que ha caído un aguacero torrencial y las cotorras vuelan en el crepúsculo, se posan en las copas de los árboles y revolotean felices de nuevo. Nos observo a todos nosotros porque yo soy ustedes y ustedes son yo. Creo que todos somos caciques en las llamas.

En el principio era el vacío. Veo el vacío que la historia contiene. Entonces yo creé. Lo hice porque nadie más lo hace. Eso es amor, necesidad. Veo la abundancia desparecer después de que la monstrua María azotó; veo todo resistir bellamente, todas las cosas que reconfortan en la naturaleza cambian. Veo el poder que transmiten mis acciones, mis palabras, mi perdón, mi descanso. En el principio era la memoria: las formas y deseos antiguos. Sí, necesito algo más allá de la profecía para decirlo más allá de las mentiras: los caciques deben vivir tras la muerte. Veré la leyenda de una tormenta esfumarse como llegó; veré cómo los nuevos gobiernos en la Fortaleza, alta y azul y hermosa, en esa antigua ciudad del Viejo San Juan, reconstruyen el paisaje, incluso lo transforman. Para ellos no es más que una voz olvidada y una nueva voz que repite una canción. No es mi canción y eso es lo que me desgarra en el fuego. Veo las llamas trepar por mi espira; veo a través del agujero perfecto y no veo más ceremonias; veo la ausencia de mis desechos, la ausencia de mi sustento. Sé que me dolerá, pero llevo fuerza en el pecho, así que inhalo profundamente y espero a que todo colapse sobre mí; hago acopio de esa fuerza sabiendo que todos necesitamos una conexión para aprender sobre la pérdida y el dolor y la necesidad y la tristeza de todas las cosas. Ojalá el océano aprendiera a hablarme de sus terrores del mismo modo que las introducciones hablan de ideas y significados reprimidos. El océano consume el deseo y me hace soñar, al igual que la llama y el fuego, quema la oscuridad hasta que todos aprenden a decir nuestro nombre. Él me enseña a llorar y con mis lágrimas ahogo la tierra. Él me enseña a llorar y con mis lágrimas ahogo la tierra.

CAMILA

Soy toda ojos, lista para ver. Por fin iba a verte de nuevo. Era casi imposible recordar la última vez. Me acompañaron porque, como tú, se preocupan por mí. La noche aún flotaba sobre nuestras cabezas: una sábana negra que no se desvanecía. Pero era agradable sentir el fresco de mi montaña una vez más. Todo me resultaba más familiar que antes.

Guiamos hasta llegar a una pequeña pendiente que miraba hacia el otro lado de Utuado; frente a mis ojos, lejos, lejos, pero aún visible, ardía Memoria. Te hubiera gustado ver la luz anaranjada y roja contra el fondo oscuro. El cielo nocturno lucía bonito con ese fuego.

El Parque Ceremonial estaba todo pintorreado, pero Moriviví no le prestó atención. Detuvo la moto cerca de las piedras y la ceiba. El árbol monumental, con enormes raíces como cortinas y espinas en el tronco, no se había caído ni lastimado como el resto de las cosas a su alrededor; parecía que la transformación no le había afectado. Sin embargo, esos muchachos malvados habían pintado las piedras con espray, habían descascarado a martillazos todos los símbolos de nuestros ancestros, habían cambiado de lugar las piedras grabadas con el pájaro y el sol: los petroglifos ahora formaban parte de la fealdad. Me puse triste.

Caminamos muy juntas, Moriviví iba tan cerca de mí que podía sentir los pelitos de su brazo en mis cortaduras. Damaris también iba cerca. Yo iba en medio de ellas y era como llevar un escudo muy fuerte: ya no tenía que temerle a la noche, ya no tenía que temerle a la desesperación o al abandono o a la desesperanza. La tierra en el centro del parque ceremonial estaba llena de huellas. Mucha gente dejó sus huellas en el suelo. Ya no se sentía espiritual, pero con ellas dos a mi lado, te sentía cerca de mí.

Seguimos caminando y vi que se parecía a Memoria: un pequeño claro rodeado de una fila de árboles muertos. Excepto por la cuesta pelada, y desde ahí se podía ver el gran incendio. Caminamos y caminamos despacio porque cerca del borde donde empezaba la cuesta vimos la silueta de algo horrible. Era rectangular y rígido y parecía poco natural contra el fondo oscuro y desigual. Damaris escuchó la planta de Energía aún encendida; a eso debía de estar conectada.

Tenía miedo. No sabía si estaba preparada para verte, aceptar que estabas muerta, pero la presencia de ellas me dio fuerzas. Me acerqué poco a poco y el zumbido de la planta eléctrica aumentó hasta que llegamos frente a la silueta rectangular. Damaris la alumbró con la linterna y la luz reveló un furgón oxidado. A cada lado tenía escrita en blanco la palabra CROWLEY. No sabía si estaba preparada y Moriviví se dio cuenta porque empecé a retroceder. Me cogió de la mano. Damaris también me cogió de la mano y nos unimos las tres.

Me miraron a los ojos y me vieron, y yo las vi a ambas fuertes. Asentí con la cabeza. Quería verte otra vez, aunque eso significara tener que encontrar un lugar donde enterrarte. Fue culpa mía. Fue egoísta de mi parte quedarme contigo. Sentía que te necesitaba cerca, cerca, cerca.

Damaris nos fue llevando; me sujetó la mano hasta que tuvo que soltármela para levantar la pesada aldaba de metal que sujetaba las puertas del furgón. Al principio le dio trabajo la aldaba. Moriviví me abrazó más fuerte y al sentir su pelo contra mi brazo me acordé de ti otra vez.

La aldaba produjo un golpe seco. Damaris abrió con fuerza las dos puertas y una corriente de aire frío salió de la oscuridad. Hacía frío. Volvimos a unirnos enseguida y nos abrazamos. Damaris alumbró la oscuridad con la linterna. La luz brillaba intensamente en ese lugar tan cerrado y estrecho. Esperamos hasta que salió un poco de frío. Lo que vemos. Lo que vemos. Me apretó los dedos con los suyos y lo único que pudimos hacer fue llorar. Caímos sobre la tierra y la hierba, la linterna también cayó al suelo. Nos quedamos ahí sentadas llorando. Nuestros rostros reflejaban tristeza. Yo soy tú. Te extraño. Te has ido. Lo sé, lo sé.

MARISOL

Todas las cosas nacen del llanto

Más allá del mar hay muchas islas y hay más de nosotros. No pueden vernos ahora porque mucho ha desaparecido o está sepultado y lo único que queda es un lugar al que llaman «la Perla del Caribe». Es como la memoria y el sonido, que se atenúan a medida que pasa el tiempo. Pienso en Camila y pienso en mami cuando el tiempo empeoró y sonreía al tararear el «Lamento borincano» para olvidar que todo estaba cambiando.

Fíjate, ella me ve en esa luz y en el contraste es donde somos más visibles. En verdad, nunca se trata de nosotros. Se trata de ti. Pronto se olvidarán los recuerdos de ese lugar inaccesible. Los senderos marcados con pintura roja que te llevan a redescubrir, recordar, una Memoria escrita en las tumbas. Memoria se sostuvo, aunque sólo para que el deseo se completara.

Cuando me sacó de la membrana, sentí frío. Siempre hacía frío en ese espacio abierto. Los vivos no lo ven como un confinamiento, aunque para mí era eso. Mi confort está en un río congelado o en los mares imposibles. Y el de ella, al aire libre. Quería verme libre. Yo quería quedarme ahí a salvo en mi cuarto donde nadie pudiera encontrarme, aunque nadie me buscaba. Ahí podría olvidar que mi madre lo intentó, al igual que mi padre, y no tendría que recordar la decepción.

Pero ya no hay padres, no hay cuerpos envejecidos que ofrezcan sabiduría.

Quería decirle que todo estaría bien. Que me encontraría algún día, si no en esta vida, en la siguiente. La memoria puede ser peligrosa y perversa cuando se acerca de puntillas al recuerdo. Nunca es material ni exacta. Pero me llevaron lejos de ella antes de poder dejarla frente a un sendero lo suficientemente claro como para caminar; se llevaron cosas, como hacían siempre, así que me llevaron a mí y me metieron en una nevera sin memoria. Ella me necesitaba, y la dejé tan vacía como esta isla. Y no hay más palabras que puedan contar cómo sobre-vivimos. Y no puede haber un dolor más profundo.

El mar nos dice que hay más islas y que hay más de nosotros, sin nombre. Sólo la memoria. No somos nosotros los que recordamos, sino el agua que nos trae de vuelta a casa y nos mece con delicadeza. Canté suave y reconfortantemente, igual que lo hizo ella cuando fijamos la vista en un horizonte roto y quisimos olvidar. El momento era nuestro.

Cuando me sacó de mi embrión, me puso en una cueva profunda y oscura que hay sobre nuestro pueblo. Las estalactitas afiladas mordían los labios. Los murciélagos salían volando de noche y sus formacio-nes irregulares le golpeaban las mejillas. Pero eso no es importante. Lo importante es lo desesperada que estaba por permanecer conmigo todo el tiempo que pudiera. Y me daba lástima porque yo estaba muy feliz de no tener que preocuparme por mi lenguaje forzado a la inanición. Por no tener que vivir en la periferia de mí misma.

Hay más sentimientos aquí que en toda una vida: tantos gritos y lamentos atrapados en el aire, fracturados por los corazones. Hay *más vidas en esta isla dividida por los millones que quedaron aban-donados al otro lado del mar, que llaman chillando a casa entre la estática.*

Cuando intentaste llamar a tu madre por teléfono, no oías nada porque todos los satélites habían dejado de trabajar para nosotros. Así que llamaste a todos los teléfonos de tu registro con la esperanza de traer a la vida a alguien al otro lado. En ese espacio vulnerable, pronto supiste que la ayuda se había retrasado o que no llegaría nunca. En el centro del conocimiento las ciudades se ahogan bajo el agua.

Esa mañana, cuando la fuerza y la presión y el viento golpearon las costas de Humacao y Yabucoa, todos los habitantes de esta isla escucharon su voz. Se despertaron de su sueño, no bajo el peso de unas sábanas suaves, sino con un rugido vengativo y pesado como un adoquín azul. Fuiste tú la que te sentiste demasiado pesada, intentando huir al cielo montada en el viento. Ella, en cambio, era como un ancla que te hundía tan profundo bajo las olas que ya no podías escuchar el viento arrancar de raíz aquello con lo que creciste y tornarlo todo marrón y crema. Te hundiste tanto en esas aguas profundas, mientras la monstrua clamaba y rugía fuera, que escu-chaste a los marineros perdidos del pasado hundirse en la marejada, muy profundo en esas corrientes marinas no en busca de la vida, sino en busca de la muerte. Un manto suave cubrió los esqueletos de coral blanqueados. Un mar espumante de rabia.

Te voy a contar sobre el génesis. Memoria funciona como una ciudad con un corazón y el río que corre en el exterior es una vena que transporta la memoria a su origen. Cuentan que un hombre pescó una masa, una criatura verde con escamas que parecía un camarón.

Tenía el cuello lleno de cicatrices. El hombre lo llamó «Hagseed» y decía que pertenecía al mar porque los camarones no pueden vivir tan arriba en la corriente, tan metidos en esa agua de alcantarilla, que busca liberarse de su prisión de cemento. Pero he visto a ese hombre y no es diferente de cualquier otro pez atrapado en una red inmensa; predica desesperado sin saber que pronto se le acabará la vida.

Ahí yace el falso profeta Urayoán. Sabe lo profundas y oscuras que pueden ser las cuevas y, sin embargo, da pena verlo en esa red, tan joven y deformado y sin una madre. Recuerdas cuando mamá nos contaba historias de hombres como él y cómo terminaban. Lo único que podías preguntarle era si tenían su propia madre, si eran amados. La tuya nunca contestó la pregunta. La evadió y prosiguió su relato. Decía que Urayoán había construido un hogar en el claro entre los árboles, una pandilla ávida de controlar todo lo que pudiera. Te dijo que no te acercaras a gente ansiosa por controlar. Y tú pensaste que controlar significaba desear un lugar llamado «hogar».

En ese lugar aprendiste que Noticentro jamás reportaría las muertes con exactitud; que habían escondido esos cadáveres en barriles inmensos o en tumbas sin nombre y esa misma gente saltó a una corriente donde encontró vida después de morir. Pero sus nombres no aparecieron en ninguna declaración oficial.

Hay más, hay más, hay más. Hay más cosas muertas en el agua que insectos en el aire.

Hay más, hay más, hay más. Hay más viejos en los hogares de ancianos agotados por el calor, sin poder hacerse diálisis, con la piel manchada y oscurecida.

Hay más estrellas salpicando el cielo nocturno porque la oscuridad hace que todo brille.

Hay más historias sin contar por el viento que oídos para escucharlas y, al escuchar, se aprende que nunca fue mentira, que nunca fue una historia de melancolía o tristeza, sino de abandono porque el abandono era algo a lo que te habías acostumbrado.

Ves las costas erosionadas. Lejos de Utuado, de nuestro centro. Toda la costa de nuestras ciudades principales: Ocean Park tragada por la corriente, los residentes están cansados y les suplican a los oficiales que ayuden, que ayuden a traer de vuelta la arena. No notan cómo nuestras huellas primero quedan impresas en la arena y cómo luego el agua borra nuestras huellas; la espuma limpia las huellas porque la marea consume la memoria. Al igual que la calamidad, el mar reclama, transforma. Lo veo más como desesperación por regresar a un pasado en el que ellos dirigían el océano, en el que creían ser los dueños de la tierra. Resulta familiar: ese deseo de poseer es tan antiguo como las familias coloniales.

Las casuarinas cubren la verja que rodea la pista de nuestro aeropuerto internacional. En rigor, la casuarina no es de aquí. Es como la mangosta, que llegó de lejos. Ambas han grabado su existencia en el Caribe, ambas me recuerdan a mi hogar.

El bosque de casuarinas de Piñones tiene un paseo tablado construido para los extranjeros, para que vean cómo se construye madera sobre madera. Este bosque está lejos de nosotros en Utuado, pero todo el mundo conoce Piñones igual que conoce San Juan. La construcción de este paseo tablado es un acto formal que nos permite ver la naturaleza desde una cercanía controlada. Las altas palmeras, los palos de tamarindo, el liquen sobre los troncos, los cocos caídos, los almendros llenos de abayardes que se mueven sigilosamente sobre las hojas redondeadas cubiertas de arena y te muerden si no andas con cuidado. Las casuarinas son tan indiferentes a estas costas como los enormes cruceros a una bahía desconocida.

Ves cómo sacude el movimiento, hace que el cuerpo tiemble espantosamente; así me llevaron. En el vaivén de la carne y los huesos hay resiliencia.

No puedo salvarte, Camila, como no podemos controlar que la marea suba. Llevamos esas orillas cosidas a las heridas autoinfligidas. Las mantenemos cerca como las ondas en el agua estancada. Aun así, sé cuánto nos queremos.

En mi vida no extrañé ni anhelé lo suficiente. No amé del modo en que el hambre forja el deseo. Ves, Camila soy yo y yo soy ella. Compartimos nuestra memoria como una madre comparte los achaques de un cuerpo que solía criar niños. En el lugar que el niño ocupaba en el útero queda un fantasma ausente. Y ahora me ves en una bandeja fría, esperando por el descubrimiento, la extracción o, tal vez, algo tan complicado como la lluvia que cae en un río ya crecido y revuelto. Después de una calamidad, cualquier nube o viento que busque hacer alguna declaración infunde terror.

Anhelo la calidez, el murmullo de voces, el canto de los pájaros al anochecer y el tacto suave de la concha que te hizo creer en el amor de Dios. Si vivimos como aman las bestias, con cuidado de no acostumbrarnos a la comodidad de actuar salvajemente, a los placeres de la desesperación, como un animal ansía y se roba la vida para evitar morir de hambre.

Somos niñas: mami nos lleva a Camila y a mí a la playa de Crash Boat en el extremo más lejano de nuestra isla, tan cerca de Desecheo que parece que se puede llegar nadando. Muchos se han ahogado desafiando las aguas; muchos tontos duermen el sueño del mar.

El muelle de Crash Boat está desvencijado y hecho de madera barata. Los pilotes están cortados y lijados como tocones. El musgo verde se ha comido buena parte de los bordes y los pelícanos posan el pecho en las aguas verdes. Hay botes varados en la arena amarilla, alineados en filas perfectas, sus cascos coloridos parecen pinturas esculpidas en un museo.

Vamos a pescar: nos sentamos en el borde del muelle y observamos a los turistas nadar. La mayoría se mete bajo los tablones y asusta a los cardúmenes de peces ángel que se reúnen debajo. También gritan como si fueran niños; descubren cómo se siente el cosquilleo de las escamas en las costillas, intentan agarrar los cardúmenes con las manos abiertas y los ven huir a toda velocidad.

Cuando el día está a punto de concluir, después de que mami, Camila y yo hemos pescado, nos quitamos la ropa y nos quedamos en ropa interior, y saltamos del muelle al agua. El sol se siente tibio y el agua está fría. El cielo está teñido y sangrando violeta; las gaviotas y las garzas vuelan sobre nosotras y se reúnen en el muelle junto con los pelícanos y los pescadores. Nos sentimos felices flotando ahí, las tres. Camila me sonríe y me echa agua en la cara, la sal me quema los ojos, pero no me importa. Mami flota bocarriba con los ojos cerrados, mueve lentamente las manos, de vez en cuando, mueve los pies.

Se oye un ruido desagradable y cruel que proviene de la orilla y se escuchan gritos de gente que pide socorro. Giro y veo pasar unas sombras bajo nosotras y nadamos hacia la orilla. Unos aviones submarinos planean y chocan en lo llanito y un cuerpo blanco aparece entre la espuma. El agua se torna marrón.

«Mija, no mires», dice mami y me cubre los ojos. Me arranco sus dedos de la cara y me suelta; sus manos caen detrás de mi cabeza y me acaricia la espalda bajo el agua, flotamos ahí tratando de no mover mucho los pies y las manos. Pienso que debemos nadar hacia la orilla, pero Camila nos dice que nos quedemos quietas, que no nos movamos para no llamar la atención de los tiburones tigre. Me protege, se coloca frente a mí, frente a mami, y flotamos detrás de ella; es nuestro escudo y empiezo a relajarme. No le teme a nada a pesar de ser tan joven y eso me inspira.

Se ve el torso del hombre en la orilla. Tiene las manos hechas trizas y las tripas por fuera. Se le ve la cara, pálida como el papel, y el cuello rodeado por una nube de su propia sangre. El intestino delgado, desdoblado y estirado sobre la arena. Le falta la mitad inferior del cuerpo. La gente se amontona y pide ayuda, pero todos saben que no puede recomponerse; algunos le sujetan las tripas: son rojas y botan sangre y están cubiertas de arena; se las sujetan como si fueran cirujanos listos para conectar el tejido y regresarlo a la vida. Le agarran la cabeza, tiene el pelo lleno de sargazo, sus ojos empiezan a soñar de nuevo.

Escuchamos sirenas en la distancia. Escuchamos a todo el mundo menos a él. Los tiburones tigre se mueven por la orilla, ocultos tras la nube densa de arena revuelta y bailan entre sí para luego desaparecer en lo profundo de la boca del mar; la oscura nube de sangre es una estela que sigue los cuerpos rayados hasta que se pierden de vista.

Siento el ansia de los tiburones. Así como Memoria ansía la paz. Así como los animales ansían la seguridad. Porque, aunque se intente crear algo de la nada, un lugar de refugio y amor, al final, como todo, se corrompe.

Imagino a mi hermana crecer en Memoria porque sobrevivimos a María. Ella sobrevive y yo soy ella.

Nos veo como tú nos ves: ilesas por fuera, endurecidas por dentro.

Creo que Camila resiente que nuestra madre y yo intentemos hablarle porque no debemos guardar resentimiento hacia nuestros padres, son nuestros padres. Siento que me escucha cuando le hablo.

Mami se fue porque no quería morir frente a Camila. Lo entiendo. Así que le digo eso en sus sueños. También le digo que me fui porque no quería morir con testigos. Lo único que lamento es que no me permitieron pudrirme junto a ti. Pero ella soy yo y me encontrará. Me encontrará como los océanos encuentran los mares, como los mares mueren en la orilla, como las montañas saludan al cielo. Tal vez sea mejor decir que se reunirá con nosotras y, cuando lo haga, se encontrará a sí misma.

El abandono es algo a lo que se había acostumbrado.
Llora: «No somos especiales, ¿verdad que no? ¿Verdad que no, Mari?».
Mi Camila. Lo eres todo para mí. Siempre seré parte de ti.

Construyo para ti esta cadena que puedes seguir hasta el origen y el sonido, hasta la corriente y el río que se vacía cerca, muy cerca de los mares. El agua marrón removida por una presencia es un embrión *listo para desmembrarse. A veces un marinero te recuerda cómo hablar de nuevo y ruego por una travesía segura, que encuentren las rutas alrededor de la isla y zozobren, un naufragio en una playa que mira hacia el Mar Caribe. Una cueva con arena blanca y algas que las olas depositan en la orilla. Algunos dicen que estamos en un centro que nunca llegó a nacer. Sólo sé que mi centro era Cami, que está en el corazón de la isla.*

Soy más que una visión que se olvidará con el paso del tiempo.

Soy más, para que por fin puedas ver cómo ella me lleva. No en cuerpo o en alma, sino un lugar poco después, un lugar donde la encuentro y volvemos a estar juntas sin pensar en esto o aquello ni nada entremedio. Tú no eres abandono. Eres hermosa. Eres más, eres más, eres más.

AGRADECIMIENTOS

Mil gracias a mi gente de Puerto Rico. Somos creación de nuestra patria. Gracias por enseñarme cómo cantar, reír, y llorar, pero sobre todo por los cuentos que siguen siendo importantes. Este libro se creó en colectivo. A ustedes, mi más profundo agradecimiento. Esta novela es testamento.

A nuestra meca, la IUPI, por acogerme y enseñarme cuando otros no lo hicieron. A Dannabang Kuwabong por todas las conversaciones importantes, por la gentileza y la sabiduría. A Loretta Collins Klobah, me empujaste a luchar y a soñar. A Maritza Stanchich, que siempre está luchando por nuestra isla. A todos los profesores que tuve la suerte de cruzarme en mi camino en la IUPI. La IUPI es la IUPI. A Río Piedras, la calle Manila y Santa Rita. A Vega Baja, Arecibo, Bayamón, Trujillo Alto, San Juan y todos los lugares que me moldearon.

A la Universidad de Nebraska por proveerme un camino. Por la amistad, a Shawn Rubenfeld y Cory Willard. A Jonis Agee, por creer en mí sin esforzarse, por el amor y entusiasmo continuos cada vez que los perdía. A Amelia Montes, por el apoyo continuo que me ayudó a sobrevivir tantos inviernos fríos y por recordarme comer bien, vivir saludablemente, y seguir escribiendo y corriendo porque mi mente también necesitaba amor. A Chigozie Obioma, por ofrecerme la oportunidad y creer en la obra. A Kwame Dawes, no sabría por dónde empezar a decir todo lo que has hecho por mí, las horas interminables que estuviste ahí para reunirte conmigo y hablar de todo, sin importar cuándo. No habría llegado hasta aquí sin tu optimismo incansable y tu perspectiva.

A mis primeros mentores, que leyeron las palabras antes de que yo sintiera que esto se haría realidad algún día: Benjamin Percy, Victor LaValle, Randall Keenan, Margot Livesey.

A Raúl Palma, por tu lectura inicial, pero sobre todo por los años de amistad y compañerismo y por el calor de tu familia.

A Claire Jiménez, leíste esto, creíste y me lo recordaste cuando fue necesario, y por mostrarme cuán importante es tener una amiga de la obra.

A Tara Parsons, esto no sería posible sin ti y sin tu amor por esta historia. Las ediciones mejoraron verdaderamente el libro. A todos los que trabajan en HarperVia y Harper-Collins, hogar y refugio.

A mi maravilloso equipo de HarperCollins Español: Aurora Lauzardo Ugarte y Ariana Rosado Fernández. Gracias por hacer del proceso de traducción y edición en español todo un deleite y totalmente boricua.

A Jin Auh, me comprendiste desde el primer día y lograste que todo fuera posible. A todos los que trabajan en Wylie Agency.

A las instituciones que me guiaron: Bread Loaf Writers' Conference, Sewanee Writers' Conference, American Council of Learned Societies y Dartmouth College, MacDowell Fellowship, la revista *Tin House* y Thomas Ross, *McSweeney's*, *Guernica* y todos los demás espacios que proveyeron.

A mi adorada madre, has hecho y haces tanto. Te amo. No podré escribir suficientes libros para pagar tu sacrificio de criar a tres hijos y amarnos. Espero que papi esté orgulloso desde allá arriba. A mis hermanos, tanto es posible.

A mis suegros, Judith Díaz y Nelson «Chago» Santiago, a mis cuñadas favoritas, Annette Santiago Díaz y Dyanne Santiago Díaz, a Rolando Ortega, a Dieguito.

Y para Jayleen. La única razón por la que este libro existe, la única razón por la que estoy aquí. Te amo, mi amor. Seguimos teniendo a París.